續讀現代小說

張素貞 著

東大圖書公司 印行

國立中央圖書館出版品預行編目資料

續讀現代小說／張素貞著．--初版．--
臺北市：東大出版：三民總經銷，
民82
面；　　公分．--(滄海叢刊)
ISBN 957-19-1488-6 (精裝)
ISBN 957-19-1489-4 (平裝)

1. 中國小說-歷史與批評-現代(1900
-　　)

827.88　　　　82000709

著　者　張素貞
發行人　劉仲文
著作財產權人　東大圖書股份有限公司
總經銷　三民書局股份有限公司
印刷所　東大圖書股份有限公司
地址／臺北市重慶南路一段
六十一號二樓
郵撥／〇一〇七
初　版　中華民國八十二
編　號　E 81065
基本定價　肆　元
行政院新聞局登記證局版

ISBN 957-19-1489

自序

人生有許多事情是很難解說清楚的，或者是機緣巧合吧，或者是自己真的好用心思吧！近十年來，把現代小說當做一門功課來研讀，細細地披讀，讀出許多沈從文所謂「不可言說」的感觸，仍是那樣魂牽夢繫地令人不安，有時候真的非得動了筆把它梳理出來不可。然而更多的情況是，擱了一些零碎的摘要筆記，就是拼組不來系統地、條理通達的短篇論文。

六年前，東大為我出過《細讀現代小說》，這個集子，命名為《續讀現代小說》，其實還是希望保留「細讀」的特色；非常感謝劉董事長的厚愛，能繼續為我出這個後續的集子。第一輯收錄的大抵是綜合式的泛論，其中〈沈從文小說中的黑暗面〉，提供了一種不同的觀察角度，是民國八十年「二十世紀中國文學研討會」的論文；〈從浪漫到寫實——談《未央歌》與《滾滾遼河》的創作模式〉是民國七十六年「抗戰文學研討會」的論文，所謂「浪漫」或「寫實」，依筆者的意思，並非截然可以分割的，從形式到技巧，也都可以賅涵。至於〈魯迅小說中的知識分子〉，是構思良久，直到今年夏天才完成的。考慮作者及作品的先後順序，筆者仍然依循往例，所以排在最前面。第二輯大致是長篇小說細讀，姜貴的《旋風》最早，許佑生的短篇集《懸賞浪漫》最晚，因此就編排在首尾，其實〈暗夜裡星光閃爍——韓秀《折射》中的奇偉人物〉最後才寫成。也許有讀者會疑問：沈從文的小說那麼美，你偏要解說它的「黑暗面」；韓秀在大陸吃了多少苦，你偏要從她的小說裡抽繹一些奇偉人物的特立獨行！事實上，我的細讀使我容易歸納出一些細密的思路，談談一般人尚未留意到的問題，絕對不是故意單一的發掘「黑暗面」或者「光明面」；小說本來就是一種綜合藝術，它往往具有繁富的意涵，但願在筆者的行文之間，竭力維持的冷靜客觀的剖析語調能讓讀者領略到一種平和而寬廣的賞析視點。

第三輯所收錄的，一部分是短篇小說的單篇賞析，另一些則是機緣巧合而寫下來的短論。〈險惡〉和〈除夕〉的論析是最早期的作品，一度因為作者知名度不夠高而割愛，其實兩篇都別有風味。〈梳髮心事〉與〈如水的女人〉的短論是配合小說一起同時在《中央日報》副刊發表的；「長河書影」七則千字短評，原是文建會就所調查的大學生喜愛的書目，分請筆者撰寫的，有固定的格式、固定的字數，受到相當的限制，卻也自有精潔的好處。「極短篇小說賞析」四篇，則是嘗試將一千字左右的極短篇，從寫作技巧到創作意涵，尤其是蘊含的不盡之意，加以發揮，陸續在《中國語文》月刊發表。自從民國六十七年《聯合報》副刊闢出了極短篇的專欄以後，因應工商業的社會需求，極短篇成了一種頗受喜愛的新的小說創作模式；然而它的創作並不單純，也存在著形式上無法開展的局限，從幾篇短論中，細心的讀者應該可以意會到這一點。

作為《細讀現代小說》的續集，這個集子顯然還是單薄了些，但是我仍然願意把我的細讀經驗和讀者分享，也希望小說作者與讀者和我交換意見。

——民國八十二年三月張素貞於臺北古亭

續讀現代小說　目錄

第三輯……一七九

第一輯

魯迅小說中的知識分子

魯迅曾寫過《故事新編》，用流暢的白話改寫神話、傳說、史實，隨意點染，很能就原有的題材給予創發性的詮釋。但畢竟人物是歷史人物，受題材的拘限，對於反映現實，提供檢省的實際效用，可以說是沒有的。本文想探討魯迅小說中的知識分子，必須扣緊魯迅本人的小說創作宗旨：「揭出病苦，以引起療救的注意」[1]，務必切入時代的脈息，要能反映作者本人的時代環境。所以雖然《故事新編》用現代小說的技巧賦予了神話、傳說、史實一些新的詮釋，筆者還是只好撇開，專就《吶喊》、《徬徨》兩本小說集來研究。

魯迅的《吶喊》短篇小說集，收有一九一八年至一九二二年的小說十四篇；《徬徨》短篇小說集，收有一九二四年至一九二五年的小說十一篇。前後創作的時間不過七年，題材很廣，人物形形色色，題旨更是嚴肅。本文嘗試抽取小說中的知識分子加以討論，爲的是在「鐵屋」裏「吶喊」的[2]，和屈原一樣「徬徨」、「上下求索」的，絕大多數是知識分子；關係國家前途，影響社會，可擔負教育國民重任的，也是知識分子❸。魯迅的小說集不像一般作家選取某個特定鍾愛的篇目爲書名，而另外依據整體的構意命名，自有作者一番深意在，把其中分量相當沈重的知識分子拈出討論，必然可以探討到某些值得探究的問題。

迂腐、冷漠而虛僞的遺老

魯迅出生在一個有功名的官宦人家，十三歲時，祖父因事繫獄，父親又身染重病，他在當舖與藥舖之間，領略到人世的陰暗與世事的滄桑。由原來的小康之家陷入困頓，他一方面接觸到廣大的窮苦大衆，一方面也了解到上流社會的虛僞和腐敗❹，在他小說中的一些遺老，便帶著迂腐和虛僞的特質。

在魯迅的名篇〈阿Q正傳〉中，有個秀才兒子的趙太爺不准阿Q和他同姓趙。天下有這樣不講道理的事嗎？他的跋扈偏偏戲劇性地碰到可憐的、隨意任人擺布的、毫無個性的阿Q，更顯出他的蠻橫，作威作福。阿Q爲了說姓趙而挨揍，爲了向吳媽示愛也挨揍；當他由城裏發了小財回來，趙家人對他先是客氣，接著是懷疑，準備把他驅逐出境。宣統三年九月，趙家的「轉折親」舉人老爺來託寄箱子，趙氏父子和阿Q一樣相信革命黨是「個個白盔白甲，穿著崇正（禎）皇帝的素」，足見他們既覇道又勢力，既投機又愚昧。趙秀才會合了假洋鬼子錢少爺到靜修菴革碎了

「皇帝萬歲萬萬歲」的龍碑，把尼姑當滿政府來棍責，卻順手牽羊拿走了觀音娘娘座前的宣德鑪，可見他們是如何迂腐和貪婪。趙家後來遭了賊，阿Q胡裏胡塗抵了罪，舉人老爺要求追贓不成，趙秀才進城報官被剪了辮子，於是：「兩家人都號咷了，漸漸有了遺老的氣味。」一個是捨不得多年的宦囊驟然枯竭，一個是怕失去了象徵滿州順民的辮子，會有什麼橫禍。

有關辮子問題，在〈風波〉中，我們見到一個遺老型的趙七爺，藉著張勳復辟，在鄉里間大事恐嚇被剪去辮子的人：「沒有辮子該當何罪，書上都一條一條明明白白寫著的，不管他家裏有些什麼人。」他是酒店的主人，是方圓三十里內唯一出色人物兼學問家，他的話自然很有權威；再說民國以後他把辮子盤在頭上的，此刻卻是「光滑頭皮，烏黑髮頂」，叫那些鄉下人怎能不慌張？可惡的是，究竟有事沒事，他也不肯直接告訴人，還是觀察到他又把辮子盤在頂上了，才放下心。其實趙七爺不但迂腐，而且見風轉舵，十足是虛僞。

一些有科舉功名的知識分子，仗著顯貴的社會地位，便作威作福，動輒揮起棍杖打人，趙秀才對阿Q是如此，丁舉人對孔乙己更是如此。孔乙己也是知識分子，不過科場失意，好喝懶做，到丁舉人家偷東西，竟被打斷了腿。這種有功名的知識分子，大多殘忍寡情，自然就缺乏同情心，往往痲木不仁。〈傷逝〉中的「以正經出名的拔貢」，提及女主角子君的死，不理涓生的痛苦與關懷，只說：「總之是死了就是了。」〈祝福〉中的魯四爺，談到祥林嫂的死，淡然地說：「怎麼死的？——還不是窮死的。」魯四爺比較起來算是有人情味的了，還難免冷淡，其他的更別期望能同情窮人了。

〈離婚〉是《徬徨》集裏的重要篇目，魯迅自己蠻滿意這篇的表現技巧。它刻畫了一個勇猛潑辣的鄉村婦女，如何不甘於無理地被休棄，即使得不到愛，也要維護住婚姻；她經過三年的奮鬥，卻屈服在胖胖的遺老型人物七大人的調停上。七大人是和知縣大老爺換過帖的，她相信可以爲她主持公道的。他觀賞一個得自古墓的「屁塞」，捧爲珍寶，儘在自己的鼻子旁邊摩擦，顯然是很可笑的附庸風雅；在衆人爭議的時候，他只管旁若無人地觀賞他的古玩，但是他打噴嚏之前「發出一種高大搖曳的聲音」，僕人進來「垂手挺腰，像一根木棍」站定，這威嚴的氣勢把她震懾住了。小說透過愛姑的視點來描摹七大人，他的崇高地位，他的不怒而威，比起慰老爺的勸說開導，效果好得多；其實他和慰老爺一樣，仍然是袒護男方，可是他的豪紳氣派卻讓愛姑徹底屈服了。說穿了，這個人根本沒什麼了不得，倒是背後的傳統封建社會很可怕，七大人正是代表了這個社會不公平的制裁力量。值得一提的是，愛姑多少也是失去了父親的支持，她苦心爭鬥，父親卻寧願和解，他早就備好紅綠帖，興緻勃勃地數著「賠貼」的洋錢。

《徬徨》集裏另一篇絕好的諷刺小說〈肥皂〉，四銘這個角色稱得上是圓形人物（round character）。他上街買了一塊肥皂回來，送給太太，不經意中透露，是起念於見到一個頗具姿色的女乞丐被無賴調戲，說：「只要去買兩塊肥皂來，咯支咯支遍身洗一洗，好得很哩！」於是在太太心裏起了微妙的既嫌惡又感觸，夾雜著莫名的嫉恨心理。這邪念在潛意識裏是那樣深刻，以致他見到來訪的何道統，談到移風文社的詩題，居然建議用這題材，命題爲「孝女行」。更妙的是何道統反對的理由是：這個女乞丐不能做詩。四銘口口聲聲抱怨圍觀的羣衆沒有同情心，不肯給錢，他和社裏的朋友在場也並不曾施與。由此可見他們這羣人根本就是虛僞的假道學。四銘因爲買肥皂時再三挑剔，被幾個年輕人以英文嘲罵，回家便要兒子解說「惡毒婦」是什麼意思。兒子一時解說不來，他罵兒子，連帶罵起新學，又扯上討厭女學生，怪學生沒有道德，社會沒有道德，感歎中國要亡了。看他和朋友結社擬的題目，他是好作表面文章，思路不清，卻又好發議論，不著邊際，迂腐守舊。小說人名諸如：四銘、學程、何道統，也充滿了道學氣，作者流露了反諷的意味。

在新舊夾縫中生存的挫敗者

任何新舊交接的時代，都存在著一些辛苦掙扎的人物，孔乙己便是在夾縫裏求生存，因爲個性上的缺陷，終於被浪濤淹沒。魯迅用紹興的咸亨酒店做背景，採客觀的旁知觀點，描摹了一個落魄舊知識分子，聲音形貌，非常生動。「孔乙己是站著喝酒而穿長衫的唯一的人。……穿的雖然是長衫，可是又髒又破，似乎十多年沒有補，也沒有洗。」長衫是讀書人有別於勞動階級的標誌，孔乙己自視比那些人高貴，但又改變不了現實上可憐可悲的社會地位。他不肯踏實的工作，思想迂腐，說話不合時宜，在酒店裏儘說些文言詞氣的詞語，成爲衆人取笑的對象。他向店小二炫耀回字四種不同的寫法，他賒賬一定還，這個人其實有他的自高與淸白。可惜好喝懶做，免不了要偸，還酸腐地辯解「竊書不算偸」，最後終於因爲偸，被丁舉人打斷了腿。魯迅寫出了知識分子在新環境下的失調，也揭露了有地位的顯貴如何殘忍，間接也抨擊了傳統社會的黑暗與不平。

魯迅小說中有好幾個瘋子：〈長明燈〉、〈白光〉、〈狂人日記〉中的主人翁都是因爲在夾縫中求生存，個性與環境，現實與理想不能調適，於是造成精神分裂的；〈長〉與〈白〉更明顯在探討知識分子如何在新舊時代裏，失去生存能力，同時也失去人性尊嚴的問題。這兩篇還關涉到愚昧與迷信的問題。〈長〉中的瘋子沒有名字，祖父曾經放過實缺（這點身世和魯迅一樣），他的眼睛「略帶些異樣的光閃……總含著悲憤疑懼的神情」。他相信熄了長明燈，自己眼前牛頭豬牙、三頭六臂藍臉的幻象就會消除，屯裏也就不會再有蝗蟲、豬嘴瘟；偏偏吉光屯的人相信長明燈是護屯的象徵，燈若是熄了，全屯的人都會變成泥鰍。魯迅完全用客觀描摹的手法，不說明這人致瘋的因由，只透過小說其他人物的對話傳達訊息。他可能是熱衷於改革鄉民迷信陋習的新式知識分子，面對頑強的草野愚昧的勢力，非但孤單，而且完全挫敗，失去了心智平衡。如今他面臨的困境是：鄉人雖然顧念他是官宦人家之後，不敢眞的把他打死；他的伯父卻有侵吞家產的意圖，還把責任推給他那不信菩薩的父親。他的未來，想當然是幽禁，在最簡約的物質條件之下，在孩子們的戲弄之下。

〈白光〉中的陳士成，其實寫的是一個眞實人物。魯迅曾經跟隨一位叔祖周子京讀過《孟子》，這個孩子們口中的明爺爺，也跟一些敗落大戶人家子弟一樣，迷信「掘藏」，相信迷離恍惚中有一種聲音或出現在眼前的白光，會指示出祖宅寶藏的所在，因而尋寶致富❺。〈白光〉的故事，除了「掘藏」的癡迷，還加入科舉考試十六次落榜的沮喪、絕望。科舉誤人，社會又不曾給予讀書人更好的適應環境，潦倒的知識分子，沒有豁達的知命知足的素養，便冀望於「掘藏」，無奈癡夢一場，最後發狂落水而死。至於〈狂人日記〉中的狂人，則是具有新思想的省思，卻仍然得生存在舊社會中；魯迅用他來檢討傳統禮教桎梏人性的問題，假借「迫害狂」的病例，狂呼「禮教吃人」。這是非比尋常的恐懼，駭人聽聞的控訴，但很富弔詭性的，狂人治癒之後，又做「候補」人員，加入未來「吃人」的行列。雖說是意識先行，藉精神病患來批評禮教，讓不正常的人來做大犯忌諱的事，並且採取日記體式，所有乍看很刺目的說詞，都可以用「狂人」來掩飾；情節的安排仍有相當的條理，有可信的發展過程。合理的解釋是：這個狂人的神經，承受不了他所發現的可怕「事實」，現實社會的不合理現象，他警覺到某種危機，衆人卻認爲他瘋了；無奈的是，當他終於能夠平衡的時候，他又得放棄他可貴的良知，再度投入茫茫人世，渾渾噩噩地過日子。

矛盾而苟且度日的新式人物

《徬徨》中的〈高老夫子〉，從他一天的行止看來，愛修飾，不正經，淺薄無術，附庸風雅，喜歡方城之戰。這人又酸腐不堪，總找些冠冕堂皇的話來圓自己的場。明明是代課代不下去了，能力不足，卻要扯些「女學堂眞不知道要鬧成什麼樣子。我輩正經人，確乎犯不上醬在一起……」的話。他的遠景，可能就是小說結尾的那樣，和幾個不肖分子聯手，在牌桌上詐騙一些有錢的生手。

《吶喊》中有一篇〈端午節〉，描摹一位有著「差不多」口頭禪的教師，一方面是個性比較柔和，一方面是有些溫呑，也有些鄉愿，對於學校欠薪，只由著老婆去著急，他一貫地賒酒，看《嘗試集》。方玄焯這個角色，既是教員，又兼公職，也能寫稿，多少有些魯迅自己的經驗。而提及愛好新詩，又捧讀《嘗試集》，刻畫出當年胡適崇拜者的某些形象；相對的，他那「差不多」論，倒是爲胡適的〈差不多先生〉做了註腳。隱隱約約的，他似乎有意和胡先生開個玩笑，所以描寫了一個既新又舊的矛盾人物。《徬徨》集中的〈酒樓上〉那個呂緯甫，也是個充滿自我矛盾的知識分子。他曾經是熱情的改革論者，但民國成立之後，並沒有找到好的出路，只是在一個小學館裏，隨著家長的意思教些自己認爲早該淘汰的教材。他的人生觀完全改變了，渾渾噩噩過日子，凡事總覺得無聊，不過是「模模糊糊」、「隨隨便便」、「敷敷衍衍」，失去興致，沒有神采。他爲了成全母親的心願，委曲婉轉地辦妥了事，雖然世事多變，難免感傷，但若是別人，換個角度，說不定還可能很得意，很安慰，因爲善體親心，他處理得其實不錯，善意的撒謊也是孝順的權宜辦法；他卻由於整個人生觀的改變，他只是頹唐，只是覺得無聊。

收在《徬徨》集裏的〈孤獨者〉，魯迅刻畫了一個極複雜的小說角色——魏連殳。魏連殳怪異、孤僻，常陷於自我矛盾中。他事奉祖母至孝，雖與親友扞格不合，關於祖母的一切喪葬儀節，倒出乎鄉人意料之外的，毫不堅持；喪禮中，他起初並不落淚，後來突然放聲號啕，一發不可收拾，「像一匹受傷的狼，……慘傷裏夾雜著憤怒和悲哀。」他有新黨之名，卻不見得看些很新的書；他同情失意的人，肯接見頹廢青年；他愛孩子，相信他們是中國的希望。「他議論非常多，而且往往頗奇警。」不料爲人中傷，失業之後，連寫信的郵票錢都沒有。幾經周折，他突然做起某師長的顧問來了。他對待孩子和房東太太的態度也由尊重變爲傲慢，奇怪的是，人們似乎因爲他的傲慢反而敬重他，親近他。或許是金錢的誘惑，喚起人們巴結討好的奴性心理，他實在失望透了。自己做的是昔日不屑一爲的「鄙事」，而他對人性的觀察又徹底的灰心，所以他的結論是：自己在世人眼中是成功了，事實上是失敗了。他要朋友忘掉他。魯迅寫出了知識分子在理想與現實之間的難以兩全，這個人也在表象的得意之餘，縱情玩樂，很快就把短暫的生命消耗盡了。無疑地，魏連殳代表一種剛烈的憤世的典型，魯迅藉他的故事，也檢討了當代環境是如何不適於知識分子的發展。

愛家愛國的知識分子

魯迅寫了三篇探討家庭中夫妻、兄弟相處的小說，〈傷逝〉以悲劇收場，〈幸福的家庭〉及〈弟兄〉則以輕微的感喟與溫馨著筆，三篇都收錄在《徬徨》集裏。〈傷逝〉採男主角的視點寫成，涓生與子君爲了神聖的愛情而結合，由於沒有徵求家長的同意，沒有舉行婚姻儀式，涓生被迫失業，在經濟窘迫的壓力之下，兩人的愛情受到嚴格的考驗。子君的嬌貴及不務實際，涓生的逃避現實和托高的論調，終於逼走了子君，她不久絕望地死去，徒然讓涓生追悔莫及。這可以說是一則愛情與麵包的故事，卻反映了當時一般人對婚約的重視。

至於〈幸福的家庭〉，則運用了很類似後設小說的手法，相當驚人地，一方面假設男主角在構想一篇小說：〈幸福的家庭〉；一方面以虛實交錯的方式，把想像與現實的「幸福家庭」呈現給讀者。我們看到了現實的幸福家庭如何在柴米油鹽的瑣屑折磨之下，男主人沒有獨立的書房，得背對白菜堆，床下一堆枝枝椏椏的木柴；女主人則是三五一十五地成爲斤斤計較而又脾氣暴躁的黃臉婆。這是一篇手法挺新的寫實小說。

〈弟兄〉這篇小說，可說是魯迅小說中最溫馨的一篇。根據周作人的說法，魯迅是個很盡職的大哥，小說中爲弟弟生病而操心的情節都是他眞實的紀錄❻。張沛君因爲同事們聊天，知道腥紅熱正流行，想到出門時，弟弟渾身發熱的徵狀正好相似，便顧不了節省，花大錢請了全城最好的外國大夫。他焦急地等待，想起萬一弟弟有個三長兩短，兩家的生計，子侄的教育，都成問題；眼前連買棺材的錢都沒有著落。大夫來了，很幸運地診斷是出疹子而已。他放心了，然而夜裏竟做了個怪異的夢：他命令自己的三個孩子上學去，兩個侄兒女也吵著要去上學，他揮起「鐵鑄似的」手掌向哭鬧的孩子臉上批去……。這篇小說採取雙線情節對比的形式，以秦益堂的兒子們天天爭鬥不休，來對比張沛君兄弟的友愛，技巧突出；而一場夢境的安排，很符合複雜人性的潛意識行爲，更是難得。在民國十四年，現代小說還在開展時期，魯迅就已寫了這樣出色的作品。

《吶喊》集中的〈藥〉，描寫革命烈士的鮮血救不了肺癆病患者，其中第三段說明鮮血饅頭這帖偏方的鮮血來源——革命烈士夏瑜。透過其他小說人物的對話，讀者知道他被自己的三伯告發，在大牢裏因爲沒錢巴結，被獄卒狠揍，他卻不怕，嘴裏說可憐，還勸獄卒造反，說這大清的天下是我們大家的。魯迅簡賅地刻畫了一個革命烈士的典型：爲了愛國救國，他們置個人生死於度外，即使在最危險的時刻，也不放棄宣傳革命的機會。可惜先知先覺者往往是寂寞的，夏瑜的理想，不僅獄卒不懂，茶館裏的茶客不懂，連他的可憐的母親也不了解兒子爲什麼被殺，兒子究竟爲國家奉獻了些什麼？辛亥革命在當代的老百姓心中，並沒有具體的了解，〈藥〉說明了民衆的教育實在還有待加強。有人說夏瑜的形象有著劍湖女俠秋瑾的影子，「夏」與「秋」是連續季節的更換，「瑜」和「瑾」都是美玉，而秋瑾成仁的地點，正是夏瑜被斬首的「古軒亭口」❼。魯迅在小說裏稱揚革命烈士的同時，也比襯了老百姓的愚昧。烈士的鮮血被愚昧的百姓取去治療肺癆病，變質為一種徒然的犧牲，不僅見於〈藥〉，〈狂人日記〉也說：「從易牙的兒子，一直吃到徐錫林；從徐錫林，一直吃到狼子村捉住的人。去年城裏殺了犯人，還有個生癆病的人，用饅頭蘸血舐。」語鋒雖略有轉折，痛惜革命烈士的犧牲，以及憐憫百姓的愚昧，意義是一樣的。

結論

如果不計《故事新編》，魯迅雖然只有兩個短篇小說集，但是在中國現代小說萌芽期的當代，魯迅以一個開創性的作家，已有了不起的成就。單就小說技巧來說，每一篇的寫作手法都不盡相同，單一的敍述觀點與人物視點運用純熟，而且還嘗試了潛意識的夢境描繪(見〈弟兄〉)，甚至有心理小說、後設小說(如〈傷逝〉、〈幸福的家庭〉)。而從小說豐富的意涵來說，他開創了寫實的風格，固然不無局限，就作者創作意圖來探究，不僅感時憂國之心極為明顯，他要「揭出病苦，引起療救的注意」，便努力發掘問題，突顯主題。由於古來知識分子負有承先啓後、繼往開來的責任，有勇猛精進的鬥志，有力挽狂瀾的氣魄，看看魯迅筆下的知識分子，可以得到不少啓發。

魯迅小說中的知識分子，令人憤慨、惱恨、同情的多，令人振奮、景仰、感佩的少。他刻畫的人物多數複雜、矛盾，嘲諷的遺老也都是與善良、窮苦百姓對立的，迂腐、冷漠而虛僞。可以說他勾繪的知識分子，是灰暗、蒼白的多，彩色而溫馨的只有可數的三、兩篇。毫無疑問地，讀魯迅的小說，從他的人物造型，可以附帶看出他所要提供的社會背景，他的寫實風格也不容許我們對他的小說人物生存背景完全忽視。所謂遺老，是卽將被淘汰的一羣人，國家的希望也不在他們身上，姑且不談了。魯迅在意的恐怕是孔乙己這類不能適應時代的寄生蟲，他也同情被逼瘋的狂人；他所痛心的是許許多多知識分子在那種新舊交替的時代，理想不能實現，只有在矛盾中掙扎，隨波逐流，抑鬱以終。筆者認爲：呂緯甫多少還有些個性上的缺陷，他的渾噩度日，是環境與個性綜合的結果；而魏連殳這個複雜的悲劇人物，卻生動地提供了一個新式知識分子爲理想奮鬥的挫敗歷程。他與環境妥協之後，違背自己的原則，反倒贏得俗人的敬重，這不只是嘲諷，簡直是痛心的現象。因爲它反襯了世人的愚昧，以及知識分子卽使有心教育百姓，改革社會，他難免要遇到挫折，他常是處在無能爲力的狀況，也常處在不被了解的狀況。縱然是像夏瑜那樣熱血沸騰、慷慨激昂的角色，也難免被家人出賣，他的偉大理想也無從讓疼愛自己的母親理解。知識分子走在時代前端，他們極需要開展教育百姓的工作，但是整體環境並不能提供良好的配合的條件；再加上知識分子本身的毅力和定力容有不足，那麼日子就只有灰色一大片，光彩一點點了。

話雖如此，魯迅筆下的小說人物並非完全悲觀絕望。在〈藥〉中的最後一部分，他固然營造了「安特萊夫式的陰冷」❽，也在夏瑜的墳上留下了一只花環，象徵一個新的希望。原來革命的事業雖不能即刻喚起廣大民衆的呼應，一批批的革命志士仍將不斷奮鬥，中國的希望就在這裏。〈弟兄〉中既有手足情深的兄弟，〈幸福的家庭〉裏也有愛妻憐女的男主人，這個社會儘管有缺陷，環境儘管不理想，這樣的「和樂家庭」還是可以撐持下去的。這樣的人物也許正是最平常可見，最眞實，也是眞正所謂「承先啓後」的知識分子。

——刊載於八十一年十一月五、六、七日《中央日報》副刊

附註：

❶ 見《吶喊》序。

❷ 見《吶喊》序：比喻在「一間鐵屋子」裏，「仍不免吶喊幾聲」。李歐梵著有《來自鐵屋的呼聲》(*Voices from the Iron House: a Study of Lu Xun*)。

❸ 《楚辭・離騷》：「朝發軔於蒼梧兮，夕余至乎懸圃；欲少留此靈瑣兮，日忽忽其將暮。吾令羲和弭節兮，望崦嵫而勿迫；路曼曼其脩遠兮，吾將上下而求索。」魯迅曾將上列八句「楚辭」列印在《徬徨》集目次後的扉頁上。見一九六七年香港新文藝出版社《彷徨》。又曹聚仁《魯迅年譜》：民國十五年

《彷徨》出版，扉頁上引用了屈原的《離騷》：「路漫漫其脩遠兮，吾將上下而求索。」還題了一首詩：「寂寞新文苑，平安舊戰場；兩間餘一卒，荷戟獨彷徨！」（以上二書繆天華教授收藏，「徬」與「彷」通用）。

❹ 《吶喊》序：「有誰從小康人家而墜入困頓的麼？我以為在這途路中，大概可以看見世人的眞面目。」又魯迅在英譯本《短篇小說選集》自序中說：「……有時感到上流社會的虛偽和腐敗……」（何啓治《少年魯迅的故事》，頁五五引，天津新蕾出版社，一九八一年八月。）

❺ 見何啓治《少年魯迅的故事》，頁五六。

❻ 見《知堂回想錄》，頁一一二；繆天華〈魯迅作品的虛與實〉（《耳聞眼見散記》），《中央日報》副刊，民國七十七年六月四日。

❼ 見周作人《知堂回想錄》，頁五四；師大繆天華教授亦主此說，見民國七十七年六月四日《中央日報》副刊〈魯迅作品的虛與實〉（《耳聞眼見散記》）。

❽ 見魯迅《中國新文學大系・小說二集》導言。

沈從文小說中的黑暗面

沈從文（一九〇二年十二月二十八日至一九八八年五月十日）曾經是諾貝爾文學獎呼聲甚高的中國作家，小說成集的有四十部，據夏志清先生研究，沈從文的文學豐收時間是一九二五年到一九四七年，目前收集到他那段時間所寫的小說共有八大卷，每卷四百頁，一共是三千二百頁❶。一般簡約的理解，沈從文「以描寫湘西鄉土愛情小說著名」❷，「沈從文的創作帶著鮮明的浪漫主義色彩」❸。他自己說過要藉《邊城》表現：「一種優美、健康、自然，而又不悖乎人性的人生形式」❹。劉西渭稱揚沈從文的小說，「不忍心分析，因爲他怕揭露人性的醜惡」❺。於是讀者相信沈從文「寫出了中國人溫柔敦厚的至情」，陷入浮面的、單一性的理解，不能兼顧沈從文「對人生幽黯的感喟」❻，也就疏忽了沈從文小說繁複的意涵。事實上，沈從文一再說明，他寫的包含了各種人物的「愛憎哀樂」❼，過於單純浪漫的閱讀，並非作者所樂見的，他說過：

> 作品能够在市場上流行，實際上近於買櫝還珠。你們能欣賞我故事的清新，照例那作品背後蘊藏的熱情却忽略了；你們能欣賞我文字的樸實，照例那作品背後隱伏的悲痛也忽略了。[8]

熱情和悲痛都掩蓋在他疏淡的文筆之下，同樣都是他表達的重點。因此，我們不僅要了解他「燃燒的感情，對於人類智慧與美麗永遠的傾心，康健誠實的贊頌」，也必須了解他「對於愚蠢自私極端憎惡的感情。」[9]

基於一般人對沈從文小說偏重唯美的禮讚，筆者試圖探索沈從文小說的黑暗面，藉以了解作者的「感時憂國精神」[10]。沈從文只想摹寫人生，只想刻畫人性，他既不是民族文學的尊奉者，也不肯照農民文學的模式去寫作[11]。他以湘西特殊歷史背景、地理環境，以他的故事透露對政治局勢的隱憂，百姓承受長期戰亂引致的種種壓力，他一貫地用恬淡深斂的文筆輕輕烘襯出這些黑暗面，卻是兼具浪漫主義與現實主義的全世界公認的中國新文學家[12]。

掠奪

一個婦人正趕鴨子下街，一個穿灰軍裝的副爺大踏步走去追趕那鴨子，婦人說：「副爺，你搶我鴨子！不成，這是我的。……這是我親手養大的。」中華民國南北各省，有上百萬「副爺」這種人物，在〈失業〉中這兵士明明搶奪人家的鴨子，卻裝做是婦人偷他的，甚至還口出穢言，誣賴別人，煞有介事要一起去十殿閻王的衙門理論。婦人知道軍隊駐紮在那裏，只能幽幽地哭。熟人安慰她：「鴨子又不會說話，到衙門找包公也不濟事！戲臺上包公可管不著我們城裏的事情！」婦人放棄了，理由是：「我去，他們會打我踢我，我怕他們打我，算了，青天白日見鬼。」歸咎於霉運還不夠，她必得詈罵才得消解內心的憤恨：「糧上人全是搶匪、強盜，挨刀砍的槍打的。」為了反襯這種掠奪行徑之出乎常理之外，沈從文故意藉純眞的電話局管理員之口，做了似是而非的結論：

> 回到電話機旁時，他心裏想：「這女子一定是個土娼，夜裏兵士抱了鴨子來睡覺，佔了便宜，大白天又把鴨子捉回去，不然豈有大白天搶鴨子的道理。」

殊不知，作者所要揭露的，正是這種「豈有此理」的冤屈，無從投訴，無從辯解，無從討回公道，無從維護個人權益的委屈。

沈從文在《邊城》題記，劈頭就說：「對於農人與兵士，懷了不可言說的溫愛。」兵士是作者熟習的親近的一些人，在鎮筸這樣與兵士淵源深厚的地方，兵士既多，也是沈從文熟稔的人物。《邊城》中的楊馬兵，內斂厚重，有情有義；順順由軍人轉業做船總，排難解紛，疏財仗義。卽令其他篇目的粗魯傖俗，沈從文仍寫出兵士可愛的合乎人性的特質。但像〈失業〉中類似的掠奪，揭露軍中某些黑暗面，足見沈從文並非一味粉飾，而具有深度的社會關懷。

〈鄉城〉這個短篇，主題也是「掠奪」，建設局長為了招待下鄉演文明戲的學生，強「買」了鄉下王老太太的兩隻鷄。王老太太有她的悲苦，鷄是她的命根子，沈從文也檢討土財主家的大婦被冷落，被「虐待」的問題。「老太太家當雖有三十萬，但一屋子屯的煤油，三個倉房屯的青鹽，幾箱子田地和房屋紙契，對於她都不大相干。」在她來說：「一切權利都是抽象的，只有義務具體。」她忙著餵養三隻碩大肥美的鷄。她的鷄正生蛋，她要讓牠孵小鷄，她不想殺牠。這幾隻鷄是她生活的重心，生活的希望。丈夫儘管有錢，卻帶了姨太太住在另一所大房子。建設局長還算有良心，只取走兩隻鷄，擱下八塊錢，把那隻毛色頂好看的筍殼色母鷄留下陪老太太。無奈老財主轉來家裏，把八塊錢也帶走了。吃家裏穀子長大，賣鷄的錢不能算私房錢。這樣的「掠奪」，有理爭論不過，老太太嘔氣沒吃飯，媳婦們和小孫子也沒人留意，大家只顧進城看熱鬧去。如此孤單的財主老婆，既沒有妻子的地位，也沒有婆婆奶奶的地位，失鷄事小，在她可眞是再大不過的了。沈從文費盡文墨，當然有相當深刻的感喟。

談到物我渾融，待動物一如人類，最明顯的是〈牛〉中的牛伯之於牛。他待牛彷彿兒子，雖駡，仍有愛撫，彼此相依為命。有一天為一點小事生氣，他竟用木榔槌打了那耕牛後腳，第二天發覺情況不對，他溫和的檢視牛腳，牛眼中凝了一泡淚，牛伯懷疑牛「撒嬌偷懶」，他教訓牛，要聽管教。他後悔自己任性，牛的不尋常的喘氣，讓他理解到暴力的嚴重性了，他釋下牛軛，對牛說：「我這人眞是老胡塗了，人老了就要做蠢事。」這算是中國式的道歉吧？拖了兩天，牛伯看出「伙計」實在不能工作，迢迢十里去請牛醫看病，花了大錢，看別人翻過的田，心中懊惱，只得請幫工，用人力拖犁。牛伯告訴牛：「下田還是我們兩個做配手好。」四天以後，他們合作用力耕田了，一天耕的地比工人兩倍還多。回到家中，他們都做了快樂幸福的夢，牛伯考慮到了十二月，就爲牛找個伴。結果，「到了十二月，蕩裏所有的牛全被衙門徵發到一個不可知的地方去了。」牛伯奔走探訊，毫無線索，末了他看到木榔槌，「就後悔爲什麼不重重的一下把那畜生的腳打斷。」這句結筆，輕描淡寫，卻是筆力千鈞。牛伯爲一榔槌，曾付出多少金錢與悛悔；如今恨不得乾脆打斷牛腿，爲的是那樣或者可以免去徵調，牛即使殘廢，多少也還有用途，至少能留在自己身邊。這種筆調，蘊含對無端徵收百姓牲口的抗議，完全不爲百姓生計著想，即使美其名是爲公家，本質上仍是暴力。前頭人牛之情描摹得越深厚，夢想編織得越美麗，掠奪的暴力產生的破壞性越顯得嚴重。

在一九四五年重校的《長河》中篇小說〈秋〉一節裏，兩個鄉下男子聊起太平溪王四癩子的故事。白手起家的土財主，川軍過境時，被勒索兩萬塊錢，地方作保，才放了出來，中央軍來了，仍捐出兩萬塊，取保交釋。等隊伍人馬完全過境，他的積蓄已耗光，油坊毀了，兩隻船被封去弄沈，王四癩子氣死了。靈前三個冒出來的孝子惹出羣架，知縣帶了保安隊仵作人等一大羣，下鄉驗屍，「把村子裏母鷄吃個乾淨後」，推托「清官難斷家務事」，一干人馬又回縣裏去了。一拖三年，還未結案，王四癩子棺木也不能入土。看來亂世之中，財產毫無保障，儘管白手起家，免不了財散人死，還不得安寧。小說家疏淡之筆，揭露的黑暗面，令人不忍細想。

苛擾

《長河》裏的老水手滿滿說過：「凡事總有理字，三頭六臂的人也得講個道理。」無奈，百姓「活到不講理的世界」。「新生活」運動推展，目的在於「嚴肅整齊，將來好齊心打鬼子。」但執行的青年學生追究划船的走路不講規矩，罰立正，鄉下人進城非得左邊走不可，不受拘束慣了的水手們那知道這麼麻煩？常德街上不扣衣扣也得挨一二下，但出城到河邊，依吊腳樓撒尿，也沒人管了。這樣只注重枝節，只注意形式，而不是由教育根本理解與實踐著手。新生活推行，宣傳不夠，鄉間百姓只知道「新生活」之名，根本不知道是人是物，人們隨意猜測、杜撰、渲染，「不明白『新生活』是什麼樣子，會不會拉人殺人。」明明莫名其妙，男人也會編排：「『新生活』下船，人馬可眞多！機關槍、機關炮、六子連、七子針、十三太保，什麼都有。」聽得婦人異常不安。從這些敍述，讓人了解在廣大的鄉間，政策的落實原來如此困難，良法美意由於執行偏差，徒然成了擾民的行徑。

沈從文的小說，也毫不客氣地指出了都市人自我膨脹的優越感，不能理解鄉下人別有淳樸的另一套美好風俗，硬要自以爲是，自作聰明，往往誤解、動氣，甚至兩邊傷了感情。橘子園老板滕長順要送兩筐橘子給稅局中人，這人堅持給一塊錢，長順說：「橘子結在樹上，正是要人吃的！……這東西越吃越發。」爭持到後來，老水手打圓場，錢收了，又額外加了五十個頂大的橘子。大抵主客盡歡，情義俱在。另一場鄉下人和跑遠路的差人之間，就起了誤會，鄉下人意思是橘子便宜，隨意要多少，就拿多少去，看他們不過挑了二十個，就想讓他們白吃，不必破費，所以不收兩毛錢的票子。誰知道有個老軍務，自認爲懂得鄉下人，脫口罵人：「把了你錢還嫌少？……你們這裏人刁狡，我什麼不明白！」這樣一來，鄉下人就委屈，有牢騷了！「錢從那裏來？羊毛出在羊身上，還不是湘西人大家有分，你凡事明白，明白你個鷄公！」別人勸解，他的氣更大，「你是委員長的乾兒子、小舅子，到這裏來也得講道理！」所謂理直氣壯，憨厚的鄉下人發狠生氣就天不怕地不怕了。

《長河》藉長順和滿滿的對話，討論了官與民爭利的問題。若是設置機器油坊，有大本錢，又有勢，有跑路的狗，辦起來，怕有二、三十處民營的油坊都得關門大吉。問題爭辯不在於機器與人工效率的差別，而在於民間對官員不信任，「上上下下只想撈油水」，品質一定差，但就怕他們手段厲害，「還可用官價來收買別家的油，貼個牌號充數。」官既要面子，也要一點錢，百姓委屈，有所控訴，往往是官官相護。不過長順對國家還是有信仰和愛，「他有種單純而誠實的信念，相信國家不打仗，能統一，究竟好多了。國運和家運一樣，一切得慢慢來，慢慢的會好轉的。」一九五八年反右運動之後，有人訪問沈從文先生，他態度審愼，說：「國家有這麼大，有飯吃就是件大事了。」⑬說話的語調出自廣大的寬容，這樣的寬容和《長河》中的長順一樣，出自對國家的信仰和愛，或者說出自他「天生的保守性和對舊中國不移的信心。」⑭

雖然《申報》早有上面的命令，「不許借此爲名，苛索民間」，但是鑑於前例，長順對可能有的苛索仍是害怕。人家祝賀他橘子收成好，他則感慨萬千，說「還有人不要那一片土，也能長金子的。」派捐一派就是四十、五十塊錢，半年二三十回，「巴掌大一片土地，刮去又刮來，有多少可刮的油水？」商會會長才剛剛繳了槍款，沒有收據，想當然是隊長私人的需索。一個押船伙計正好被水警訛詐了一筆錢，還受了氣，水警要錢的招數很多，錢也胡亂花掉，往往用到婊子身上；諷刺的是，家裏的女人自由，有時還讓他做了烏龜。湘西人笑他們，認爲是一報還一報。

一個做長工的，對於省裏來的委員印象不大好，認爲委員的話信不得。曾經辯說洋人吃三斤半的鷄沒道理，鄉下十八斤重的閹鷄仍是好吃，結果委員捉了他家一隻十五斤重的大閹鷄研究去了。爛泥地方一個農人送一個三十二斤重的蘿蔔大王到縣城裏去報功請賞，縣裏人說公文報上去會有金字牌，後來沒得賞，反被訛詐了四塊錢去；委員下鄉，陪委員吃酒的要出分子，委員臨走，帶了菜種，捉了七、八隻筍殼色肥母鷄，預備帶回去研究。當然蘿蔔、母鷄大約還是進了縣裏人的五臟廟了的。

俗話說：「貨到地頭死」，產地橘子價賤，下游地區卻是高價，長順算過，到上海有三百二十道稅關，沿途稽查伸手要錢，自己運送，實在夠蠢。保安隊長和師爺倒打好如意算盤，想讓長順送一船橘子，自己做無本生意。無奈場面上的話說是買些送禮，長順一逕以爲送幾挑也儘夠了。隊長和師爺溝通不了，就威嚇，長順不免怨恨：「保安隊原來就是砍人家橘子樹的。」商會會長打圓場，隊長只好見風轉舵，讓長順送十擔橘子了事。反正長順已慣於用「氣運」來抵抗無可奈何的不公平待遇，這樣的結果對他來說，已經是很不錯的了。

晚清官場的陋習，在民國的湘西似乎也還見到十之七八。《雪晴》中的〈傳奇不奇〉一段，描寫剿匪，縣長自利自私，只想藉下鄉吃喝，讓各鄉各保籌筆清鄉費，「臘肉香腸斂個一兩擔，肥母鷄大閹鷄捉個三五十隻」，另外取一些治病的藥材等，隨意找個倒霉鄉下人斬首示衆，「吹著勝軍號，排隊打道回衙。」這種心態，儼然是《官場現形記》胡統領的翻版[15]。幸虧大隊長是本地精英，眞正是在辦事，才完滿解決了問題。湘西的水手聊天胡蓋，若做了大隊長，「不許倚勢壓人，欺老百姓。」長順的么女兒，愛嬌純眞，派定老水手做官，「天下歸你管，一定公平得多。」哥哥三黑子說：「我當了省主席，一定要槍斃好多好多人，做官的不好，也要槍斃。」沈從文讓這些純良美善的人物道出了理想的政治狀況。

橫　暴

《長河》首章〈人與地〉中，曾談論到湘西陋習，有女子未婚懷孕，或寡婦另外有了男人，做出「本地人當話柄的事」，往往產後喝生水，自求解脫，如《邊城》中翠翠的母親便是；也有被沈潭或遠嫁的，基本上是一種社會壓力之下的橫暴行爲，卻在湘西被看做理所當然的事。

天底下有這樣的怪事，天經地義的一對夫婦被好管閒事的鄉下人當成姦夫淫婦一般對待。原因是有人在山坳裏大草叢發現了這對年輕男女「不避人大白天做著使誰看來也生氣的事情」，就聚集了附近的漢子們把人捉來。人羣中有醉漢主張把男女剝光衣服鞭打之後，送鄉長那裏去；又有人說找磨石來，預備沈潭。一個行伍中人被找來審訊，他覺得「這是應當供衆人用石頭打死的事了。」但看女的鞋子繡得有雙鳳，是鄉間富有人家才穿得有的好鞋，想到或者罰錢，或者牽一隻牛的方式，自己可以叨點光。問過財產、地位、家中人，末了才知道兩人原來是親夫婦，新婚不久，正要返岳家。這簡直天大笑話，既是眞夫婦，就不算犯了大罪。但鄉下人覺得被他們欺騙了，換現代語言，說妨害風化。幸好有個由城裏下鄉的人——璜，他挺身爲他們解圍，親自去見團總，送年輕夫婦出鄉上山。當然，這全虧他有一個「黨部特別證」。這篇小說牽扯到鄉下人的愚昧與橫暴，最可怕的是，衆人還把這種蠻橫的暴虐看做理所當然。

〈夫婦〉所說的只是一個有驚無險的故事，《雪晴》中的〈巧秀與多生〉，提及巧秀的寡母和一個打虎匠相好。因爲貪圖巧秀爹留下的七畝山田，族裏人捉姦綁到祠堂公開審判。本來照本地規矩，可以責打一頓，把婦人遠嫁，但族長妒恨巧秀娘，就格外狠心，當著小寡婦的面鎚斷打虎匠的雙腿，又說違背倫理道德，全族顏面攸關，提議把「不知羞恥的賤婦照規矩沈潭」。他讓衆人畫押，簽了公禀給縣裏，把責任推到羣衆方面去，其實地方陋習，輕重拿捏都在族長一人，而私刑造成死傷，遠超過「通姦」的罪罰，本質上是橫暴。

《長河・人與地》中說：「鄉村無呼奴使婢習慣，家中要個幫手時，家長即爲未成年的兒子討童養媳。」短篇〈蕭蕭〉的主角就是童養媳，十二歲進門，每天陪著不到三歲的小丈夫「弟弟」，後來被一個長工糊裏糊塗誘姦成孕。她吃香灰，喝冷水，都沒能如願死去，她預備逃走，被發覺了。於是祖父約了蕭蕭的伯父，照規矩看是沈潭還是發賣？伯父不忍心讓蕭蕭沈潭，就等機會把她嫁到遠處去，索一筆錢，做爲賠償。其實小丈夫不願意讓蕭蕭遠嫁，蕭蕭自己也不願意。拖到蕭蕭生了個兒子，團頭大眼，聲音洪壯，大家把母子照顧得好好的。蕭蕭既生的是兒子，就不嫁別處了。蕭蕭同丈夫圓房時，兒子牛兒已十歲，叫小丈夫大叔。牛兒十二歲也接了親，蕭蕭生了小毛毛才三個月，蕭蕭抱了小毛毛看熱鬧，就同十年前抱丈夫一個樣子。沈從文的小說向來是輕淡含蓄，餘味無窮的。他說過：「你們只知道我文章的優美與清淡，不知道我平淡後面掩藏的強烈和深沈。你們只知道我的抒情，不知道抒情後面的痛苦有多深。」[16]表面看來，他寫的不過是蕭蕭這個女人平凡的小故事，但是關涉到童養媳的習俗，關係到沈潭、遠嫁的横暴行爲，令人震撼。蕭蕭運氣好，沒有受子曰詩云道德觀薰陶的長輩，因而免去沈潭的悲劇；又幸好沒有對象可以發賣，幸好她生的是個可愛的兒子，於是不幸的陰影被和悅的寬容消釋了。沈從文寫出蠻横陋習也可以在健忘的人羣中淡化，但是，究竟有多少蕭蕭，能有蕭蕭這樣的好運？沈從文想必仍是搖頭否定的。

時局不靖，軍隊騷擾民宅，老百姓寃屈無從傾訴。在〈上城裏來的人〉中，以一個農婦的敍述口吻，沈從文道盡人間各種苦楚。那是非常客觀冷靜的素樸白描。「他們不用什麼名義就動手。」所謂動手，是牛、羊、財物的掠奪，然後輪到婦女，「婦人是有『用處』的。」沈從文藉農婦的平淡口述，穿插大表妹子的恐懼，以及婦人的勸慰：大表嫂、嬸嬸也在這裏，不要怕，「讓他吃，讓他用，衙門做官的既不負責，廟裏菩薩又不保佑，聽他們去，不過一頓飯久就完事。」他們不是土匪，不會帶走婦人，這可以放心。作者沒有道破，讀者也了解到是怎麼樣的一種災難降臨到村婦身上，包括黃花大閨女、老年婦女，無一倖免，血淚閃爍在文辭之外，作者的悲憫盡在不言中。

軍隊走了，牛、羊、家產都沒有了，這還不夠嚴重，災難來了，婦女們被傳染了性病。她的男人沒法生活，當兵去了，他臨走告訴她：「將來總會作他們做過的事。」沈痛莫過於受害者將以同樣的手法害人，人性泯滅，天良喪盡！婦人要他留意，若有病牛，可要爲別人留下不要拉走。她相信那好男人有機會必照她的話做。她到城裏來，爲的是鄉下再也過不下去了。城裏人談婦女解放，她的問題是：「我不知道使我們村子裏婦人所害的病，有法子在解放以後就不害它了嗎？」再好的未來，也彌補不了過去所受的創傷。前後五年了，她相信若再遇到那隻腳病的黑牛，那牛必定認得她；然而她恐怕不認得自己的男人了。多悲哀的體認，畜牲耐苦，與人的情義堅定，這是沈從文小說的主題之一；而人的變化，受時局影響，可能超過意想，婦人受姦污之後，便失去了丈夫了。這冤屈無從告訴，「他們是這樣多，衣服一色，上城來告狀又不是辦法，我們告誰？」這的確是神明不管，政府不管，這樣深沈的痛苦，經由疏淡的筆墨滲透出來，越品味越深刻。

死亡

辛亥革命那年，沈從文不過虛歲十歲，跟著爸爸去看一大堆骯髒血汚的人頭，成串的人耳朵，不明白爲什麼這些人被砍殺，「這愚蠢殘酷的殺戮繼續了約一個月，方漸漸減少下來。」[17]有了這樣的經歷，後來寫小說時，談到死亡，似乎都不是什麼嚇人的了不起事件了。「放蠱」「落洞」[18]是苗疆特殊的風俗；湘西甚至有女子成婚之前必須破身，以處女之身付與所愛之人必不祥的迷信陋習，爲此熱戀中的男女選擇了死亡[19]。〈生存〉中的準藝術家在艱苦的生存條件下爲理想而奮鬥，他的癆病妻子省下不足額的醫療費用滙寄給他，坦然迎向死亡。〈腐爛〉描寫上海一隅髒亂成爲大都會的恥辱，浪童卑劣，警員苛刻。巡警有時執行任務，就得留意「看看是不是有誰從家中抛出一個死去的孩子」。貧窮引發的社會問題之外，軍隊「剿匪」一殺就幾百人，洗村常是鷄犬不留[20]；在作者奇異經驗中，不乏剖腹取心，看火伕把心肝下鍋炒吃的「野蠻荒唐」故事[21]。在〈節日〉中，描摹監獄中管獄的「閻王」如何變態虐待囚犯，「支取多年以前痛苦的子息」，彌補自己曾經爲囚被苛虐的痛苦。文末有冷冽的結語：「×城是多狼的，因爲小孩子的大量死亡，衙門中每天殺人，狼的食料就從不如窮人的食料那麼貧乏難得。」民生與獄政顯然都出了大問題。

然而以上種種似乎基於某一種尊重習俗以及認可成規的觀念，死亡有些無可奈何，好像也只有嗟嘆了事。但是沈從文對於現代政治的懷疑與不信任[22]，使他對早期共產黨徒於活動期間，被逮捕處決，寄予濃烈的同情。他在不少小說中以美好形象來烘襯這些烈士死亡如何令人痛惜。他筆下的突然遭槍決的共產黨徒，大都是有理想的、傑出的、勇敢的。〈三個女性〉中黑鳳收到電報，知道××已死，她的想法是：「勇敢的同有用的好人，照例就是這樣結局，於是剩下些庸鄙怕事、醉生夢死一大羣……。」〈大小阮〉中的小阮，熱中改革，追求自由解放，逃過清黨「人血攪成的政治漩渦」，參加武昌大暴動、廣州大暴動、唐山大罷工，最後在天津監獄絕食抗議而死。沈從文結筆是：「這古怪時代，許多人爲多數人找尋幸福，都在沈默裏倒下，完事了。」在

〈菜園〉短篇中的玉家少主人和少奶奶，是一對完美的璧人，卻被縣裏「請」去，不再回來。女主人三年後也自願隨兒媳而去。她的高雅與慈愛，烘襯出這種災難的深沈創痛。在〈新與舊〉中，劊子手奉命砍殺的，是與學生彼此「很歡喜」的兩個小學教員。爲此劊子手愧疚而死。

濫殺

沈從文在〈新與舊〉中，描繪了一個精通武藝的劊子手。一般凶殘可怕，滿臉橫肉的劊子手形象，全不適用於沈從文的小說。在光緒十幾年的時期，楊金標這個馬上平地有好本領的戰士，「身穿雙盤雲青號掛，包一塊縐絲帕頭」，衙門有事傳喚，他便帶了那「尺來長的鬼頭刀」去西門外等候差事。他必先向監斬官行禮請示旨意，「得到許可，走進罪犯身後，稍稍估量，手拐子向犯人頸窩一擦，發出個木然的鈍聲，那漢子頭便落地了。」因爲他分寸拿捏得恰到好處，犯人並不痛苦，所以他是最好的劊子手。

奇特的是，在衆人喝采之際，他卻「不顧一切，低下頭直向城隍廟跑去。」原來湘西的邊陲地區留傳有爲劊子手殺人的禳災儀式。他向菩薩磕過響頭，躲藏在香案下，等候縣官到來。有探子報稱「平民」被殺，「凶手」去向不明，縣官照例追究，排好公案，在神前審訊，楊金標出來「自首」，呈上血刀作證，挨四十大棍，等責打完後，縣官擲下一個小包封，算是劊子手的酬勢。

由人神共治的背景演變出來的這種儀式，顯現了人命的尊貴。在神面前，即使是個死囚，仍然是平等衆生中的一介平民；即使是奉諭執刑的劊子手，人間的法可以寬容他，在神面前，仍然是剝奪另外一個尊貴生命的凶手。是何等清明的思慮，何等寬廣的視點，才能有這樣的觀照。然而劊子手既基於公務需要而殺人，總得爲他在神前取得寬宥，四十殺威紅棍便具有象徵意味，藉此禳除了他殺人的罪過。這樣的意蘊，簡直超越了所有宗教的包容程度。

民國以後，楊金標成爲守城門的老兵，劊子手變成歷史性的角色：

> 時代一變化，「朝廷」改稱「政府」，當地統治人民方式更加殘酷，這個小地方斃人時常是十個八個。因此一來，任你怎麼英雄好漢，切胡瓜也沒那麼好本領幹得下。被排的全用槍斃代替斬首，於是楊金標變成了一個把守北門城上閂下鎖的老士兵。

敍述中含藏極強烈的諷刺。不指出時代因素，而強調政治殘酷，藉此強化了死刑浮濫，冤殺過多，作者對於生命的尊重之情非常濃烈。

民國的楊金標過著完全不同的日子，他釣魚、喝酒，偶而採藥，坐在城頭那尊廢炮上看人來人往，看一個小學校的師生活動。他保留了全套舊式武器，包括那寶刀，如今一拉出鞘，「還寒光逼人，好像尚不甘自棄的樣子。」他最高興的，大約是小學校的師生上城頭來玩耍了。女老師請他舞盾給小學生看，一些活潑的學生還會在此後上下學時跑到老兵家裏看盾牌。他常在城上看學生踢球，爲輸方大聲吶喊「打氣」。他看出老師和學生彼此都歡喜對方。

沒想到霜降前的一天上午，守城排長傳令要他拿了寶刀去辦事。沒有人知道就要殺人，他懷疑自己在做夢。隊伍來到以後，果然有兩個被綑綁了跪著的男女，他瞥一眼，覺得面善。在催促聲中，手起刀落，砍落兩顆頭顱。一種慣性動作，他拔腳跑向城隍廟，手持血淋淋的大刀，嚇壞廟祝和上香的婦女。他趕來完成前清時代劊子手的禳災儀式，但沒有人記得這種莊嚴的儀式了。他被當做瘋子繳了械，差點被亂槍打死。後來他知道刀砍的正是那所小學校的老師，他熟習的好人。由於殺了好人，又沒在神前受到寬有，這最後一個劊子手不久就死了。

沈從文在〈新與舊〉這個短篇裏，不僅突顯了人命尊貴的高遠視點，對湘西吏治也充滿不平和諷刺。和三〇年代許多作家一樣，他對共產黨員也加以美化，讀他的小說，共黨黨員的橫死，令人悲憫痛惜。

毀　滅

在〈七個野人與最後一個迎春節〉這個短篇裏，沈從文嚴肅地檢討苗人統治的問題。在沒有設官以前，北溪有些傳統風俗習慣，老年人盡責任處事公正。一旦地方「進步」，他們仍是耕田、砍柴、栽菜，卻得納捐，得遵守「一切極瑣碎極難記憶的規則」，他們懷疑「政府能使他們生活得更安穩一點沒有？」有一個獵人帶六個徒弟，討論到即將面臨設官的命運，相信好風俗將被大都會文明侵入而毀滅，官沒有用處，官不可靠，不如神明公正；而法律麻煩，爲逃避法律，人人學會欺詐。他們不要官來處理，但是他們設法阻擾無效，也沒法趕走那些官，末了只好退到山洞中去住，王法照例不及山洞，他們當了野人，他們不納糧稅，不派公款，不被地保管轄。

這些野人，勤快而自由地過日子，一些想要野味的人，拿了油鹽布匹衣服烟草到山洞來和他們交換獵物，他們很公道的交易，以自釀的燒酒款待客人。他們歡迎青年男女到山洞留宿，不單有乾淨的稻草與皮褥，還有新鮮涼水與玫瑰花香的煨芋。迎春節原是北溪人喝酒歡慶的節日，但政府已經不許舉行「荒唐的沈湎野宴」了，不服從法令的會有嚴厲的處罰。那些懷念舊俗，忍不住想喝酒荒唐一下的人們，想到山洞是好去處，總共有兩百人聚集到山洞來，七個野人把獵物薰燒燉炒做了六大盆佳餚，從地窖抬出四五缸陳燒酒，大夥歡樂暢飲，忘形笑鬧。

事情過後第三天，政府派了七十個持槍帶刀的軍人，圍攻七個野人，把七具屍身留在洞中，七顆頭顱帶回北溪，掛在稅關門前大樹上，他們的罪名是：「圖謀傾覆政府，有造反心」。去吃酒的人，自首的酌量罰款，不早自首被查出的，抄家，本人充軍，子女發賣做奴隸。這事很快就被忘了，沈從文說，因爲地方進步了。

美國憲法的起草人傑佛遜說過：「管理最少的政府是最好的政府。」這些話和中國道家的無爲而治都適合說明沈從文對湘西吏治的意見。他在散文集《湘西》最末一節〈苗民問題〉中，曾表示政治策略有偏差，對湘西缺少認識， 主張作當前社會各方面的調查，作歷史上民族性的分析，「當權者稍有知識和良心」，不「過分勒索苛刻」。〈七個野人與最後一個迎春節〉檢討雍正時期「改土歸流」以後的缺失，民族風俗習性的差異確實不能忽視。政府的作用只是苛擾，人民連做野人的權利也沒有，以「進步」的武器毀滅少數民族的精英，冠上莫須有的罪名，常是文明人慣做的野蠻行爲。證之於美國人剿滅印第安部落，白種人在非洲販賣黑奴，種族歧視常常蔽障了人類的慈悲，沈從文的野人故事，幾乎是政治寓言，值得深思。

結論

一九四九年中共政權控制大陸之後，沈從文曾數度企圖自殺[23]，後來他平靜下來，想清楚再也不能寫小說了。他的藝術觀沒有改變，他不肯屈從工農兵文學的模式，然而他的熱情未減，只好把心力投注於古代文物的研究。在大陸文壇，直到八〇年代，沈從文是被遺忘了，不僅得不到讚譽，還被指斥爲「桃紅」的「色情文學家」，是故作「清流」的「反動派」[24]，也有人罵他是「法西斯主義的幫兇」[25]。似乎在共產政權下，他十足是個問題人物，其實他自有個人獨立的思考，並無黨派的成見。他和古華對話，比較兩人小說的風格，說過：「你對政治很尖刻，我只重風俗民情。」㉖這樣的比對只可說是概約性的，因爲沈從文在政治問題上，雖不如古華「尖刻」，他除了「風俗民情」，仍有所關涉。上文引述的小說包含自一九二九年以後的作品，三〇年代以後湘西的混亂日趨嚴重，所以四〇年代的《長河》，基本故事的架構可能和《邊城》相近，但作者的用心大不相同，「《邊城》出入桃花源畔，成就暫時的神話想像，《長河》溶滙雜沓的人世糾葛，直逼擾攘的歷史夢魘。」㉗由於顧及現實層面的諷喻，《長河》頗多抗議政府苛擾的情節，舉例中還有所謂「共產黨前年過路，不放火燒房子，也虧得風水好。」言外之意，若非風水好，共產黨可能燒房子，這裏不燒，其他地方是燒的。證之於歷史，共產黨部隊所經，並非秋毫無犯，沈從文有藝術家忠誠的銳筆，不肯卑躬屈奉，被斥爲「反共老手」㉘是批鬥中難逃的噩運。若是檢視他一些同情共產黨黨徒爲高遠理想奉獻生命的小說，我們不能不說，他是有個人寬廣獨特的權衡尺度的。

沈從文反對暴力，他質問：「歷史上一切民族的進步，皆得取大流血方式排演嗎？……人類光明不是從理性更容易得到嗎？」㉙因爲非理性，所以他痛惜被「沈潭」的女子，對拉夫、徵調牲口、姦淫、濫殺都有沈痛的描繪。由於身具部分苗人的血統，他關懷苗族的遭遇，〈七個野人和最後一個迎春節〉，乍看是敍說前清的故事，實際上是藉此痛責漢人、滿人在湘西對苗人的酷虐屠殺。文末有關漢人販賣苗人子女的問題，在早一年撰寫〈阿麗思中國遊記〉時業已提及㉚，足見沈從文多麼重視它，他小說內斂的深刻隱憂，只要稍加探觸，不免悲愴之感。

話雖如此，沈從文對暴力的界定，實亦有其個人特殊的詮釋。一旦有眞情融入其中，世俗的暴力，在他有可能作寬容的認可或廣度的了解。〈在別一個國度裏〉，八蠻山落草的山大王強娶宋家姑娘，情眞意切，新娘最後充滿愛悅幸福感，用來形容大王的是「年青、彪壯、有錢、聰明、溫柔、體貼」，難怪村人妒嫉了。《從文自傳》中的〈一個大王〉原是種田良民，被當做土匪槍決過，後來眞做了土匪，無惡不作，但他的爽直、堅實、強悍，又讓少年的沈從文「了解那些行爲背後所隱伏的生命意識」㉛。由此可知，沈從文反對的暴力，是自私而害人，外來的傷害殘虐。他感慨「現代文化便培養了許多蝗蟲。……貪得而自私，有個華美外表，比蝗蟲更多一種自足的高貴。」㉜像這樣的高級「蝗蟲」，正是暴力的來源之一，其他如外來軍隊的凌壓，在〈上城裏來的人〉及《長河》都有跡可尋。

魯迅在《吶喊》序中，曾說明寫小說，暴露社會的黑暗面，是爲了「揭出病苦，以引起療救的注意。」沈從文小說中的黑暗面，成色並不濃厚，陰影所在，是作者關懷「愛憎哀樂」的自然雕塑，他的希望，則是藉此重新改造人與人的關係。沈從文小說中，《長河》的現實性最強，他要「給外來者一種比較近實的印象」，寫的是「一些平凡人物生活上的常與變，以及兩相乘除中所有的哀樂」，爲了沖淡「痛苦印象」，「特意加上一點牧歌的諧趣」，所以，讀者一方面感受到黑暗面的陰影，一方面和《邊城》人物一樣的正直熱情，也仍然會保留在「年青人的血裏夢裏」，可以重建「自尊心和自信心」㉝。古華說過：「在極左政治對我張牙舞爪，百般凌辱的歲月裏，正是他的這些描繪湘西迷人風習的鄉土小說，給了我飢渴絕望的心靈以人性美的滋潤。」㉞沈從文作品的黑暗面，有如西方素描的明暗光影，使小說更具眞實性，非但無損於小說藝術的完美，反而更加強了小說動人的魅力。

——民國八十年八月二十一日「二十世紀中國文學」研討會論文，學生書局，八十一年，元月初版。

——刊載於《中央日報》副刊，民國八十年十月二十二、二十三、二十四、二十五、二十六日。

附註：

❶ 見李勇〈夏志清與金介甫談沈從文〉，臺北，《聯合文學》四十五期，頁六七。一九八八年七月。

❷ 同❶。

❸ 見凌宇〈從苗漢文化和中西文化的撞擊看沈從文〉，臺北，《聯合文學》二十七期，頁一三七。一九八七年一月。

❹ 見《習作選集》代序，《沈從文選集》第五卷，頁二三一。四川人民出版社，一九八三年六月第一版。

❺ 見司馬長風《中國新文學史》中卷，頁七三。臺北，古楓出版社，一九七六年三月。

❻ 參閱王德威《衆聲喧嘩》，頁一一一，〈初論沈從文——《邊城》的愛情傳奇與敍事特徵〉。臺北，遠流出版公司，一九八八年九月。

❼ 〈邊城題記〉：「民族眞正的愛憎與哀樂」，《習作選集》代序：「鄉下人……愛憎和哀樂自有它獨特的式樣」，〈長河題記〉：「寫寫這個地方一些平凡人物生活上的常與變，以及兩相乘除中所有的哀樂。」《廢郵存底》中〈給某作家〉：「把哀樂愛憎看得清楚一些。」見《沈從文選集》卷五，頁二二五、二二九、二三九、四五。

❽ 見《習作選集》代序，《沈從文選集》卷五，頁二三〇。

❾ 同❽，頁二三三。

❿ 夏志清有〈現代中國文學感時憂國的精神〉，收入《愛情、社會、小說》。臺北，純文學出版社，一九七〇年九月。附錄於《中國現代小說史》。臺北，傳記文學社，一九七九年九月。金介甫〈沈從文與中國現代文學的地域色彩〉談及沈氏這種獨特表現方式，見《聯合文學》二十七期，頁一二六。

⓫ 參《習作選集》代序，《沈從文選集》卷五，頁二三一、二三二。

⓬ 參朱光潛〈歷史將會重新評價〉，《聯合文學》二十七期，頁一四九。

⓭ 見陳平芝專訪王㐨〈瘠地上的大樹〉，《聯合文學》四十五期，頁九五。

⓮ 見夏志清《中國現代小說史》。臺北，傳記文學社，一九七九年九月。

⓯ 見《官場現形記》第十四回「剿土匪魚龍曼衍，開保案鷄犬飛昇」。

⓰ 見非秋〈沈從文與湘女蕭蕭〉，《聯合文學》二十七期，頁一八三。

⓱ 見《沈從文自傳》。

⓲ 見《湘西》〈鳳凰〉一節，《沈從文選集》卷一，頁三一六。

⑲見〈月下小景〉，《沈從文選集》卷三，頁一四六。
⑳見〈山道中〉，《沈從文選集》卷二，頁三八三。
㉑見〈夜〉，《沈從文選集》卷二，頁三九二、三九三。
㉒同❸，頁一三七。
㉓見馬逢華〈懷念沈從文教授〉，一九五七年作，刊《傳記文學》第二卷第一期。
㉔見林淑意譯金介甫〈一九四九後的沈從文〉，《聯合文學》二十七期，頁三。
㉕同❶。
㉖見古華〈隕落的巨星——我認識的沈從文先生〉，《聯合文學》四十五期，頁七九。
㉗見王德威〈原鄉神話的追逐者〉，收入陳炳良編《中國現代文學新貌》，頁七。臺北，學生書局，一九九〇年十月。
㉘見高華〈我所認識的沈從文先生〉，《聯合文學》二十七期，頁一七四。
㉙見《廢郵存底》中〈給某作家〉，《沈從文選集》卷五，頁四六、四七。
㉚〈阿〉文刊於《新月月刊》第一卷一至五期，一九二八年七月刊完；〈七〉篇刊於《紅黑》第五期，作於一九二九年三月一日。
㉛見《沈從文選集》卷一，頁一一一。
㉜見〈黑魘〉，《沈從文選集》卷一，頁四三〇。
㉝見〈長河題記〉，《沈從文選集》卷一，頁二三七—二三九。
㉞同㉖，頁七一。

物我渾融的情懷

——沈從文筆下的鷄、狗、牛

沈從文曾經是中國作家中諾貝爾文學獎呼聲最高的一位。儘管一九四九年以後，他的創作生命已經被共產政權所扼殺，他自殺未遂，被妻子、兒子的關愛由鬼門關重新帶回人間，於是把後半生的心力，全部投注在歷史文物的探究上。他用另一種對古舊中國深厚的愛，去完成許多劃時代的研究，包括厚達千餘頁的大型畫册《中國古代服飾研究》。他的歷史文物研究成績豐碩，和小說創作一樣足以不朽；但是，相信絕大多數的中國人，仍然更關注、更重視他的文藝創作，畢竟那是影響層面深廣得多的一種奉獻。

沈從文近五十部的小說，不僅說明他的多產，天地間萬事萬物，沒有不能作爲他的素材的；最值得注意的是，他人格的寬厚，胸襟的廣闊，使他的作品洋溢著人間的溫馨之餘，他對動物的大愛，幾乎已到了物我渾融，視動物如人，把動物看做人一般的敬重。他的後半生在共產政權非人的控制逼壓之下，仍然寬厚、寬諒、自足、自樂。如今沈氏逝世一年半了，筆者重新檢視他筆下流露的視物如人的愛物情懷，不禁深深的感動，也對沈從文的風格與人格油然心生景仰。

〈會明〉中乖巧的鷄

〈會明〉中的鷄，帶給主人翁會明前所未有的新生命的喜悅，特殊的是，會明把人類的情感、意識貫注在小動物身上，並且因此獲致自足的幸福感。

沈從文在《邊城》題記中，開頭就自敍：「對於農人與兵士，懷了不可言說的溫愛。」由於出生於湘西鳳凰鎮算有軍功的世家，自小所見多的是軍人，他筆下的軍人，自有生活化的平凡，以及平凡中特異的稟性，其中描摹得最爲傳神的，要數〈會明〉中的老兵會明。會明是個軍中長年不升遷的老伙夫，不同於一般軍人的粗率、急進、好功，他安於自我的職分，卻懷著屯邊救國的遠大理想——十年前蔡鍔將軍一場演講撒播的種子。他身上懷藏著一面留存了十年的小旗子，切盼在戰事成功之際，奮勇登城，在城堡上揷上旗子，讓它迎風颯颯飄動。戰事膠著，會明的理想一時不能實現，他採購用品認識許多村人，他向村人解說開邊屯墾的理想，若不是怕被長官責罰，他眞恨不得在小土崗上把旗子竪起！他贏得村人的友誼，有人送他一隻生蛋鷄，於是在好長一段不開火的日子，會明與鷄培養出親子一般的情感來了。

鷄蓮著十幾二十天生蛋，把會明「佩服」得不得了，他以一個「做母親的人才需要的細心」

來照顧這隻鷄；鷄孵蛋時，他「彷彿做父親的人忙著看兒子從母親大肚子中卸出」，他對母鷄非常客氣，大有請牠耐煩耐性的意思。沈從文把一個平凡的伙夫，用一個救國屯邊理想支撐得崇高偉大。一個對事實認知並不很明確的老兵，當小鷄成羣孵出的時候，看著嫩黃的茸毛，聽到啁啾的叫聲，他歡喜得快要瘋了；他仍然不忘屯邊救國的理想，沈從文寫著：

如果這時他被派到的地方，就是平時神往的地方，他能把這一籠小鷄帶去，就別無其他人作伴，也將很勤快很高興的一個人在那豎旗子地方住下了。

就這樣，當兵的義勇和養鷄的親愛，理想與現實，在會明的自足自樂中，有著巧妙的協調。

他為鷄雛拓展更多的人際關係。他慷慨地讓連上的人認討鷄雛，認眞地做了記號，明智地要求全歸自己管理，一視同仁地餵養。他「串營」閒聊的話題多了一項小鷄雛近況的報導。他携帶一籠小鷄「回」鷄主那兒，就像領著兒女去岳家認外公外婆一般。舊主人讚美小鷄健康活潑，他謙虛地說：

這完全是鷄好，牠太懂事，牠太乖巧了。

如此的形容描繪，純粹把鷄當做孩子看待；舊主人體會到話語中也含有對自己的稱揚和感激，便會心的微笑，這一笑，竟把會明「感動到眼角噙淚。」

小說中的會明，在一般人眼中是個獃子，然而作者顯然有意要表明這種獃氣有它自在自適的可貴，合乎自然的生命型態。他感情豐沛，視物如人，所以付出爲人父母一樣的關注，他對母鷄的天然繁育神職付予敬意，他無私的讓伙件分享新生命的喜悅，他追本溯源，深懷感激，因而對鷄的舊主人些許讚美，竟感動莫名。而會明畢竟是個兵士，萬一戰爭發生了，這窩鷄可怎麼辦？正常的推想，可以託養在舊主人家呀！但不，會明這個獃子相信他的一窩鷄可以帶上前線，「像人，到了那裏就不知道怕。」根據一隻貓曾經和人一起在壕溝度過兩個月的經驗，他有信心；根據傳聞：「狗比人聰明」，他敬重動物，不比他敬重人遜色。你說他獃得可笑也罷，我們不能否認他眞是做到了道家物我混同的境界，而且非常人所能及。

當和議達成，會明攻堡揷旗、屯田墾邊的理想遙不可期了，他於是轉化熱情的關注於餵食那些「小兒女」。有著牠們，還有未曾動用的、足以對付四十天的煙草，他覺得自己「很幸福」。幸福原來就是一種心靈的感受，會明從鷄雛身上滿足了爲人父母的驕傲與榮耀，他隨遇而安，知足常樂。戰事結束了，他屯墾救國的願望固然落空了，但全連的人都健在，「沒有一個腐爛」，這也足夠他開懷，「會明望到那些人笑時，那笑的意義，是沒有一個人明白的。」獃子有獃子的哲學，沈從文藉會明這個角色，解析了中國百姓潛在的純樸、善良、寬諒、自足。

《邊城》中拉縴的狗

沈從文的代表作《邊城》，以凝鍊的文筆，鋪陳樸質的愛情，篇中描摹自然的美景，盪漾著牧歌的情趣，而村姑率性的天眞，水手豪邁的義氣，都呈現在詩般的意境裏。小說的女主角翠翠身邊，除了擺渡五十年、謙誠順天的老爺爺，那隻黃狗也是重要角色。狗是人類最忠實的寵物，狗陪爺爺上街，陪著翠翠跑遍竹林，這一點不稀奇。狗奔躍，在水中銜取木頭，也不過訓練有素；狗和翠翠一起聽爺爺講故事，一起看白雲，一起午睡，這很有趣味了。狗在渡船上聽了遠處賽船的鼓聲，會興奮不安；上街去，會順自己的興味「蹓」出主人的視線；在渡船上，會基於職責需要，幫著主人執行工作：銜著繩子，先跳上岸，把船繩緊銜著拖船攏岸。原來這隻狗頗具靈性，也挺能幹，是隻能夠幫助主人拉縴的狗。

這隻狗沒有名字，我們知道是隻黃狗，當然是土狗，絕不是什麼名種，翠翠喊牠，大多是純歸類似的一聲「狗」！特殊的是，這不僅是隻具靈性的，挺能幹，有趣味的狗；牠的主人待牠，尤其翠翠待牠的態度，翠翠同牠說話的態度，一則顯現小說人物的個性，再則顯現黃狗之於翠翠，根本是「人」一樣的跟班。

翠翠是自然長養教育的純眞少女，在小說裏是完美無邪的象徵，她的環境單純，了解的人事也單純，她教養狗和教養人一樣。端午節當天，渡船上偶爾也有鄉下人帶狗出門的，黃狗嗅嗅自己的同類，討翠翠的眼色，不敢有什麼舉動，等拉纜的工作完了，就忍不住追逐著那些陌生狗。沈從文寫來，貼切生動而又自然。翠翠帶點兒嗔惱嚷著：

> 狗，你狂什麼，還有事情做，你就跑呀！（第八章）

聽這口氣，狗跟人一樣，有派定的工作等著；狗畢竟難得見到同伴，聽令跑回船來，依然興奮地聞嗅不已。翠翠又發話了：

> 這算什麼輕狂舉動，跟誰學的？還不好好蹲到那邊去！（第八章）

宛然是幼稚園、小學老師嚴厲而又慈藹的斥責，那口吻也近似教育孩童的口吻，足見狗在翠翠的心目中，根本是家中的成員，是必須教育的幼輩。更妙的是，「狗儼然極其懂事，便即刻到牠自己原來地方去，只間或又像想起什麼心事似的，輕輕的吠幾聲。」小說深蘊的筆墨，傳達多層面的意義：翠翠教養狗，長時期貫徹下來，已有相當成績，在規律之下，狗壓抑自己的本能願望——追逐同伴，乖巧地依了人類的規矩；但體內那種野性的呼喚還是不時觸動心靈，卻又不能違拗主人的心意，只好「輕吠」，還得輕吠幾聲才能自已！

天眞爛漫的翠翠，嬌憨有餘，閱歷不足，她初見儺送二老的時候，剛聽到水手談論女人的話語，誤會二老邀她「到我家去」的意思，破例輕聲罵了人，二老逗弄翠翠，翠翠回嘴，黃狗追逐吠叫，翠翠斥罵：

狗，狗，你叫人也看人叫！（第四章）

這話裏的含意，曲折雙關，意思是：「這輕薄男子還不值得你吠叫。」即使聽話的是人，也還要具備靈犀一點的默契，翠翠雖是大自然的女兒，毫不虛飾，但對於情感，總是羞於表達；面對陌生的男子，便繞彎子罵人，把被唐突（她認爲是）的不滿宣洩出來。不過，話過於含蓄了，以致書中完美個性的男子，那個茶峒一等一的青年，把它詮釋爲善意的護衛，他以爲翠翠不准黃狗隨意對像自己這樣的好人吠叫，因而留存深刻印象，植下愛苗。就翠翠來說，直把狗當做唯一的知己，嬌嗔貫注於言語上，似乎相信黃狗能懂得她的委婉而又含糊的微妙心思。

《邊城》的愛情故事架構，一方面是兩個情義深重的兄弟同時愛上擺渡村姑的故事，一方面是物質與精神上的兩種象徵——碾坊與渡船對男主角儺送的抉擇性考驗。王團總有意選儺送做女婿，碾坊可能是陪嫁，儺送卻說命裏可能要撐渡船。端午那天，儺送刻意送還老船夫的酒壺，安排人手來擺渡，讓爺爺和翠翠進城去看賽船，還爲他們留了位子。他自己搖旗指揮，擔當重任。翠翠被王團總的太太拉了坐在身邊，回憶兩年前初見儺送的情景，想到狗吠，突然發現黃狗不見了。離座尋狗途中，她聽到有人議論財主碾坊陪嫁屬意二老，二老卻有心要渡船，她臉紅了。一陣嘈雜聲，途中遇到一羣人擁著頭包紅巾的二老，原來他失足落水（可能是由於沒見到翠翠和爺爺在預留的座位上），已經爬起來了。二老招呼，翠翠不應，說不出是煩惱，還是憂愁，快樂還是生氣，她發現黃狗，出聲招喚，黃狗撲進水，泅了過來，翠翠說：

> 得了，狗，裝什麼瘋？你又不翻船，誰要你落水呢？（第十章）

黃狗在翠翠眼中，眞是個賦友，也是個消氣包，這樣的獨白與心緒貫串一氣。沈從文語含雙關，痛快淋漓，既掌握情竇初開少女的愛嬌率眞，那種朦朧的情思呈現得委婉曲致；而翠翠把聽到二老與碾坊有關的莫名「怒氣」，沒來由發洩在黃狗身上，在嗔狗的話裏，還微妙地含有幾許對二老落水的憐惜。像這樣巧妙地運用小說人物對動物的情感表現，竟能傳達多樣層面的意義，沈從文如詩的散筆在《邊城》一書裏確實運作得非常成功。

〈牛〉中做夢的牛

傳統的農人，耕稼依賴牛的勞動力，牛在農人的生活中，成了不可分離的夥計，農人珍視牛，悉心照顧，這是可以理解的。沈從文的〈牛〉，描繪的可不僅僅是這些。他筆下的大牛伯，愛牛如愛自己的親生兒女。鄉下人的愛不造作，愛子女也會求之過嚴，打罵不免，打罵之後，則又心生後悔，拘於顏面，卻又不肯承認，愛，愛得含蓄而又曲折，大牛伯之於牛，正是如此。

故事起始，牛伯在一次怒氣中，竟糊塗地用木榔槌敲了一下牛腿。牛受傷，勉強熬著，卻沒法照常工作。牛伯起初還以爲牛撒嬌，要聰明，偷懶，就像訓斥小學生一樣教訓一番，後來看出嚴重性來，便覺得自己太任性了，「他也像父親的所有心情，做錯了事，表面不服輸，但心中究竟過意不去；於是比平時更多用了一些力，與牛合作……也比平時少罵那牛許多。」他和牛彼此了解，犂好一塊田以後，釋了牛背上的軛，他說：

> 我這人老了，人老了就要做蠢事。我想你玩半天，養息一會，就能好。

多麼親切的自白，活脫是好友「認錯」的口吻，怪罪自己老糊塗，也額外要讓牛「玩」半天。沈從文有一段諷議文字：「人類做主子不老實」，諷議在小說裏並非挺理想的筆法，這裏卻有烘襯的作用，大牛伯可不，他待牛誠誠懇懇，全心全意。

小說中模擬童話式的豐富想像力，讓牛也像人一樣呈現思緒，不僅採取牛的視點，也進入牛的意識。牛曬著太陽，舒服的做了「最光榮的好夢」，夢見主人穿了新衣，自己角上纏紅布，大步從迎春的砦裏走出。這牛，不知怨苦，只一味忠純、內疚。病中的牛隱約知道，若是離開了主人，下場就「不止是詛罵和鞭打」了。夜裏牠夢見拖了三具犂飛跑，牛伯也夢見豐收，和牛一起計畫打圍牆、換腰門、栽葡萄等後續工作，口吻全用「我們」，原來牛伯的意念裏，家的興旺，牛也有分，事實也是如此。

爲了替牛治傷，牛伯跋涉奔波，不惜花大把錢，請醫生爲牛扎針敷藥。牛溫馴地順著主人的意思，爲了把握難得的好天氣，牛伯四處借牛隻，借不到便花錢雇工人合力代牛耕田。沈從文巧妙地藉著牛的視點交代情節。牛「不慣於在好天氣下休息賦閒」，牠爲怠工而難過。聽到工人和主人的對話，牠由難受轉爲傷心。工人提到跛腳牛如何適合殺了吃肉，小牛肚可以下酒；牛皮可以製靴、做皮箱，小牛皮做的抱兜佩帶如何舒服，牠討厭他們。年輕的那個還懷疑牛裝病，「有破壞主人對牛友誼的陰謀」。夜裏，牛用牠水汪汪的大眼睛解釋了自己的意思，恨不得自己快快好了，自己願意多花點力氣，把田儘快犂好。主人對牛訴苦，花了錢，還只耕了一點點，牛想說：「他們的心術似乎都不很好。」主人離開柵欄時，大聲說道：

> 我恨他們，一天花了我許多錢，還說小牛皮做抱兜相宜，真是土匪強盜！

牛與牛伯難道不是靈犀相通嗎？牛伯把牛看得如親人一般，這種情愫使他「恨」工人提及宰牛的可惡事宜。作者馳騁想像，穿梭經營，泯除了物我界限，推展得自然極了，絲毫不覺得扞格，是因爲對牛伯的農人性格與牛的家畜性格都拿捏得恰到好處之故。

是這樣一種物我渾融的情懷，沈從文安排好天氣持續，等到第四天，牛復原了，牛伯和牛賣力耕了兩倍多的田，「兩位又有理由做那快樂幸福的夢了。」牛伯從夢裏得到啓示，大聲告訴夥計，十二月試試看給牛找個伴。多麼體恤的關懷，而且是早早揭露了希望，以表明不變的誠意。作者的敍筆，根本把牛與牛伯一視同仁，稱做「兩位」，人和牛都做著美夢！

餘論

琦君女士在九歌版新作《淚珠與珍珠》中，有一篇〈靈犀一點〉，描寫兩度冒著被螫傷的危險，釋放蜜蜂飛向空曠世界的經驗。作者相信：人有坦誠待物之心，靈犀一點，動物也能感應。「對有生命的東西，時時存憐惜心，生喜愛心。」無疑是作者深摯愛物的呈現，但畢竟物我之間，物仍是物，人還是高了一等。沈從文三篇小說中呈現的待物之情，則只是一種境界，動物在小說角色的心目中，已經與人無異。我們也許可以挑剔小說人物有些獃氣，卻不能否認這種渾融物我的境界，非有廣闊的胸襟，無邪的天眞，不能達致。歐威爾的《動物農莊》，老舍的《貓城記》都以動物為角色，也約略能拿捏動物的物性與動作，不過，作者主旨都在借以諷諭人的社會問題、制度問題，甚至都是非議共產政權極權組織的作品。沈從文筆下的動物，則仍保有人間實存的特質，其中如〈牛〉中動物的夢境，儘管馳騁想像，不可理喻，卻是肖妙生動，接近完美的圓善。這也許是沈從文崇尚自然，竭力傳揚「素樸的人情美」（見《邊城》題記）之故。而呈現物我渾融情懷的小說人物：會明具有沈氏喜愛的「鄉下人」自在自適的生命形態；牛伯雖不如翠翠純眞，也都是不矯揉造作的天然性格。

當然，沈從文有許多篇目，曾以客觀筆法報導他豐富閱歷中的詭異面，包括殺狗、殺蛇，甚至殺人的事。在〈夜〉裏就明確提及在懷化當兵的時節，每天重要的事，就是：「擦槍，看殺人，燉狗肉吃。」似乎談不上什麼愛物情懷。但這些以寫實手法客觀報導的作品，和〈會明〉、《邊城》、〈牛〉相較，顯然後者可能具備的虛構成分更能顯露作者部分的人生觀。而正因為沈從文見過不少「殘暴」的場面，他在小說中營造的物我渾融境界更為難能可貴，那是由人性深處挖掘出來的，從廣大鄉野攝取出來的，人間最完美的愛。

此外，沈從文溫厚謙和，一方面是他對古舊中國懷有深摯的熱愛，一方面是個人具有寬闊的胸襟。八〇年代他和夫人張兆和以探親名義赴美，應留美學者之邀，作了幾十場的演講，他絕口不談竹幕的政治壓力。文革期間，他被下放去趕豬，吃了不少苦，但他說：「國家有這麼大，有飯吃，就是件大事了。」（見《聯合文學》第四十五期，頁九十五）話雖如此，這麼一個平和的人，作品中也有反對暴力的微諷！在《長河》這部抗戰期間完成的長篇小說中，反對暴力的意旨已經揭露得相當明顯，〈牛〉這個短篇，最後便有這種紘外餘音。〈牛〉除了通貫前後的人牛之愛，終末一段是牛被徵調走了，大牛伯探聽不出個所以然來，等候多日，他和牛共同營造的遠景粉碎了，他「順眼無意中望到棄在自己屋角的木榔槌，就後悔爲什麼不重重的一下把那畜生的腳打斷。」結筆是如此駭人，也是語重心長，收束得緊綳，張力十足。通篇委婉曲折，致力於牛伯如何彌補木榔槌「暴力」，付出多少財力，付出無微不至的體貼；如今卻恨不得加重傷害力，以期使牛隻殘廢，免於被徵調。這是牛伯的糊塗性又發作，也是道家智慧的萌動；是對政治暴力的強烈抗辯，也是人牛之愛的另一種詮釋。

——原載於民國七十八年十二月二十七、二十八日《中華日報》副刊

從浪漫到寫實

——談《未央歌》與《滾滾遼河》的創作模式

壹

理想與現實

鹿橋(一九一九——)的《未央歌》，寫於民國卅四年，十四年後結集出版，直到現在仍是暢銷長銷。小說以抗戰爲時代背景，著墨的重點並不在於慷慨激昂的抗戰情緒之傳揚，抗戰艱苦之寫實，而是有心從自己在西南聯大的經歷中，篩揀美麗的、理想的、永恆的加以呈現。鹿橋說：

> 正因為抗戰時期生活很苦，大家吃的是沙粒摻雜的八寶飯，吃飯時連椅子也沒得坐，有時人還沒怎麼來齊，飯就已經沒有了。當時許多人都在文章裏表現苦難的這一面，那一

時期的作品都是如此，我想人人都知道那種苦，又何必再作强調呢？所以我才想著寫本書描寫青年人的理想和熱誠。我不要求每個人都愛看未央歌，我只是想對那種在心裏想著「卽使全世界都不好，我還是要盡著自己做個好人」的人給予一點鼓勵。❶

滿懷熱誠，克服艱難，盡其在我，以做完美人物爲理想，是達觀進取的人生觀。《未央歌》中的人物，大抵都善良而奮進，不僅積極樂觀，還互相扶助。鹿橋的看法是：

我以為中國人最高的人生哲學，在最艱難的環境裏，也絕不輕易承認失敗，還要露出笑臉來表示：我們樂觀得忘了愁苦，健康得忘了創傷。經人提起時再回頭查看，愁苦的經驗早已無影無踪，創傷早已平復了。於是又高高興興地去忙，去向更高的理想奔走。❷

作者自認爲沒有抗戰軍事的實際經驗，「沒有資格正面描寫」❸，但畢竟小說人物的時代是抗戰時期，儘管作者著書，理想成分佔了絕大的比例，卽使再浪漫，小說中仍然映現了許多積極超越愁苦的時代特色。大宴與小童初次對話，大宴任由小童摘取兩朶心愛的花兒，原來他忙著補襪子，嘴裏卻有一大堆勸服小童如何做人的理論；小童領到抄書費，苦於口袋破了，不能安放；小童沒有錶，有約卻是早早守候，絕不誤時。朱石樵窮困，好友們捐助蠟燭，讓他用功，寫文章。

書中也提及學校特殊的戰地作息時間。珍珠港事變之後，學生們分批忙著戰地服務：救護傷患、安頓歸僑與難民、編劇本、演話劇，以便募捐抗戰基金。有的保留學籍，隨軍入緬，外文系的男生大多上了滇緬路，做軍中翻譯官；小童差些放棄學業，跟著同鄉，潛回東北做地下工作。凌希慧做了戰地女記者，范寬湖報考了空軍飛行官。而年紀稍小的，便在戰鼓聲中，加緊苦修，希望能「最快把自已造成有能力的人。」（頁三三三）

小說中的幾個重要角色，都在學問上苦下工夫，成績卓越。西南聯大的大學生活，也見於師生同樂的夏令營活動。一些老會員都有固定的讀書計畫，值得注意的是顧一樵教授的演說，寓教育於育樂；大余與藺燕梅奉派夜訪散民村莊「采詩」，再現其歌舞精華，顯見不僅學生物的善用自然做特殊生物研究，學地質學的研究雲南地質，學社會學的研究雲南風土，在特殊場合，師長們還要善用機緣，遴選優異才賦的學生，儘量收集風謠。顯然鹿橋是重視這個活動的，所以《未央歌》裏，范寬湖與藺燕梅的歌聲迴盪不已，不僅是已經學過的，甚至路旁聽來的農民歌謠，都可以略加潤飾，唱得很美。正因爲這也是「詩篇」[4]的藝術表現重點，鹿橋在書中除了細描歌舞場面，還附錄了散民舞曲的曲詞歌譜。他巴不得愛好《未央歌》的讀者也跟著唱唱跳跳，這種快樂包含了生命中手之舞之、足之蹈之的活潑心靈的啓發。這種曲譜附錄，不同於王禎和〈素蘭要出嫁〉與〈人生歌王〉[5]中的曲譜，只是爲具備眞實感；姑不論小說中是否眞有此需要，作者的命意，則是在藉此倡導智、德、體、羣、美各育並重的大學教育。

人物的塑造

《未央歌》的人物不少，著筆細膩，配角大致都還寫實傳神，四個主要人物：大余、小童、伍寶笙、藺燕梅，則是兩組離析而又疊合的虛構人物。大余與伍寶笙是成熟穩重、擔負大任的典型；小童與藺燕梅則代表成長中的男女優秀青年，孩氣的、不安定的個性，須經過嚴格的歷練，才塑造出眞善美的完整人格。「伍」音同「吾」、「余」、「伍」（吾）都是「我」，「小童」是「我」未成年的純眞性格反映，「藺」諧音「另」，是另一個「我」[6]。換言之，由小童到大余，由藺燕梅到伍寶笙，是艱辛的成長過程，是完美人格的塑造過程。小童之爲「童」，不單是姓氏，不單是身軀矮小，作者明言孩氣，大余戲稱他好孩子，伍寶笙直把他當稚弱的小弟看待，另一穩重人物大宴還代他管錢，伍、宴兩人替他安排如何用錢。這孩氣絕非童騃，一則指接納智慧的謙和多容，一則指固執於自然的習性，諸如揚棄文明，美之爲接近上帝的行徑，像不穿襪、不洗臉。小童的可塑性與包容性是無與倫比的。他用功實驗，把「實驗室放在校外山野」（頁一一），他的「頸梗（頸）子常常很自在」（頁四一八），肯聽意見，多方學習；可是他欠缺入世的好習慣，他把花房鑰匙擱在地上，把荷蘭鼠擱在口袋裏，大宴要他「用點心思作人」（頁六五），本來人間禮法並不一定與自然對立。作者也藉小童提示許多自然可愛的本質，值得大余等人學習。他的好學深思，與大余、大宴、朱石樵、馮新銜是一路的，而他興趣多方，善與人同，起初是聽辯，後來也發論，自有一套以天然爲基點的人生哲理。作者安排他和伍寶笙同樣學生物，愛單純之美，自然之美，所以他反對藺燕梅一味遷就大余，他勉爲其難幫助貞官兒一家人處理母鷄，讓牠不生蛋，卻因違反自然，聲明下不爲例。他在情感上，正處於糊塗的年紀，根本沒想到戀愛。他愛憐藺燕梅，安慰、開導她，自始至終，不夾雜一分佔有的私慾。然而最後藺燕梅成熟後的感情歸屬，不是大余，而是小童。小童畢業成績全系最優，伍寶笙保薦他深入雲南南部去做實驗，意外發現，他竟然守住了一個秘密，那是大余勞軍歸來，帶給他的實驗課題，他眞的長大了，不僅是身體長高大，心理上也熟穩得可以擔負大責重任了。他這一次行程，遠比任何一次生物實驗行程都遠，堪稱任重道遠，藺燕梅潛隱翻譯字典的工作地點則近在咫尺，藺等候成熟的小童前去。一舉三得，不求得而自得，小童是有福人，天地間有更完美的嗎？然而完美必經多重的磨練而後可得。

大余，在《未央歌》裏，是起步極高，讓師長以平輩論交的苦行僧。「孟勤」之名，正道出他的功力，小童戲稱他「被一個屋頂扣著」，行踪不出課室、圖書館、系辦公室、宿舍、廁所（頁一八五），他「直愁人生有限，用功來不及。」（頁一八六）他長得方正，「全是直角」（頁一一九），也兼賅外型與人品；高大的身軀，與小童成對比，也象徵心智的成熟，一雙銳利的眼神，流露深沈的智慧與敏銳的批判。但大余攻讀哲學，心智與情意兩頭並不均衡，在情感方面，除了與幾位男同學泡泡茶館、互相砥礪之外，他放棄戀愛，抱持獨身主義。他待藺燕梅，有如嚴師逼導學生，純粹主觀地要求她在學問上更上一層樓。他認爲藺燕梅還是幼女心理，美麗非凡，難得資稟又高，該照顧她在學業上下工夫，維繫她不受干擾。余、藺情意之滋生，是在受命爲文化秘使之後，二人喬裝夫婦，夜訪散民部落觀賞拜火會，卽興表演，並合作複現樂舞。但余之於藺，猶如一支繃緊的弓。大余的嚴霜氣，金先生曾認爲太偏激，余、藺的不協，伍寶笙、大宴、小童都操過心，但也許虛幻的夢必須經歷嚴霜才能結爲成就的果實？大余是理智的化身，他辦事能力強，負責任，能吃苦，求完美，戰地服務他的小組成效最好。當藺燕梅權代司機，意外出事，便被他無情地斥責，毫不寬假；後來藺逃避大余，他沮喪，卻仍不曾懈怠用功；最後代表學校去勞軍，可勸不回藺燕梅。作者不忍心與論否定大余的知性成就，在他最纖弱的時候，讓伍寶笙肯定他的勤奮，而情感的虛空也得以塡實，他成了完全的聖人。

藺燕梅，美麗、聰慧、敏感、多情、愛嬌。外型使她得寵，體貼讓她討喜，但她偏又膽小，自律太高，易動感情，容易走極端，她代表少女本質憂鬱、不安定的成長過程，路途極度艱苦。她爲幻覺所迷，爲蜚短流長所苦。她與小童同樣孩氣未除，同樣是光明的角色，卻缺乏小童的豁達自信。她自覺犯錯，會覺得死都來不及；大夢初覺，發現自己的完美已然因錯誤一吻而破碎，貞定的癡念使她昏死過去。但經過這個變故，伍寶笙打算改造她的性情，小童教她自己拿主意，終究藺摸淸以往自以爲是的感情，並不是成熟的戀愛。經由伍寶笙捨命阻攔，她放棄當修女的念頭，也了解面對現實的必要。每當她困阨絕望的時候都是小童撫慰她的創傷，她期待「成長」了的小童、懂得戀愛的小童到深山去找她。

伍寶笙在《未央歌》裏，是人人稱美的完美人物。溫婉、穩重、風趣、體貼、多情而且理智、聰明，還美麗、健康。集小童與大余之長，她是藺燕梅成長的典範。她不僅功課好，人緣佳，而且姿容秀麗，舉止從容嫻雅，更難得的，她平靜，不受情感的滋擾，她「透徹了所有聰明人的糊塗處，自己卻不談戀愛。」（頁三二八）她說服淩希慧的叔叔，不追究淩逃婚去當女記者的事；她替金先生決斷及早向沈蒹提親；她照顧小童，「改造」藺燕梅，安慰大余。最後，她以「出衆的仁慈，與絕大的勇氣」「拯救」了大余（頁五九七），她自己也有美滿的歸宿。如果大余因爲藺的意氣出世而被否定，聖人的長處全成了缺點，那會是怎樣的遺憾？伍寶笙幾乎是鍊石補天的女媧。

嚴格說來，大余是鹿橋理智離析情愛的一個典型，小童是未成年的純眞可塑性極大的少年，藺燕梅是嬌貴尙待歷練的少女，這三個人物都不完整。小童之可愛，在他順任自然，而有些言語動作不免過份孩氣，實在太過浪漫誇張；至於伍寶笙又過於完美。也許，藉這四個人物，探索完美人格的塑造過程，並藉此提示某些道理，才是鹿橋創作的深心。伍寶笙完美的女性形象得自祝宗嶺[7]，在《懺情書》中叫殊青，在《黑皮書》裏叫嶺子、宗嶺。但殊青有些固執，嶺子懂得愛情。藺燕梅的造型，融合了《懺情書》中雋與友麋的形象[8]，其實也包含了李綺的個性，如作嬌、愛哭等。友麋的綠色綢雨斗篷，在《未央歌》裏成了藺的重要服飾。小童對愛情自然免疫，大余則刻意拒絕，《懺情書》中的「鹿樵」卻是多情種子，常爲情所苦。大余、小童可說是作者理智安排，用以探析人生戀愛態度的理想人物，這當然是浪漫，不是寫實。

至於《未央歌》的配角，比主角要接近眞實人物，爲的是喜、怒、嗔、癡，更近人間煙火。凌希慧的敏慧堅毅，史宣文的體貼老到，刻畫都相當成功。尤其范寬怡好勝逞能、聰敏好事，卻也稚弱善良、琴藝頗高，有了她，許多情節才能順利推展；乃兄范寬湖多才多藝，德智體兼備，氣度恢宏，矜負自持，這樣偉岸的美男子，宜做第一男角，但鹿橋創作的心思不同，卻仍不失爲高華人物。

哲理的闡發

書中命名，有些是取意深遠，如送風水先生回沙朗的叫薛發，爲的是挑了一箱書，「薛」諧音「學」，好讓「楔子」預示後來西南聯大辦「學」的事。凌希慧之名，也包括她偶現的尖刻；小童名爲童孝賢，「童」取意已見於前，「孝」同「肖」，他一直在努力學習之中。「爲了地理上象徵的關係」，作者還刻意移動了方位，天人、玄理、智理、交通之事都安排在北方玄武方向，蟄伏以至飛昇的都安排在南方朱雀方向[9]。作者用心於此，讀者怎能以寫實小說的眼光去覆按昆明的地理環境呢！

《未央歌》總共五六十萬字，雖不像《人子》那樣通篇寓託深刻，還是有相當程度的思想性。譬如當代青年男女貞定的戀愛觀，必須深入了解其執著於完美，才能領會藺燕梅為了一吻，夢裏夢外，竟有那麼嚴重的挫傷。小說人物的對白，常在辯論中進行，作者藉此提示的人生哲理，更是值得細細品味。其一，崇尚自然：伍寶笙與小童都學生物，妙觀造化，愛心無私，主張順任自然，自然是最好的教室，知識追求與感情歸屬兩者都可以在自然中求得完滿的答案。小童在農家領略到「接近土地的人是多麼善視死亡和世代啊！」（頁一二）伍寶笙出場的一段，寫得童話一般，美麗健康的她，愛美麗健康接近自然的東西，她懷抱過小羊，又去找小童，逗弄他的鴿子和「弟弟」小兔，這正是《懺情書》中「友麋」命名的深義。鹿橋把這種特質交付給完美的伍寶笙。「自然」的定義，也包含人生的感情安頓：金先生擔憂大余把死知識當做人生唯一的追求，他惋惜伍寶笙抱著白兔走向實驗室，如是嬰兒讓她發揮母性必定更為完美。

藺燕梅與范寬怡同年以同等學力考入西南聯大，藺自然無滯，范用心太過。小范主動操縱愛情，大宴認為周體予簡直是被人豢養的獅子，不過只要當事人願意，就是幸福。大宴與桑蔭宅檢討大余的「鞭策自己運動」，使學校變成「趕工的機器廠」，同學們「臉上一點血色兒都沒有」，還是小童「自主」辦法靠得住（頁三二〇、三二一）。藺燕梅和大余不協調，大宴說：「他們彼此拘束著也好像分開了才有快樂似的。」（頁三五六）小童之好，在於活潑自然，善解人意，與他相處，自然自在。

自然的定義，並非消極退隱，人生天地間，貴在具創造潛力，應該順應社會，發揮才智，締造不朽績業，《未央歌》便倡導積極樂觀的精神，在抗戰艱苦的環境中，積極樂觀多麼不易，作者的深心更令人感動。大宴告訴小童：「順從自然，就是要你乖乖地做人。」（頁二一一）爲的是文明推拒不掉，小童既是合羣人物，那就調合自然與文明吧，調和之後，小童人格塑造才算完成。《未央歌》中的人物都積極樂觀，解塵與幻蓮兩個和尚也不例外。解塵在空襲後，領導僧衆施粥救災，顧不得擾了佛家淨地。幻蓮常託學生借閱西洋哲學書籍，他的警語是：「莫忘自家腳跟下大事。」（頁三二三）當了推事的傅信禪向小童借錢時唉聲嘆氣，便被小童半調侃半誡斥地數說一頓，終於面對問題，改正缺失。藺燕梅多次逃避現實，想遁跡修道院，經由阿姨、伍寶笙開導，總算平正地斷了改裝的念頭，畢竟藺不過一時迷惑，並非出於堅決的道心。

積極樂觀，堅毅追求理想的精神，全靠「盡其在我」的儒道薰染。大宴愛花，「花在地上長著時他盡力愛護」，「一旦摘下了，他便把這些想法都收拾起來，只去照顧他那些仍生長在土上的。他是過去的事絕不追究，人事已盡的憾事絕不傷感。」（頁二〇）這是多麼安然自在，既積極，又不急功近利，眞是中正平和。解塵說過：「作事只要求盡才盡力，若談到成就，則常誤人道心，不可不愼。」（頁六）這是說只問耕耘，自有樂趣，不要念念在收穫了。大余鼓勵棄學從商的宋捷軍，給「瘋狂了的發國難財的商人作個榜樣。」針對宋的抱怨，他說：「沒有一件值得一作的事是一點困難也沒有的，各人盡力罷了。」（頁一〇五）作者運用人物對白巧妙地傳達深刻的哲理，自然而又耐玩。

同學們由推愛的觀點談論到抗戰，若說「何處不是宇宙」，便似是而非，作者藉伍寶笙之口說：「有了戰事，就該盡力的打，……努力競爭，才是愛人類。」（頁一二六）溫婉的伍寶笙倡言抗戰要拚命，猶如《京華煙雲》裏柔媚的曼娘主張抗戰一樣有力。各人才分不同，適應能力也不一樣，「看準了自己這一段的目標，努力跑就是了。」（頁一二六）幻蓮師父批判學生的各樣發展，認為外物的引誘未必非常時期才有，要「各盡本分，不要因外物而動，能夠不誤了自己腳跟下的大事就很好很好了，也不必要求太過分。」（頁三二三）

《未央歌》中友誼的珍貴，往往包括彼此的論辯協調。小童相信挨罵才會長大，那是他的謙和，也表示成長過程的思辨、破執之重要，進而能以清明的思慮，產生自主的定見；相對的，盲目接受某種論調，「不用諮議懷疑的態度」（頁三六八），便不能冷靜批判，容易產生差誤，藺燕梅之於大余便是如此（頁三六八）。為了拔除藺愛鑽牛犄角尖的毛病，小童特別強調要接納友誼，益友廣交足以開放心胸，有助於破執；而培養自主判斷也是極待努力，小童甚至說：「寧願看你變成一個暴君，也不願看你被養成一個奴隸。」（頁三八四）大余伐木一景，不理會藺燕梅把松香直覺著像血的文學心靈，說「樹是要砍下來才有用的。無論是什麼人，脫離了他生長的環境都有一點痛苦，然而也只有脫離了撫養才能有作為。」（頁二八三）成長、獨立、自主，本是痛苦歷練過程，但非如此不能算完美。

大余與藺燕梅都是完美主義者，所謂浪子回頭終究不及白璧無瑕之可愛，伍寶笙也承認（頁三三一），但世事無常，人生如幻，一旦失去常軌，如藺燕梅夢中錯吻范寬湖一事，幾個關係人的心態就都是寬諒的。輿論盲目擯斥范家兄妹，藺燕梅直覺不忍，大余覺得「這苦惱未脫離她之先，我絕不能卸責。」（頁四九四）他主持會議，公開讚揚范寬湖的戰地服務，范則是一貫自持的莊重。對於說閒話的人，小童認爲：「用心的很少……當初用意並不那麼壞。」（頁五五〇）這些不經心的人實在値得憐憫，有如此寬和的心境，自然平撫了藺燕梅的創傷。

友愛的眞摯，是作者致力的重點之一。馮新銜寫書，可以看做《未央歌》的雛型，馮在書中想寫些「學校生活的情調」（頁二一七），可惜書雖賣得好，「那種悲憫過失、奮勉向上的言論卻似乎不大見效。」（頁五二〇）馮下鄉去當家教，借型於《懺情書》中的鹿樵，說明了此中確有相關之處，那麼書中的大學生讀者單瞧熱鬧，「不清楚這小說的主要動機」（頁五三五），是否可以看做是一種提示？在表面的故事之外，它有多少隱喩暗示？

體裁與修辭

《未央歌》的寫作，上承《懺情書》的濃豔而稍轉清麗，主要人物性格象徵化、理想化。書中師生綴句說故事的未開化民族「穿顏庫絲雅」的名目，則沿襲到《人子》中，做印度河北邊一個特別文明、特別有禮教的王國名稱。作者保留中國傳統小說的格局，有緣起，有楔子，其實未必具有如何重要的啓引作用，很可以簡省與後文併合。作者浪漫的筆調呈顯性善的唯美理想。他的人物幾乎都善良、天眞、可愛，卽使凌希慧的尖刻、小范的刁鑽、宋捷軍的市儈氣，也有他們溫婉、體貼、厚重之處。書中多處使用泛筆，廣泛地以多數羣體爲鋪描對象，這種普遍共相的描繪，與楔子一樣，留有舊式小說的痕迹。在布局上別具匠心，第十三章至十七章（尾聲）都有卷頭語，選錄歷代文人蘇軾、黃仲則、秦少游、錢起的詩詞，末章題詞人呂黛，則是鹿橋本人女性化的筆名[10]，該是作者寄寓深意的技巧之一。十三至十五章卷頭語反映藺燕梅的思緒，十六章是伍寶笙的視點，十七章是小童的視點。作者著墨，也頗隨情節的緊湊及情思的高昂而有所轉移，大抵更趨文言化，如十三章藺燕梅的夢境，便採取散文詩般的筆調[11]。修辭方面，作者也顯現了相當的才華。馮新衙曾因小童一語誤中兩道消息，體悟小說對話上要精省文墨。《未央歌》有些場景極具美感，對白也多精潔，舍監趙先生被女生們齊聲喊叫引上樓來，卻只說：「別再這麼直著嗓子喊了！女孩兒家的。」（頁一七〇）多溫和的指責！學生們和她親暱，溫和地敍說，她推著她們：「學斯文點兒，這羣小蜜蜂！不許都擠著我的臉！」（頁一七一）精潔的筆法刻畫出慈藹的形象，和《未央歌》的情調協調，「先生」的稱呼也留存當代的習慣。

《未央歌》的修辭還善用雙關語。小范爭強好勝，和陸先生爭分數，陸先生不肯曲法。她搖晃著頭，把辮子的綢結鬆脫了，正好被大宴撞到；大宴遇到她刁鑽的時候，只要喊「辮子，辮子！」她就老實得多。除去實指意義，辮子還眩涵「把柄」落人手中之意。第十三章藺燕梅的內在獨白，「這草籽旣抖它不掉，由它沾在身上算了。」草籽正象徵人生排遣不去的情愁吧？「不能夠飛，走過去也算了。」一切順其自然，何必拘拘謹謹，在意許多細節？這是藺燕梅潛意識裏要開放自我的吶喊！山上頑皮的影子，暗喩日後小童獨得靑睞，而大余需要處女的雙臂繞頸成一道潔光，聖者才算完全，也暗合書中知情兩面兼顧的論調。作者的巧妙是在十四章轉回現實，才知道春夢一場，並引入女主角內心強度的挫辱傷痛，這種浪漫的筆調，很可以媲美湯顯祖的〈遊園驚夢〉。大余與藺燕梅由散民部落回夏令營，藺累乏想倚著松樹休息，大余告訴她樹上盡是松香靠不得，「松樹是好樹。用它蓋房子才經久呢！」（頁二六七）大余正是松樹，堪當大任的棟樑之材，但他就是不懂得扶持藺燕梅，除了在夢中，他也不曾讓她靠過身！

在敍述上，鹿橋也偶用穿插補敍手法，宜良車上，飄逸秀麗的修女向村婦述說外甥女的童年事蹟，補足了藺燕梅幼稚歡愛、善解人意及輕愁敏感的形影。藉這個修女阿姨，才能安排藺疲於歷練時，要逃避到修道院的情節。書中兩次藺出事，緊急找伍寶笙，都是幾經波折，伍「搶救」藺接受白色的面幕，更處理成千鈞一髮，拼死救活，刻意製造懸疑效果。

結論

綜括說來，《未央歌》既是要表現理想，渲染情調，又要藉小童與藺燕梅求證青年磨練製造完美人格的歷程，書中一些思想性的哲理闡發便成了作者著書的精義微言。因此，雖然小說不脫抗戰的眞實時代背景，部分人物頗有寫實的意味，但是，連書中的地理環境都帶有象徵性質，狀描景物，刻畫角色，著墨細膩而繁於文采，說《未央歌》是唯美的、浪漫的，並非虛語。其中關涉的人生理想層面，就眞善美的追求而言，是永恆的標準，《未央歌》，歌未央，後浪推前浪，一代傳一代，把美的都給了下一代，正是鹿橋的泛愛。《未央歌》採納了部分舊小說的格局，鹿橋依自己特殊的偏愛，選用自出機杼的模式，創作天地原本就廣大，就內容技巧言，別具一格的《未央歌》自有它受人喜愛的理由。

貳

紀剛（一九二〇——）的《滾滾遼河》與鹿橋的《未央歌》同樣是以抗戰爲背景的小說，也同樣是暢銷、長銷的大部頭長篇，然而，兩者卻具有截然相異的創作模式。如果說《未央歌》是一支陰柔清媚的浪漫曲子，《滾滾遼河》該是雄渾陽剛的一首寫實歌謠。作者年歲相當，鹿橋

（原名吳訥孫）比紀剛（原名趙岳山）大一年（民國八年生），鹿橋福建人，戰時身在西南，遠離戰場；紀剛籍貫遼寧，戰時身陷東北，親受奴役。也許是作家的資稟與機遇使然，細細看來，《未央歌》採用了一些抗戰寫實的布景，藉以發抒的是理想的富於情調的浪漫詩篇；《滾滾遼河》則藉用一些纏綿動人的情愛故事，烘襯出一幅東北人現地抗日，以生命謳歌，以熱血繪製的歷史畫圖。

血淚交織，四度易稿

《滾滾遼河》是以感情故事爲與趣線，穿織東北敵後抗戰的奮鬪史，作者搦筆的動機是爲了有所交代，小說的主角，是那個時代、那個時代的工作以及做那個工作的一代青年[12]。「假如對日抗戰勝利，國家得機復員建設，人民可以安居樂業，我也許不會以海外流亡之身，寫作滾滾遼河。」[13]紀剛的告白，說明了東北當代青年參與地下抗日是極其自然，也極其尊嚴的大事。自九一八事變起，東北淪入異族之手，日人的武力侵略，帶進大量移民，東北人民忍受教育的不平等、求職的大限制，淪爲只能從事下層勞動工作的亡國奴。七七抗戰以迄太平洋戰爭爆發，日本更以東北做爲戰爭後勤基地，壓榨搜刮更殘酷到難以承受的地步，東北人領悟到不自救不能生存，便有了現地抗戰的具體行動[14]。切膚之痛引發的慷慨決死之心，使東北青年發揮了高度冒險犧牲精神，位在小河沿的「盛京醫科大學」也成立「覺覺團」的秘密組織，取自覺覺人之義，發揮羣性，把個人與國家民族的榮辱緊繫在一起。《滾滾遼河》的抗敵故事便以「覺覺團」的弟兄爲核心，他們的憂患意識，與傳統知識分子「漢賊不兩立」的觀念一脈相承，他們表現了民族精神，等於實踐了傳統文化。日本《每日新聞》記者藤田修二來華訪問，曾訝異於《滾滾遼河》之暢銷，「深深感覺到一種強烈的民族意識。」[15]事實是，《滾滾遼河》令人讀來熱血澎湃，體驗到家國與個人關係之密邇深切。

《滾滾遼河》的寫作，前後歷時二十三年，長期醞釀，四度易稿。最初的雛型〈葬故人〉，是感情與工作雙線併合的短篇，女角綜括《遼》書中詩彥、宛如、方儀於一身，受辱憂鬱而死；男角受刑傷殘，在女友墓前低徊悲悼，有「革命誤我我誤卿」之語。此文三十五年發表於《東北公論》，後因故停刊而中斷。四十年，作者見河山陸沈，滿懷悲憤，寫了二十萬字的《滾滾的遼河》，主旨在敍述現地抗戰的經過，是以工作故事爲主線敷衍。四十五年，聽聞「詩彥」消息，痛心於被愛而不知，誤己誤人，寫了十萬字的《愚狂曲》，終覺至多不過寫出空幻哀淒的戀愛史，輟筆未成，這是以感情故事爲主線推展。五十五年作者四度執筆，綜合舊有的布局，採取工作與感情雙線交錯進行，共四十一章，四十五萬字。再徵詢同志好友意見，張一正確定了書名，吳尹生堪稱知音，「負責人」羅大愚先生置重點於地下工作的探討，夫人朱紀建議於感情故事的推敲，惜冰指正場景細節與感情故事的遺誤。作者忍受割裁之痛，終於刪存卅五萬字，《中副》發稿時又刪三萬字[16]，這便是兼涵氣壯山河、情思緜邈，廣受讀者喜愛的今本《滾滾遼河》。

抗日寫實為主，情感虛飾為輔

《滾滾遼河》的地下抗日事蹟，眞星事件、一二三〇事件、五二三事件，都是作者親自經歷的重大歷史案件，可以求證於《羅大愚回憶錄》及《東北抗日五二三蒙難四十週年紀念文集》，敵僞警局的檢討，也實有可指，相當中肯：「這一系統的工作者，具有中國傳統文化的秉賦與氣質，不畏艱險，無視生死，以民族復興爲己任。」「他們猶如基督教初期傳道士一樣，個個具有殉道者的精神。誠爲可畏可敬的敵人。」（頁三二一）此書以史實爲經，以感情爲緯，穿梭組織，長於以人物對白呈現情節，離奇緊張；以倒敍穿插補充人物背景，周詳動人。小說重點在敍說事件本末，感情趣味線調配得頗爲活潑；第一章大抵已架構出基本格局。作者選取第一人稱敍述觀點，便於抒情發論，運用得相當完整。紀剛見宛如，宛如詢問何以有意去哈爾濱爲日人做事，又提及詩彥，問印象如何？藉宛如交代情節，早早讓女角上場，並暗示二女與紀剛的微妙情感。紀剛回寢室，心竹等著，藉心竹轉移到工作故事。他要約紀剛去後方抗戰，逼得紀剛道出參加地工實情，藉紀剛的思緒，補足了心竹之兄心超也是志士，已經被捕。基於友誼情感，紀剛一直不忍心吸收心竹參加工作。後來再透過紀剛不眠的省思，交代「覺覺團」的組織，奉派去哈爾濱的因素，以及負責人提醒的「青年同志應加戒愼的，是在工作中鬧情感問題。」預伏理智與情感，理論與實踐的矛盾衝突，作爲全書內在糾葛的動力。

「覺覺團」的弟兄不少，以紀剛的行踪爲主線，相關人物登場之後，往往就挿入憶述來交代人物背景。每個人都有一段生動感人的事蹟。感情故事以孟宛如、黎詩彥爲兩大支系，也敍述工作同志的感情型態。第二章同樣有感情、工作故事的並行鋪展，除了嚴肅的現地工作大綱以外，挿入輕快的宛如交付詩彥信件；以心竹爲關紐，上承第一章的餘緒，機警地會晤任俠，並補敍心超與嚴姐堅貞的愛情。作者布局頗費心神。第三章詩彥登場寫得極爲靈活，全章都是感情故事，卻仍讓詩彥提出〈滿州文壇〉的愛國抗敵宣傳文字，以及紀剛的〈出埃及外記〉來討論，資料是眞實的，寫情感滲入時代特殊的思潮，仍然達到了烘襯工作主線的作用。

就《滾滾遼河》的感情故事分析：宛如的形相迷人，柔媚而無主見；詩彥堅毅、剛強、熱情而執著。作者用李庸單戀癡迷病死，來襯托宛如之美；詩彥對紀剛的深情，喜不自勝，則可以從瀋陽旅店對談，泰城來回送迎，隆冬車站男裝送行看出。紀剛在二女的形貌與心智之美間猶豫，總以小我私情妨礙自己完全獻身組織，要冷酷地自感情世界撤離，但誠如伊正所說：「有些東西，是不能用火銷毀的！」（頁九二）書信可以毀去，情感何嘗能夠任由理智排除掉？

仲直與方儀的故事，是紀剛描述的重點之一。生前完全是工作關係，兩人假裝夫婦，方儀善盡主婦之責，五二三事件被捕，取調官新保懷疑兩人的聖潔，在日本投降前四天，方儀被姦污，仲直被提訊受侮反抗而受重擊昏死。勝利後，仲直死了，方儀心理受創極深，遺書要求合葬。原來不自覺的夫妻之情，經過一番刺激，突然明朗而深沈。這故事情節有些浪漫，卻顯現中國知識分子的高尚人格，公而忘私，國而忘家，羣而忘己，這種私德的光明完美，自非新保粗鄙低俗所能理解。對合紀剛初傳指令時仲直的爲難神色，小說隱隱含藏一條線索，不僅敍述者紀剛是極力壓抑情感，羅雷、任俠也是，仲直外表平穩不受情感波動，事實上，他也不能無情。在明德里與方儀喬裝夫婦，是工作任務，他很想推辭，不是怕事，而是內心對方儀有情！因此，他向以穩重見稱，卻受不了新保的刺激，「盲目」反抗。方儀遺書也指出，仲直的拚命，使她眞正覺得受辱，原因就在於仲直全出於爲人夫者的護衞行動；而如果仲直有情，卻能始終維持工作聖潔關係，他人格之偉大，更令人佩服。這些弦外之音很耐人推敲。

葛心超與嚴靜安勝利後重逢，卻同時被俄軍監禁，凶多吉少，苦命鴛鴦，該怪時代，該怪俄共、中共。嚴不是地工人員，心超被捕時傳話要求她另作安頓，是大愛克制私情。羅雷與姚蕙青梅竹馬，姚也和嚴一樣不是工作同志，最初對羅雷有所誤會，羅雷不顧「黑人」身分，邀紀剛去見姚蕙一段，寫來驚險萬狀。他說明被通緝，不得不離開，不敢做任何承諾，他告訴紀剛：「我們既沒有把握把感情保留給別人，我們還有什麼權利要把持別人的感情！」（頁一九五）羅雷原是比較衝動的一型，他的顧慮可和心超一模一樣。羅姚勝利後結婚，並育有一子，雖然留在竹幕，災難難免，就情感發展來說，是圓滿的了。

戰後的紀剛，有感於世事變幻，與心竹商定宛如、詩彥的歸宿，以大哥身分，像分配物品似的，先由心竹選定詩彥，自己對合宛如，並自我寬慰，宛如的柔弱在太平時代再不是缺失，她的美麗原是令人憐愛的。他與心竹的約定，由於局勢混亂，沒能見到詩彥當面承應，而宛如卻已與他人訂婚。在羅雷婚宴上，紀剛醉酒，事後跌斷門牙，回小河沿醫院診治，宛如勸他：「英雄已經做過了，做個大夫就行。不然，你再外面胡鬧，老人家會傷心的。」（頁四○○）對現實問題的關心，顯見她的誠懇；涉及情感，向來溫婉的她竟說：「你活著回來，不如你死去！」（頁四○二）紀剛聽出她的矛盾，便想法子說服她取消婚約，嫁給自己，還告慰她詩彥等候的是心竹。終究宛如沒有勇氣毀約，紀剛寫了〈葬故人〉，藉以埋葬掉過去所有的感情。在宜民護專他還想到詩彥，認為如果詩彥已與心竹聚首，可能勸服宛如與自己結合。小說假第一人稱自知觀點的便利，留存多少疑竇，讓人不安，紀剛的心態已陷入不自覺的盲點，自以為是，平庸而自私，苟且而自欺。宜民論及詩彥的個性執著，還未能點化紀剛，他撇清與詩彥的情感，於是宜民為他介紹甄青。集宛如、詩彥之長的甄青，在紀剛情感虛空時，適時而至，兩人閃電結婚了。然而，造化弄人，紀剛對宛如與詩彥不能完全無愧，宛如婚後不幸福，詩彥多次逃亡未成。紀剛特為去四平，結果沒找到詩彥與大妹，倒讓甄青急得患了「急性躁狂症」。為此，紀剛離開東北，飛機上俯視遼河滾滾渾渾，想到家園多難，不禁淚下。在青島見到黎經理，得知詩彥已逃往北平，紀剛留付心竹南昌的住址，自以為了卻一樁心事。等到在南行軍艦上展讀詩彥的信函，幾乎昏厥。為了甄青有病，他把信撕碎，拋入大海。信很委婉，很沉斂，意思卻很明顯：「為什麼將我向葛大夫身上安排？」「只是我不曉得，在你幸福的生活中沒有我的份！」「只是不會去南昌。」前此延宕懸疑，謎底至此揭露，詩彥的專情與執著，反襯紀剛的「愚狂」，多少憾恨？「海，忽然變成一張大紙，一個浪變成一個字。」小說以書信終結，收束得恰到好處，餘波震盪，令人低徊不已。

驚險的鏡頭

就工作故事鋪展而言，紀剛斷絕個人的社會關係，變成黑人，全神投入，「組織是家，工作是命。」⑰在書記長伉儷的大勇里居住，側寫女同志的辛勞。第九章心竹失踪，敍述角度局限鋪設得極爲精采，懸疑波折，緜延多時。心竹被逮，逃匿，直到二十一章在李伯處探得音訊，找到掩護場，曲折離奇，映現了東北地大人美，抗日情緒普遍存在，青年同志受各界照拂。日寇投降，押解思想犯北行途中，心竹還表演了一手漂亮的騎術剏囚。

組織原有「堅忍奮鬥，壯烈犧牲」的精神信條(頁一二三)，伊正對於持用假證件掩護身分，還有「以精神補物質的不足」(頁一二八)之說，憑自信的氣度取信敵人，可說是民族大無畏精神的嫡派理論。第十一章，紀剛公然提著《中國之命運》，從奉天驛搭火車，坐在敵人面前，就是憑著「精神」力量大膽闖關。緊張刺激，眼看出了車站，不料在十字路口被喝住，蒙混不了，書被抖出來；意外地，那警察突然放行，催促快走，留下一本閱讀，原來他是高麗人。這段高潮迭起，作者寫出被日本壓迫奴役的民族有相類似的命運，也就存在著相濡以沫的悲情。

紀剛憑機智擺脫特務釘梢一章，第一人稱觀點運用嫻熟，看來如臨其境，緊張萬分，主角內心的激戰，刻畫細微。他要留一條命，再爲組織效命，呑證件，呑布條，處處都爲了組織。「老牧師」聞道，取名來自《論語》：「朝聞道，夕死可矣。」，表明必死的無畏無懼。他由中立而轉爲抗日，五二三事件掩護伊正，後來覺覺團聚首趕到，伊正的結論是：「假如大家在五二三時都完了，剩下聞道一個人也會幹起來！」（頁四五〇）藉此描繪出一個人由平凡而超越入聖的潛在毅力，也反映出東北人的民族意識與自救精神。

五二三清晨紀剛被捕，被嚴刑逼供，小白俄馬尼諾夫勸他招供，否則就要勉強自己盡量吃，不然無法撐持，話說得懇切，紀剛於是決定一死。他試過上吊、絕食，在絕食第二關克服「渴」一段，半意識中的「遼河之水滾滾」，逼肖自然，暗喻小說人物念念不忘東北。他與特高科長爭論：「我是你們的敵人不是叛徒，現在我是貴國的俘虜而不是奴隸。」（頁三〇三）義正詞嚴，和葉石濤〈獄中記〉臺灣抗日志士李淳對菊池推事所說類似[18]，都是被奴役者出自民族意識、人性尊嚴的宣示。而負責人將計就計，寫信轉化紀剛的抗日方式，暗藏玄機，高妙神奇，使得嚴肅沈凝的工作故事引人入勝。

勝利後的陰影

勝利後的大陰影，是另一種沉痛的悲哀。俄人的經濟搜刮，姦殺擄掠，共黨勢力的擴張，使工作同志不得喘息。負責人顯出了向所未有的猶豫與躊躇，同志們宣揚三民主義，保護日僑，協助接收，但前途似乎黑暗無明，歐凱感嘆：「父抗日，子抗俄，百年大計。」（頁三五六）鮮血白流，英雄無用武之地，迫於情勢，同志們化整為零，轉入地下，加強組訓鄉鎭民衆及軍事工作，不料又被勒令暫停活動，愛國民衆武裝，也被俄軍「掃蕩」了。

負責人指示善作流亡同志的安撫工作，面對「全身創傷，滿腔悲痛的一羣活人」（頁四二五），工作極為艱苦。紀剛工作中斷，是由四平歸來，兩度「負責人不在」，淡去了地下工作，工作線到此結束，紀剛所面對的，是妻子生病、父親逃出的感情私事了。書中將負責人、書記長、社長三位領導人神格化，援用當年工作的實際稱謂，一則存眞，一則代表地下工作者的革命人格和組織精神。此時地工組織的權責已轉移消失，如此淡去，自然而然，頗費心思⑲。

留在東北的，一個是羅雷，一個是任俠。羅雷認為人離鄉賤，「生存一天，就有生存一天的意義。」（頁四八三）他要求紀剛把經歷寫下來，「對歷史對死難的弟兄姊妹有所交代。」（頁四八(三) 任俠是情海中的失意者，發過天下本無情的議論，女友由延安回來，他要重新開始，原來任俠最多情！

素材的轉化

《滾滾遼河》的人物數十上百，第十章一口氣三五十人出場，事實上不可能勾勒出同中殊異的生動影象。工作故事中的主體人物，大多有名無姓，保留當年「省分」(地下總機關)幹部化名的特色。爲了做歷史紀念，本人來臺，而事蹟爲實錄者，一概採用本名；不宜採本名或身陷大陸尚須隱諱者，則用其化名；至於覺覺團弟兄，因應情節需要有小說化者，另擬名字，紀剛、仲直、方儀，可看做單名，也可看做另有姓氏。這「一堆人」寫得入情入理，與「三尊神」的高度神秘性質大異[20]。

《滾滾遼河》如果純粹以實錄型態出現，充其量只是報告文學，不可諱言的，其中的實錄性質也接近報告文學，但作者爲了呈現主題，另外虛構情節，加以組鍊，又另當別論了。具體可尋的跡象，如：「伊正」一角是許多人物的複合體。在書中，伊正是組織與小河沿覺覺團的聯絡人，作者常利用他轉換敍述重點，第四章由詩彥轉至鍾鳴，第七章由工作故事轉至感情故事。這個角色猶如游走的紉絲，附帶了活動的掛鈎，在主角紀剛的主線上斜引出許多支系。證之於眞實人物，去醫院聯絡紀剛的是書記長張寶慈；駐守博智書局的是姚彭齡；省方由瀋遷長，到敦和里找紀剛的是精一，原名陳維邦；奉派在車站等候紀剛押運行李，回報紀剛未依時到達，以及五二三事件後在聞道家藏匿，做廚伕，勝利後被薦到「行營」工作的是吳尹生；主編《東北公論》，參加覺覺團同學團聚的「外人」，是張一正，因此，伊正大抵取「尹生」「一正」二名複合[21]。這樣組合有化繁爲簡，使讀者集中注意力的作用，幸好小說敍事多止於公事上交代，人物個性刻畫並不突顯，雖是綜合多人的事蹟，也不致有個性不貫的感覺。「仲直」一角，借名於崇直，及其死難事蹟，並兼取篤實、岳嵐二人的事蹟，再加虛構，假新保之手擊昏，掀起高潮。「鍾鳴」實有其名其事，但贈送「凱旋圖」則是虛構。圖的深刻印象是作者在哈爾濱秋林洋行所見。「歐凱」一角，先後借事於李芹、士賢、馬木樵，「父抗日，子抗俄」警語是馬木樵說的[22]。

「谷音」卽楊野的造型，他的獄中詩「我是王」被截取引用[23]；「方儀」一角借型於陳方策，陳的額角確有紅疤，工作則多借志仁的事蹟；「羅雷」一角，大抵照履謙的形象描繪，本人個性較突出，因此刻畫得最生動[24]。作者在書中提及的個人著作：〈出埃及外記〉、〈虹霓〉、〈五月的厄運〉、〈東北風雲〉、〈北荒道上〉、〈葬故人〉都實有其文。至於《火舌集》原是輯錄的同志私人信簡，「將愛一個人的心，分散給大衆吧！」是一位同志告別戀人的短信[25]；在小說裏，作者處理爲給予宛如的信函，加強浪漫的情調，無疑效果更好。小白俄馬尼諾夫獄中勸說的善意懇切，相當感人。事實上根本沒有什麼小白俄，那段話是王光逖先生說的，王光逖筆名司馬桑敦，曾以《野馬傳》一書聞名文壇。他提到的老頭子是已故立委石墨堂先生。據石先生回憶，王密告他許多資料，協助他合宜應訊，爲關係人開脫；立委題贈的詩，在書中也被新保貼在壁上向紀剛炫示。作者把王先生換爲小白俄，目的想用另一個角度描寫民族精神，覺覺團抗日是正面描寫；韓系偽警同情地工人員特意放行，是側面描寫；小白俄父兄被共黨屠殺，卻在異地爲赤色祖國效命，是反面描寫㉖。小白俄與韓系偽警的言行，可以看做在日本高壓之下，不同民族而有相同的體認，能同情革命志士，給予協助。換成小白俄，當然比用中國人具有戲劇效果。根據《滾滾遼河》日譯者加藤豐隆的調查，新保還活著㉗。小說安排他跳樓自殺，代表一點武士道的悲劇精神，這與葉石濤〈獄中記〉處理菊池推事切腹，是相近的手法。綜上而言，《滾滾遼河》的工作故事，並非呆板的實錄，而是巧用虛構文飾的眞實性頗高的小說。

「宛如」與「詩彥」實有其人，宛如嫁在錦州是實，是否「不幸」，則未必；詩彥癡候紀剛，是有可能，唯其如此，才能造成「缺憾」，有缺憾才有震撼力。當年的小河沿，醫師與女護士迎面而過，極少交談㉘；紀剛筆下護理室中的浪漫情調，想必是爲了情節渲染而刻意經營。詩彥的感情，只憑幾面之緣的描繪，在全書中卻是籠罩主角內心無所不在的密網。作者安排許多無奈，把動盪的時局，列入人生不幸的重要因素，正好透顯此書以感情故事烘托工作事蹟的主題。叔叔電話不通，泰城之行受阻，是無可奈何之事，然而宛如與宜民的提醒無效，接納甄青又是令人驚異之快。甄青此角的安挿，斷絕詩彥的機會，也賦予紀剛離開東北的理由，負責人也淡去了地工領袖的歷史地位，此後的紀剛再不是地工時代「驍勇敢幹，足智多謀」的辰光[29]，作者有意塑造人性的庸俗面，原則上是成功的。甄青過於完美，病得又太過突然，但也只有這樣，紀剛凡俗的顧慮，才能把詩彥之情付諸「海」水。

此書對民族意識的闡述，除正面以青年抗日呈現，也善用老輩的寬諒支持來烘襯。紀剛要做黑人，不曾多說幾句，行醫的叔父就體諒，還爲他準備旅費（頁七七）；李庸的父親是窮農夫，遭喪子之痛，還要省下錢「送給國家」，並提供鐵嶺做掩護場所（頁二五一）；仲直的父親做生意，謹愼而機警，見面塞了紙包就走（頁一一七）；魏邦的母親應承把文件縫進布鞋的千層底裏，原來早明白兒媳的工作，毫不懼怕（頁一三二）。由於接近實錄性質，小說頗能藉瑣屑的言行，映現當年現地抗戰的艱難萬狀。他們以白血球自喻，以革命蟲自我調侃，冬日燃用炭火就如使用同志們的血汗生命一樣不忍。方儀遺書說：冬日凍裂的手指，住獄後才完全癒合。紀剛被困，與敵僞纏鬥，得機踢門板，爲的是好震落安全訊號，也爲了製造聲響，向同志示警，客觀鋪描，緊湊而逼眞。紀剛的稱謂數變，蘇姓與吳姓，正是地下工作詭譎化身的多種形象之一二。

書中因應時代環境，日語語法造詞適量融用，適度顯現了人物口吻與特殊情境。如：「奉天驛」（車站）「放送」海軍進行曲；「留置場」（拘留所）中敵僞大「打合」（洽談），發現地工人員供詞不符；中國人把熔鑛爐說成「窰胡盧」；敵僞覺得「殘念」（遺憾）的，尚無對策。此外，韓系僞警及取調官新保和紀剛的協合語式對白，也可以看出特殊時地的特殊背景。

結論

就《滾滾遼河》的整體布局來說，感情與工作故事穿梭交織，感情故事寓託了部分浪漫題材，使嚴肅沉鬱緊張的氣氛，融入輕快、流麗、廻盪的節奏，原本以寫實手法鋪展的工作故事，因此做了活潑的調劑。感情受工作的牽制，以致延宕而疏淡，或壓抑而積深，以藝術形式，「切實描寫在僞滿統制下的中國人深刻的苦惱，和非在那兒呼吸不可的青年男女的哀愁」[30]，爲歷史留存了逼眞的畫圖。單一觀點的嫻熟，插敍補足的周到，對白交代情節的靈活，都是《滾滾遼河》的長處。從人物刻畫說，環繞主題，略做調整，虛飾情節，加深形象，作者大致盡到把人物活潑呈現出來的職責。羅雷的風趣、諧謔、機智、豪邁，以及粗率魯直而又柔情，形象最爲突出；任俠生活的層面較廣，波折較大，也頗爲特異。但是登場人物過多，影象模糊，勢所難免。伊正、仲直都是穩重內斂角色，同中之異卻不易區分。倒是幾個女角，應對口吻頗能各具特色。甄青是比較缺乏實感的複合體，遭遇離奇，敍述紀、甄生活部分，有今昔混淆，作者攔入的缺陷，由相識到結合，心理描繪過於粗率。書中採取第一人稱敍述觀點，本來便於抒發個人觀感，作者也善用這種優勢，渲染愛國的熱烈情緒；但過多的議論，在小說的架構上似又不宜。譬如方、仲情分的描摹，仲直過世後，紀剛的憤慨議論可以濃縮精省，方儀遺書公開之前的一段說明，放在序文或後記，也許比列入小說本文更合宜。至於爲顧全歷史意義，偶有實錄性質的「通告」、「綱要」，原可以曲諒，仍不免略嫌冗贅，實有待進一步斟酌。在具體鋪敘方面，作者著力於事實的交代，特殊場景遠不如歷史背景清晰。事實上小河沿醫院的內外環境，瀋陽、長春、四平、鐵嶺、泰城的自然景觀，都是作者足跡所至，很可以略作鋪描。《滾滾遼河》具有相當完美的現代小說結構，作者處理雙線情節，跨越移轉，不著斧痕，成功地以緜邈的柔情，烘襯了氣壯山河的雄渾歷史篇章。私意以爲，此書寫作，偏重事實鋪敍，描景過於疏淡，是美中不足處。在寫實之中，作者已靈活地重新組合過原始的素材，注入了部分浪漫筆調，若是進一步跳脫歷史記事本來體裁的拘囿，根據已有的完美小說架構，經營出從容客觀的敍述語言，不知《滾滾遼河》又會是怎麼樣的風貌？

——民國七十六年七月五日「抗戰文學研討會」論文，《臺灣新聞報》節錄

附註：

❶ 見白崇珠〈且自高歌遣悲懷——話鹿橋〉，《出版與研究》第四十五期。

❷ 見邱秀文〈從《未央歌》到《人子》——訪鹿橋先生〉，收入《智者群像》。時報出版公司，六十六年十月。

❸ 同❷。

❹ 鹿橋有右手寫論文，左手寫詩篇之語，「以右代表理解、結構、正宗、太平時代的傳統，而左則是幻想、空靈、左道、動亂期間的破壞，也有他一個傳統。」見書附〈六版再致未央歌讀者〉，頁四。商務印書館，七十六年一月普及三十九版。

❺ 前者收入《聯副二十五年小說選》，後者聯文雜誌社七十六年四月一日出版。

❻ 見書附〈再版致未央歌讀者〉，頁六。

❼ 〈再版致未央歌讀者〉，頁五：「伍寶笙當然是照了（祝）宗嶺寫的。」

❽ 見鹿橋〈底事春來偏有恨，隔簾花影又一年——從《藍紋》、《黑皮書》到《懺情書》〉，六十四年九月十九日《人間》副刊，收入《懺情書》列為前言，遠景出版社，七十三年三月十版。

❾ 〈再版致未央歌讀者〉，頁七。

❿ 同❽。

⓫ 參〈再版致未央歌讀者〉，頁八：「未央歌每在情感一上昇的時候，文字就往新文言方向走。……化成散文詩或是帶了韻。」

⓬ 見齊邦媛《中國現代文學中深刻的時代性》，七十四年二月七日《中央日報》。見《山高水長——故人手澤》，頁三六。紀剛寫作《滾滾遼河》的珍貴資料，已收入作者《諸神造位》，允晨文化實業公司，七十九年三月。

⓭ 紀剛〈誠拙的告白〉，見《文訊月刊》第四期，頁一六二。

⓮ 純文學出版社七十五年十一月二版四七次印刷，《滾滾遼河》頁一七九，負責人說：「東北人不先圖自救，還等待誰來救我們？」

⓯ 見大阪《每日新聞》「記者之眼」標題〈民族意識繼續承傳〉，一九八二年六月十八日，同年《民衆日報》八月三十一日刊載尹生譯文。

⑯ 參紀剛〈故人手澤〉、〈十年血淚一部書〉（代後記）、〈誠拙的告白〉。

⑰ 頁一二一：「我們現在一無所有，我們只有組織與工作。……組織是我們的家，工作是我們的命。」

⑱ 收入《葉石濤自選集》，黎明公司，六十四年元月初版；收入朱西甯編《中國現代文學大系》，六十一年一月，巨人出版社初版。

⑲ 參書附〈三尊神與一堆人〉。

⑳ 同⑲。

㉑ 參紀剛、尹生〈書中人語——《滾滾遼河》的一頁內幕〉，《新書月刊》第七期，頁四五。

㉒ 參〈故人手澤〉，頁三一、三二。

㉓ 《遼》書，頁五四五，附紀剛〈敵僞時期東北文壇概誌〉。

㉔ 同㉒。

㉕ 同㉓。

㉖ 見紀剛〈野馬停蹄——記獄中知音〉，民國七十年九月十八日《人間》副刊，收入《山高水長》。

㉗ 同㉖。

㉘ 見劉毓珠〈訪名家談遼河戀——社長夫婦憶當年〉，《中視週刊》四〇〇期，六十六年六月二十日。

㉙ 見〈羅大愚回憶錄〉——《山高水長》，頁一五五。

㉚ 見日譯者加藤豐隆〈譯者的話〉，林海音〈致讀者〉引。

葉石濤小說中的鄉土意識

大凡文學，只要是作家對現實做廣面而忠誠的映現，便多少要呈露個人熟悉的鄉土特色。葉石濤（一九二五——）先生是臺灣本土作家中，具備日本經驗，致力於小說創作與臺灣鄉土文學評論，頗見成績的卓越人才。截至去年出版的《臺灣文學史綱》爲止，包括《臺灣鄉土作家論集》、《作家的條件》等書，從日據時代臺灣文學的回顧，到七〇年代楊青矗工廠文學的探討，他所著力的評論，顯然以臺灣鄉土爲範疇；至於他的小說創作呢？無疑是理論的付諸實踐。本文擬探討葉石濤小說中的鄉土意識，並非出於狹隘的地域觀念，而是深覺臺灣特殊的地緣關係、歷史文化背景確實足以形成濃厚鄉土色彩的文學。在中國廣遠綿延的傳統文化長流中，歷經荷蘭、日本的統治，臺灣海角一隅，在相當獨具風格的，光復後第一代本土小說家筆下，究竟呈現了怎麼樣的風貌？

葉石濤前後出過九本短篇小說集，集中有許多是重複編次的，總計三十八篇小說。葉先生於民國十四年誕生在臺南古都打銀街一個赫赫有名的地主家庭，入日本公學校之前，曾在私塾接受漢文教育，中學時代已開始寫作。戰爭末期，他擔任國小教師，被徵召入營爲陸軍二等兵。光復後，他重新學習祖國的語文，自五十四年起至六十年，他克服日文的羈絆，把戰爭前後的經驗，融入以南臺灣爲背景的小說裏。他塑造各種角色：有自我投影的世家子弟，清苦簡樸的教師，有勞苦奔波的農夫農婦，有醫生，有騙徒，有忍辱負重的抗日志士，有情深義重的風塵女郎，有無賴，有潑婦，有名士，有淑女。他的視野相當寬廣，對人性的觀照普遍而又深刻。

世家子弟的浪漫情懷

葉石濤在許多篇以世家爲背景的小說裏，無可避免的，在寫實之中，流露了世家盛衰的感喟，浪漫情懷的鋪描，平添幾許淡淡的輕愁。〈羅桑榮和四個女人〉，便是敍述留日歸來的世家子弟，幾段男女浪漫愛情故事。罹患肺癆的愛妻鳳姿賭命奉獻自己，使他擁有刻骨銘心、甜美與酸苦兼具的短暫幸福，這是第一則靈肉合一的故事。喪妻之後，明艷的麗雪夜裏常來相伴，以肉慾的誘發，消解了他的沮喪，這是肉體的沉溺，但也鼓舞了心志。麗雪風塵女郎的身分揭露之後，羅桑榮顯示誠意，麗雪則顧全情義，不告而別，成爲永恆關懷的對象。接著他又面對兩個女人——曾祖母的丫鬟翠薇和守寡的表妹春姬。他爲了舒適，和春姬結婚，翠薇「吃菜」（出家）去了。對卑屈的翠薇那種幽怨而又深藏的情感，只是虛筆烘襯，春姬的婚姻則徒具幸福的表象，他的心思常在亡妻與麗雪身上。主角對四個女人的情分，深淺不一，在低盪的氛圍中，情節推展得自然而又合理。其中有戰後工業復甦的經濟背景，藉鳳姿提示日式教育性壓抑的問題，藉麗雪大膽描摹男女浪漫之情，細膩而又獨具特色。

〈卡薩爾斯之琴〉是另一種沒落世家子弟的故事。作者把曾經爲他轉譯日文小說的龔書森，用做府城世家的主人。長子誠紘旅日學音樂，在北平娶了女學生，返鄉後，髮妻已死，愛女瘋傻，他沒錢爲女兒治病，一心夢想成爲中國的卡薩爾斯，常在他那日趨傾圮的祖宅，如癡如醉地拉動大提琴。他不顧生計，也不懂睦鄰之道，妻子常靠借貸度日。終究心愛的女兒摔毀了他珍愛的琴。唯一賴以逃避冷酷現實的憑藉就此毀了，他追求藝術的浪漫情懷再也沒有著落了。小說在他的嚎啕聲中落幕，頗能蘊含不盡的餘味。文末一些揣測之辭，依筆者意見，很可以省略。

〈姻緣〉寫的是兩個世家男女留日學生的宿命緣會。小說選取戰爭末期日本、臺灣兩地爲背景，尚稱寫實；而林中救美，兩次空襲時護花，牽引出姑姪的情感糾葛，頗爲浪漫，亦嫌巧合。小說以今昔參差錯綜呈現，深刻的撼動與平和的喜悅，情感層次有別；而世家屋舍的鋪描，浪漫情思，靚女穿梭，也構成絢麗的色彩。另一篇〈齋堂傳奇〉，也以空襲爲背景。顯然是世家子的李淳，在齋堂邂逅妙齡美女，又在廣場重逢，突來的空襲，使少女昏厥，他以口對口灌水救活，兩人有了微妙的情愫。他應召入伍一年，光復後再到齋堂，得以重續前緣。

葉石濤的小說，並不避諱情慾的描繪。小說中熱情的女郎，還有〈汲古夢〉中的龔太太，不同於其他篇中的神女身分，她是世家的寡媳，她不僅與考古學者有染，嚴重影響他與女友的情分，而且和長工曾有曖昧，害對方懸頸自殺。作者技巧地賦予她一半日本血統，「有禮無體」或許也可以兼用來做爲合理的詮釋。這一系列的小說頗能以綺麗浪漫吸引人，多少也反映了光復前後世家子弟的種種際遇。但小說情節的重現，人物形象的重疊，描摹文句的重複，多篇人名的雷同，雖不算大礙，難免予人粗疏的印象。例如：〈羅桑榮和四個女人〉、〈葫蘆巷春夢〉、〈飄泊淚〉都有求慰於神女的情節，前二者還都是在喪妻之後。空襲之後以口灌水救活美女而締結良緣，重見於〈齋堂傳奇〉和〈晚餐〉。癆病的蒼白美女，不顧性命獻身致死的淒美情節，重見於〈羅桑榮和四個女人〉的鳳姿、〈青瓦之家〉的阿緞。「黃色碎花長衫」的穿著，重見於〈齋堂傳奇〉與〈晚餐〉；「艷若雛菊」「冰肌玉骨」是泛泛之筆。〈葫蘆巷春夢〉的珠音和〈晚餐〉中的淑宜形象近似；〈羅桑榮和四個女人〉中的鳳姿與〈姻緣〉中的婉香之母，膚色同樣「浮著青色血管」「猶如透明的蠶」；「埋入乳房之谷」則多篇重用。人名方面，「李淳」重見於〈齋堂傳奇〉、〈獄中記〉、〈鸚鵡與豎琴〉；「春姬」重現於〈羅桑榮和四個女人〉、〈青瓦之家〉、〈青春〉；「阿菜」重見於〈卡薩爾斯之琴〉、〈賺食世家〉；「麗花」重見於〈甕中之鱉〉、〈福佑宮燒香記〉；「鄭芳春」重見於〈醜聞〉、〈甕中之鱉〉。有些通俗的名字，重複在所難免，太多的重複，終究不宜。

荒寒農村的諧謔人物

葉石濤在民國五十六、七年所寫的許多篇以「烏秋村」為地理背景的小說，收入第一個單行本《葫蘆巷春夢》及第三個單行本《晴天與陰天》中，反映了作者對鄉野小民的深切關懷。幾乎像傳統串珠式章回小說一樣，這些小說有著共同的人物：村長知高、雜貨鋪的阿桂嫂、敍述者石頭仔及妻子黃臉婆、仁德醫院張良駒仙（醫生）。人物的個性多篇一貫，各篇則發展一段情節，各有敍述重心。村長是裁定是非的權威人物，石頭仔則是頗好遐想的知識分子，興來勉力經營果園，懶散時便病懨懨地過日子，但仍是受尊重信賴的角色，常和知高仔共同解決爭端。作者藉這些人物為陪襯，安排了好幾齣情節突兀、懸疑驚險，頗帶夸飾的諧謔悲喜劇。〈決鬥〉由貧困荒寒的小村鋪描起，描寫污穢、癲狂、暴躁的老嫗——魯嫂和兒子的下堂同居人，下巴長著肉瘤的侏儒似的惡婦，一場粗蠻的拚鬥。關係人紅目仔顯然是綽號，他並非夾在母親、妻子之間兩難的普通男人，他似乎不想要那個怪女人，魯嫂卻精明地有心訛詐「媳婦」的情夫一筆錢，更有趣的是被賴上的阿龍正愁丟不掉燙手山芋。於是四個男人束手無策地看著兩個凶惡婆娘扭打在一起，這是多麼奇特的場景。高潮是，一向懦弱的紅目仔突然揮動粗短的柴木，使勁地拍擊同居人的屁股，終於扭轉了局勢。不論是出於孝順或愛情，總讓讀者領悟到莎士比亞《馴悍記》的興味，篇末魯嫂和兒媳三口，得惠於阿龍的賠款，共享天倫之樂的畫面，便不再滑稽奇詭，而格外令人感動了。兩個惡名昭彰的凶女人，竟能安詳平和地長久相處，與其說是鬧劇的討好，無寧說是作者具有極其廣闊的胸襟，才能發揮悲憫的大愛；也可以說作者具有高度的技巧，才能寓詼諧嘲弄而又深具撼動力。

〈羣鷄之王〉描繪浪蕩子——慣竊鐘釘返鄉，在阿桂嫂的舖子前引起村人的疑懼，他偷了羣鷄之王，龍山伯第二次受害，最後還是原諒了他。小說透過石頭仔的觀察，細膩的刻畫鐘釘的神態舉止，巧意醞釀了通貫全篇的陰鬱氣氛。鐘釘的虛僞作態、狡詐詭辯、行藏敗露之後痛哭悲號，敍筆雖略帶誇張，頗具寫實效果；結筆知高的叮嚀，流露了村長寬容之中不忘期勉爲善的長者風範。通篇對人性多角度的審視，人物勾勒的夸飾，都相當成功。

「知高」諧音「猪哥」，「石頭」有呆傻之意，與小說角色性格形成反比，這也是一種不曾言宣的諧趣。

〈賺食世家〉是另一篇諧趣橫生的短篇。妓女戶的第三代少女艷麗而又純眞完美，奇蹟似的邂逅魚販祥仔，並且如願締結良緣。作者安排的波瀾，在於兩代不顯老的「賺食」母女，潑辣而又善辯，爲撮合良緣，楊牧師與石頭仔相繼被奚落、調侃，鎩羽而歸。事情的轉機，是一場洪水中，石頭仔與祥仔專誠去救援，祥仔終於做了賺食世家的駙馬爺。作者的嘲弄之筆，對「賺食」行業絲毫不帶輕視，倒反而是對牧師的宗教執著，對自我知識分子的樂於成人之美，牽引出許多困擾，充滿了無奈，多少在諧謔中混合幾許辛酸的滋味，因而具有耐人揣玩的多種意涵，這是葉先生小說的特色之一。

烏秋村獨一無二的全科醫生張良駒，〈等待〉側寫了他的威嚴與仁德。透過石頭仔的旁知觀點，可愛的村婦江美麗常是乘興而來，敗興而回，她的羞赧神態，楚楚可憐，全用虛筆烘托；她就等待醫生說句：「可以了。」最後由醫生交代出來，原爲了丈夫患肺癆，婦人悉心照料，醫囑不能行房。婦人來探問X光片結果，心思頗爲複雜。另一篇〈墮胎〉，也以仁德醫院爲背景，描寫一對貧困的夫婦，爲多子所苦，冒險服草藥墮胎的經過。丈夫有哮喘病，婦人過分勞累，長期營養失調，偏偏一再懷孕。透過丈夫事後陳訴，她怕再生孩子，自己便會死掉。張醫生礙於已過墮胎安全期，沒有辦法幫忙，料不到她服草藥以後，失血昏厥，還是靠張醫生救活。小說在她的呻吟聲中收束，暫時的喜樂，是否能和未來長期的愁苦，甚或死亡的威脅相比？作者暗示了許多問題，那勞碌賣命的村婦形象也勾勒分明。

日本經驗的多角呈現

取材於光復前後的臺灣鄉土小說，日本經驗是無法分割的環節。葉石濤的鄉土意識潛存著抗日的心念：〈卡薩爾斯之琴〉中敍述者的父親罵日本人「蠻橫頑固」，他這類舊式知識分子，飽受日本人欺凌而不屈服，便顯現「目中無人的傲骨」。男主角龔誠紘是不滿日本皇民化運動及侵略東三省，因而經日本潛往北平，爲臺灣重回祖國而奮鬥。〈鷓鴣與豎琴〉中的李淳見習士官，不樂意接受監視義大利領事的工作，私心期望能加入與盟軍聯繫的反日行動。〈俘虜〉中的甘秋文，〈敗戰記〉裏的翁律夫，都切盼戰爭結束，讓他重獲自由。而〈獄中記〉更深刻鋪寫了帝大醫學士偷渡回祖國參加抗日行列。藉主角的思緒交代，童年父親被害慘死，如今戀人被逼婚，是迫使他抗日的兩大因素，提審前後，更呈現了長期拘囚，精力耗損，身心苦被折騰，文筆細膩逼眞。

作者對日本人的觀感，倒也並非一味醜詆，自有客觀冷靜，兼攝衆相的長處。〈獄中記〉的島木看守自言忠君愛國不落人後，菊池檢察官和〈姻緣〉中躲空襲的日本男士都相信日本是神國，絕不會淪亡，類似的「愚忠」反映了日式軍國教育的成效。小說中不乏善良方正的日本知識分子，如：〈俘虜〉中頗具古武士風格的老軍官桂木中佐，〈姻緣〉中同情平民買賣黑市米糧的年輕少尉。〈獄中記〉的菊池檢察官更是溫文爾雅、高貴正直，他軟硬兼施的逼供，想了解高級知識分子何以「叛國」，也爲了抒解個人信仰的矛盾掙扎，他終於切腹自殺。李淳對他充滿了尊重、不忍與同情，小說深度的探觸，帶有悲愴的餘味。

戰爭後期，臺灣經濟單薄，民生凋敝，反映在小說裏，多處可見：「日本仔存心餓死我們。」〈行醫記〉中的李文顯，隨著養父母由荒寒的漁村遷往簡陋的山村，在飢餓邊緣掙扎；養父母抱著到城市做叫化子的想法，意外販賣魚圓積了幾文錢，便讓他考了中學，他第一次穿上鞋子：

他衣衫襤褸，面帶菜色，可是成績總是名列前茅。許多日本教師歧視他、奚落他，嫌他總發著一股大蒜韮菜的氣息，不合「皇民」的標準。不過他的孜孜不倦的堅毅精神冲淡了他們的厭惡。他們不得不承認，他是本地人裏的佼佼者，而且有根深蒂固的鄉土意識，具有異乎日本人的奇妙的氣質。這也難怪，他本來發源於農人、漁民們的廣大人羣之中，紮根於很少受動搖摧毀的傳統；而這數千年的民族傳統却一直以原始的、純粹的形態，被保持在那些廣大人羣的血液中，流傳不息。

由傳統文化的長流，肯定他的優異氣質與鄉土意識，這其實可以看做葉先生的主觀期許。就小說人物刻畫而言，原本不需如此鋪張的，作者正是要藉此塑造理想角色——一個反映日據時代艱難苦況，而能卓拔不羣的秉承中國傳統美質的本土典型青年。

繁富短篇與閩語角色

葉石濤小說常喜歡選用第一人稱旁知的敍述觀點，烏秋村一系列的滑稽詼諧故事便都是以這種手法寫成。但另有一類第一人稱敍述觀點，「我」的分量相當重，幾乎構成雙線情節鋪展的形式，具有繁富的意涵，幽默悲喜劇〈葫蘆巷春夢〉是代表性的作品。作者揉雜嘲弄、辛酸而又無奈的敍述語調，在人畜雜處的陋巷，鋪展了兩則浪漫傳奇，一是烘托側寫，一是主觀自述。「我」對少女的私慕是兩段情節的交會點。其間牽扯猪仔死活的懸疑，年輕戀人的意外戀情；也包涵了對風塵女郎的關切與感激，寫出悲苦境中相濡以沫的中年人的寬和容納。兩對有情人成了眷屬，只苦了熟讀《易經》，卻算不準女兒私奔刼數的施老頭，那封訣別信「正好完全蓋住那一本積著三十年汚垢的《易經》，運用了極其巧妙的象徵。而面對「晴美的春天」，對舞女林茉莉來說，離開曖昧的葫蘆巷，跟著體貼的好男人，投入廣袤的鄉野，是美好人生的開始，這也是難得的暗喩。

〈晴天與陰天〉也是以諧謔筆法鋪陳的雙線情節悲喜劇。四萬多字的中篇，難免有些冗贅之筆，但魏土柏一家人的種種行止，確實波瀾迭起，怪異無比，有引人探尋，不能不唏噓感嘆的效用；而「我」因妻子出走，發憤養鷄，勉爲鷄奴，念念不忘嬌妻，平凡中見堅毅，諧謔中見眞情。小說夸飾魏氏夫婦巨大的形象，及得過且過、靦顏度日的人生態度，長女的陰鬱、刻苦和夢遊症，小女兒急病夭亡，常是出人意表，藉著敍述者純良善心的烘襯，更顯得突兀詼諧。但長女與父母形貌、心性的對比，以及對敍述者病態的垂青，形成強大的張力，醞釀了緊張的氛圍。敍述者夫妻團圓了，魏土柏決定揚棄地主後裔的優越感，接受衞生隊淸掃馬路的工作，掙脫夢幻，正視現實，這是好兆頭；然而長女吵鬧了一夜，暗示情感上的糾葛，餘波蕩漾，未來仍是凶險。

正是一喜一悲，題目原賅括了兩者的象徵意義。

這兩篇小說，也可以看做是第一、二類型小說的綜合體。其他像〈黃水仙〉，記述富家女主人在守寡之後，突然癲狂似地熱中繪畫，一改往日的溫和雍容，變成孤僻多疑；罹患癌症之後，又完全漠視繪畫上曾做過的努力。第一人稱旁知觀點微妙地營造了神秘的氣氛。〈斷層〉則是葉先生一篇較具現代手法的精緻短篇，鋪寫一位敏感的醫生面對死亡的無奈以及對超越的渴盼。這種沮喪與倦怠感，嚴重地擊毀了內心的安寧，影響了對妻子的關愛，作者有力地探索了現代人無可避免的精神困境。若就結構而言，〈獄中記〉該是最嚴謹的傑作，敘述觀點的運用及主題意識的呈現都可圈可點。

葉石濤的小說較能映現新時代、新問題的，是〈飄泊淚〉中述及烏腳病的腐蝕生命、綠燈戶暗娼的沉淪掙扎。〈蛇蠍〉就一項郵件遺失案件，記述三個關係人的口供，有些近似芥川龍之介的〈竹藪中〉，楔子及第五段妻子姘夫流氓的獨白，則是獨創的匠意，由表至裏，牽引的問題越來越繁雜，題目眞有畫龍點睛之妙。葉先生也嘗試歷史小說的創作：〈玫瑰項圈〉以荷蘭佔領期爲背景；〈採硫記〉是康熙三十六年郁永河來臺採硫，與番人接觸的事蹟；〈福佑宮燒香記〉以光緒十年，法軍侵臺，伶人張李成義勇克敵的史蹟爲主，渲染官家小姐燒香巧遇英雄及法國官兵的故事，都足以顯現作者對臺灣史的關注。其他如〈葬禮〉、〈鬼月〉、〈墓地風景〉有些詭譎的意味。〈甕中之鼈〉記述日本獄中的景況，倒頗具推理小說的神韻。大抵小說人物絕大多數是閩南語系角色，閩語語彙在敍述對白中常穿插使用。〈行醫記〉的醫生太太是受過醫護訓練的泰雅族酋長之女，夫婦致力於山地醫療工作，作者對山地同胞的關切由此可見。〈卡薩爾斯之琴〉裏的龔太太，以她悅耳的北平話博得鄰居的好感與同情、資助；她是葉石濤三十八篇小說中唯一的外省籍人物，作者顯然無視於數量頗爲龐大，與臺灣史不可分，與臺灣人密邇交關的大陸來臺的各省人士。葉先生的鄉土意識可以說相當濃烈，而且有些狹隘的。他的小說，敍筆有時難免冗蔓之失，偶而也表露作者主觀的色彩。他慣於舉用外國的書籍、音樂、繪畫來做比喻，某些篇目固然切合書中角色的人品學識，有時就扞格不合。不過，他的小說深刻地映現了臺灣風土民情，尤其穠麗的愛情故事，頗見貞定的情操；一系列寓諷喻於諧謔的小人物傳奇，骨子裏流露的卻是作者寬和悲憫的襟懷。葉先生畢竟在小說創作方面能獨樹一幟，一些小瑕疵，或許也可以看做個人的風格吧！

——原載於民國七十七年八月一日、二日《中央日報》副刊

附註：

一、本文提及的葉石濤小說，見於以下小說集：

《葫蘆巷春夢》，蘭開書局，民國五十七年版。

《羅桑榮和四個女人》，林白出版社，民國五十八年版。
《晴天和陰天》，晚蟬書店，民國五十八年版。
《鸚鵡與豎琴》，三信出版社，民國六十二年版。
《噶瑪蘭的柑子》，三信出版社，民國六十四年版。
《採硫記》，龍田出版社，民國六十八年版。
《卡薩爾斯之琴》，東大圖書公司，民國六十七年版。
《葉石濤自選集》，黎明文化公司，民國六十四年版。

二、葉氏有關小說論著：

《臺灣作家論集》，三信出版社，民國六十二年版。
《臺灣鄉土作家論集》，遠景出版社，民國六十八年版。
《作家的條件》，遠景出版社，民國七十年版。
《文學回憶錄》，遠景出版社，民國七十二年版。
《小說筆記》，前衛出版社，民國七十二年版。
《沒有土地，哪有文學》，遠景出版社，民國七十四年版。
《臺灣文學史綱》，文學界雜誌社，民國七十六年版。
《臺灣文學的困境》，派色文化出版社，民國八十一年七月版。

第二輯

姜貴《旋風》中的人物

姜貴（一九〇八——一九八〇）以自己的家鄉爲背景寫成的名作《旋風》❶，無論就內容或就技巧來說，都是五〇年代的傑出長篇鉅作。這個長篇約四十萬字，是作者有感於國破家亡，有心要檢省共產黨何以能得勢而作❷，四十一年脫稿，四十六年印單行本，原名「今檮杌傳」，還附有章回體小說的四十回回目。小說的時代，由五四直至抗戰初期，前後二十年，是中國政局多變的混亂時代，他描寫一個大家族的衰微與沒落，映現當代社會的病態，暗示這些病癥正是共產黨滋長的溫床。小說明顯的諷喩主題，影響了作者人物的刻畫，書中的角色，幾乎沒有什麼正派人物，作者多處採取客觀的筆法，冷雋的敍說，小人物的驚世駭俗之行，令人震撼不已，或多或少說明了一個亂局之形成，不爲無因。

天真的理想派

主角方祥千熱衷於政治改革，秘密從事政治活動，自認爲共產是最理想的政治主張。他略知俄國有十月革命，但並不了解實際狀況，他的一些理念多得自《資本論入門》，他把共產比附爲大同理想，頗有儒生的執著。他不受物慾的誘惑，他捐錢，不惜借債、賣田地，一心爲黨。但爲了黨的發展，他表現十足的陰謀家模樣，奉命「不擇手段」，不顧清譽，接受官僚的饋贈；他退回方鎭，爲保留據點，設計讓姪兒天芷接替法政專門學校秘書的工作；他擴張勢力，收攬姪兒培蘭的綠林武力；他安排子姪去南方革命軍陣營觀察，去蘇俄實習共產主義；他安排姪女嫁給小軍官，爲的是收攏督軍手下的那個營隊。他又創辦免費的「衆星補習學校」，目的在訓練革命幹部，他對方鎭自己本家種種腐敗情形，痛恨異常，認爲非改革不可。問題是，支撐他從事政治改革的動力，純粹是個人的理想，眞正的共產主義和他理想中的又不盡相同，甚而是大相逕庭。他領導的部屬，除了尹盡美不顧病體，赴俄實習，鞠躬盡瘁，其他人的表現都讓方祥千失望，眞正工人出身的汪氏兄弟，後來向國民政府自首。他的姪兒天芷被逼入黨，乾脆出家當和尚。他曾提出質疑：「不共產有窮有富……共了產卻是一律窮……何苦多此一舉？」（頁五五）試想一個衆人都窮的社會，有什麼可取之處呢？方祥千派往俄國的金童玉女，天茂回國就向政府投誠，其蕙成了托派；而到南方去的天艾，成了國民革命軍。這對他是嚴重的打擊，也是諷刺。他意想的改革理想也未必盡是。事實上，方祥千懷抱天眞的理想，與現實大有出入，作者假託方天茂之口，說：

> 你老人家幹共產黨，是離開現實的，你所憑的只是一種理想。像修仙的人學著打坐辟穀一樣，為了一種永遠不能實現的理想去吃苦，實在是沒有意義的。（頁三六四）

平情而論，方祥千的理想可能是美好的，他的手段卻不盡光明。更何況，他迷信當時的共產黨，那遠不如他理想的恐怖勢力，那在方鎮頗得助於他們叔姪血汗拚命才得以發展勢力的共黨政權，最後終於要除去叔姪倆。方祥千的兒子天苡鬥爭父親，祥千叔姪被送進地窖等死，他向姪兒道歉，一個錯誤的誘發力顯然貽誤了姪兒，兩人只有怪「旋風」縱隊之名不祥，預言共黨勢力也不過如旋風而已，眞是「蒼苔黃葉地，日暮多旋風」！

共黨本質人物

小說裏眞正合乎共黨本質的人物是許大海。他幼時挖劉二虎的柳樹被抽屁股，方培蘭報父仇，捉劉二虎，挖心祭奠，許大海居然把心生吃了；他後來成爲鬥爭能手，揑造罪名，隨心所欲，置人於死，又刨掘墳墓，掠奪殉葬的珠寶，到最後賣師求榮，乃是必然的發展。刻畫人物，個性上堪稱統一，幼年的事蹟，正是預伏的線索。其次是史愼之，初期在T城（濟南）領導方祥千等人，逼黨員捐款，卻納入私人腰包，耗費在酒色用途上，毫無愧怍；終究爲了訛詐董某人的金錢，被設計逮捕，砍了頭示衆。

實際擁有政權的省委代表，是地道的共產黨員。他一到方鎮，就愛上娼婦小狐狸龐月梅，想委任她做婦女委員會的委員長，她推薦女兒錦蓮自代。母女倆販賣毒品，還左右省委代表的決策。龐錦蓮頗愛陶祥雲，陶卻畸戀龐月梅。陶祥雲曾在居易堂做過水泥工，一心想染指方冉武娘子；而方冉武迷戀錦蓮，折價賣四頃田過戶給龐月梅，要娶爲妾，母女得了好處，錦蓮卻不願眞的嫁去，於是龐月梅設計，讓陶祥雲殺了方冉武。省委代表曾下令殺盡方鎮的醫生，燒毁中藥；相當諷刺性的，不多久，他自己病了，龐月梅推薦蒙古大夫方珍千，意外竟醫好大人物。龐月梅說明方珍千的墮胎藥有妙效，省委大加獎勵，由此可見共黨男女關係之混亂。省委代表要支隊長康子健克制小資產階級的弱點，爲的是他不該爲丈母娘求情，爲的是他不懂共黨鬥爭的不是個人，而是個人所代表的封建殘餘。作者藉方天芷之口，大表不平：「堂堂支隊長倒不能說話，還要央及那老娼婦！這樣的黨，這樣的政治，眞是太黑暗了。」（頁四四二）作者用心良苦。

另一個康小八，施展詭計，哄騙日軍便服進城聯歡，他的海東縱隊把日軍的服裝器械做道具，扮演「海東大會戰」，拍照傳眞。中共的宣傳部把資料遍發國內外各大報紙，大加宣傳：海東、旋風兩縱隊聯合擊潰來攻的日軍兩個整師，斃敵五千人，生俘五千人。造成一個強烈印象：中國共產黨眞行，八路軍眞能打！姜貴冷靜的鋪敍這些情節，對於揑造事實，混淆視聽，包藏禍心的中共陰謀，毫不容情的加以揭發。但就小說人物刻畫而言，康小八則是個平面人物，泛泛幾筆，個性並不突出。

擺盪的角色

置身亂局，不免出現迎風搖擺的投機分子，方天茂自俄國回來，幡然投效中央，他去國時才十三歲，歷經俄軍礮火的洗禮，十年後回國，他的轉變固然毀壞了方祥千的美夢，大抵是有主見的行徑。他見到方祥千吞鴉片煙，並自己解釋是：「以腐化掩護惡化」，便鼓足勇氣說：「我以爲你老人家寧腐勿惡，情願抽鴉片煙，莫要做共產黨。因爲共產黨的害處比鴉片煙的害處大得多！」（頁三六五）若非親身體驗，不能比喻得如此貼切，語重心長，方天茂之於六叔，也算善盡忠告，而作者的深心也藉此表露無遺。至於方天芷，是略帶孤僻，也不失有見地，但比較看來，就較易受控馭。他曾避世爲僧，被異母哥哥帶回以後，在方氏小學裏勾搭上女學生，因此被要脅，應允了妹妹其菱嫁給小軍官康子健，也因此康子健訛詐曹老頭，逼女作妾，好和居易堂交換條件，爲他買下那女學生。可憐那女學生卻愛著許大海，方天芷一家，包括妹妹、妹婿，都死在她和許大海的鬥爭裏，祖墳還被刨掘，殉葬品被掠奪。

至於第一回就已登場的方天艾，就更明顯的是牆頭草。他曾是懦弱的中學生，奉命去南方，便投效了中央革命軍，等共黨在方鎮勢力抬頭，他回到方鎮，竟接受總角之交、共軍小頭目田元初的忠告：「要命不要臉」，走了龐月梅的門路，拜娼爲母，改了姓名，對方氏名族「忠厚傳家遠，詩書繼世長」眞是一大諷刺；也幸而老母早已被逐出老宅而餓死，屍骨無存，否則不知情何以堪？田元初勸他遠離方祥千叔姪，鄭重宣告：「在這個環境裏，你是要命，或是要臉，只能要一樣，不能兩樣都要。」（頁四八〇）在共產陰謀中，多少透出一線純友誼的曙光，頗有純爲友人設想的好意；但這些話卻是否定人性尊嚴，歪理佔先，人世無明，說來可悲，藉此也烘襯出共產世界之可怖。由這番委曲設意推想，方天苡公開鬥爭父親，或者也有隱衷，小說如能從這方面發揮，必將大有可觀。然而，若非擁有高遠的理想，奮進的意志，苟全性命於亂世，事實上只是羣衆中的小人物，一個與世浮沈的平凡人物，可是這個造型卻忠實地映現了當代知識分子的倉皇與無奈。

另一個擺盪人物是張嘉。先是在武漢事件中，他喊出「比共產黨還左」（頁二九一）的口號，爲共產黨吶喊衝鋒，事敗後，逃亡東北，輾轉回到T城，急於洗刷政治成分，知道方鎭養德堂國民黨成色十足，便與方八姑締婚。八姑剛烈，不像方其菱肯花心思攏絡丈夫，他們的婚姻並不諧和。等到共黨勢力擴充，張嘉藉機便向方珍千表白心跡；抗戰軍興，共黨似有抬頭的希望了，他就首鼠兩端，被八姑搶白幾句，不久就失踪了。張嘉還是個好色之徒，共黨一杯水主義的踐行者，羅如珠、方八姑、趙蓮都與他有糾葛，後文交代，他與女學生趙蓮到延安以後，又移情別戀，這方面他表露了共產黨的本色。

道德的淪喪

作者鋪敘方氏大家族的盛衰，旨在探討舊式傳統制度中的種種問題，如：大家族婢妾制度，構成婚姻不幸，變態報復心理使居易堂方老太太毒虐西門姨老太太；宗法觀念的嫡庶之分，使養德堂的方八姑苛待自己的生母謝姨奶奶。此外，有功名餘蔭的秀才娘子虐死前妻所出之女。這些問題的存在，加強方祥千追逐共產社會的勇氣，無奈，由作者鋪展的情節推敲，這並不是共產主義變革得了的。❸在姜貴的筆下，鄉鎮之間，土地問題與佃農鬥爭地主的鬥爭意識並不存在。秀才娘子雖然苛虐前妻之女，她對待窮人一直極爲厚道，以致秀才家的祖塋看守人奉命打主人婆時，不自覺要爲她說情，因此被揍。姜貴的反諷筆意，很耐人揣玩。

大家族的腐敗沒落，自有它本身潛存的因素。以居易堂來說，兩大漏財的孔道，一是老太太縱寵家奴進寶，一是少爺迷戀娼女白玉簪、小叫姑。老太太的心態有些曖昧，她一再賣田，都爲了獎賞進寶，進寶的舉止動作往往都逾越了身分；而方冉武一再賣田，則是荒謬地賤價折售，兩度以高價聘禮娼家女子，不僅蕩盡家產，還陪了性命。在大家族衰敗過程，頗能攫獲漁利的，則是傳統回扣陋習的受益者——管家，如居易堂的馮二爺、養德堂的曾鴻。姜貴刻畫這些小人物，口吻形色，相當細緻傳神，人情練達，該是作者的最大憑藉。

共產黨不能解決大家族的問題，大家族卻是他們對付的對象。方冉武娘子，在家敗人亡之餘，因不肯扭秧歌，被剃去半邊頭髮，伙夫班長陶老六要替死去的弟弟陶祥雲了遂私戀方冉武娘子的心願，討了她做老婆，順帶侍候革命婦女委員會委員長——娼女龐錦蓮，最後更被逼著接客，嫖客包括了暗娼孟四姐的前夫，龐錦蓮嫌他「骯髒貨」的劉斗子。姜貴以冷靜客觀敍筆，把一個高貴的賢良美婦人逐步推向火坑去受盡凌辱，爲的是要讓讀者了解到共產黨的惡毒手段。方冉武娘子代表舊社會舊禮教，共產黨用她做犧牲，一方面利用人性弱點，滿足黨員的色慾，藉以籠絡人心；另一方面也正好用來消除殘餘的封建意識，要人們擺脫舊社會的一切影響，這是恐怖的狠招，足以摧毀一切，否定一切，包括倫理道德。在小說裏，方冉武娘子曾因婆婆縱容家奴而不悅，曾因被迫爲惡奴斟茶而惱怒；但淪爲陶六嫂以後的她，似乎頗爲安逸，理由是能夠有一碗現成飯吃，不必再當衆扭秧歌，剃掉半邊的頭髮可以再留起來，她不再憧憬，只求胡混度日。難道她也像西門姨奶奶相信宿命？就心理調適來說，這麼大的今昔殊異，該有強烈的衝擊。作者除了深刻呈現主題之外，在人物的個性描繪上，照理於轉折處須有更多的文墨，力求委婉周到。

另一個轉變極大的女角是羅如珠。乃父是國民黨黨員，死於黨內派系傾軋，她立意報復，由政治上一百八十度的轉變，連帶道德觀也整體調換，她成了急進共產黨員，也成爲玩弄男人的噴火女郎。她曾經堅守貞操，嚴拒張嘉的需索而遭武漢共產黨批評；抗戰初期，她投奔「旋風」縱隊，卻已是四次結婚、離婚。她不僅自己性愛開放，毫無道德負荷，還提議組織婦女慰勞隊，使方氏大戶婦女再受肆虐。道德倫常的防線完全拆除，這一方面是儒教的大反動，一方面也是共黨安撫黨員的手段。問題是：作者如果不安排羅如珠，是否也照樣可以充分傳達這種題旨？安排羅如珠這樣的角色，在心理轉變過程的描摹上，是否過於粗略了？筆者認爲，像羅如珠這樣的背景，作者塑造形象，急於宣示主旨，僅僅用敍述交代，是受傳統小說的影響，實在有再求精緻的必要。

純良的靈魂

小說中，難得幾個完全純良的靈魂，方八姑勉強代表封建制度下的死硬派，但她並不完美，忠厚不足，刻薄過分，她表現的大家氣度，還不如出身亦耕亦讀之家的方冉武娘子。不過，她剛烈無畏地堅守立場，與方冉武娘子委婉柔媚地苟延偸活，是完全相異的結局，方八姑的個性刻畫統一，也恰如其分地映現了當代人物的一種典型。居易堂的西門姨太太，則代表傳統婢妾的善良婉順，她曾經獨享丈夫的鍾愛十二年，如今以宿命觀的贖「罪」心情，忍受折磨，期盼修個來世。於是她忍受大婦以簪刺面，在家奴面前跪受凌虐。雖說心中有情愛的美好回憶，對菩薩的虔誠信仰做支撐，這個無怨無尤、平靜安詳的老姨太，實在完美得有些不可思議。至於小梧莊的佃農曹老頭，則是地道、有遠見、安分知足的民族精神代表。他堅持不讓女兒嫁給流徙不定、軍紀欠佳的小軍官；也不願意委屈女兒，給人作小，卻敵不過惡勢力狼狽爲奸，終於被迫無條件答應女兒給方冉武作妾。當居易堂轉瞬人死財散，在飢餓邊緣掙扎的曹小娟拜別方冉武娘子，也拜別方冉武的棺木，跟了父母下鄉去。父女倆清新的形象，是《旋風》中殊異的彩繪。而方冉武娘子的貼身忠僕韓媽，是另一個難得的民族魂。她在方家敗落之後，仍然陪侍方冉武娘子婆媳，建議一些自立自足手工藝存活辦法，可惜共黨統制下都不能適用；實在撐持不下了，聽命帶了兩個年幼的少主人回主母娘家去投靠，姜貴寫出了貧賤不移的善良忠僕典型。

書中代表綠林勢力的方培蘭，和方祥千近似，本質上是略帶憧憬的正派人物，卻爲著共黨的某些目的，常常不擇手段，成爲邪正不分的江湖頭頭，但他畢竟是傳統領導的觀念，沒防到許大海、田元初兩個徒弟會背叛自己，出賣自己；他仍是傳統的敬上尊長的禮數，對於方祥千，始終無怨尤，同生共死。他的父親方二樓，倒是具有神異武功的俠義漢子，小說塑造了一個武林中謙和、堅忍、深斂、包容的俠士，一個完美的英雄形象。這個英雄被一個牽扯貪黷的強盜案件所誣蔑，被一個以怨報德的捕快設詐蒙騙，狠心凌辱，卻不告饒、不嚷痛，三個月後，寃屈被殺。姜貴描摹方二樓，簡潔俐落，很有武俠小說扣人心弦的長處；而方培蘭復仇一段，曲折迷離，終於砍頭挖心，再原始野蠻不過，客觀筆法，緊湊冷厲，令人震慄。

拘執的悲劇

《旋風》中有個平凡而相當具真實感的人物——董銀明。他曾經對所知有限，難以要求發展，提出討論，姜貴藉他的話，交代方祥千的理想過分天真，追隨他的人，也不免吃苦。董銀明騙取母親的珠寶，捐助共黨，卻徒然提供共幹史慎之聲色追逐的揮霍。董銀明似乎是一心為窮人，沒想到竟使母親的老丫頭蒙冤自吊。他那精明的父親雖然聯絡了軍政執法處，逮殺了勒索的史慎之；對自己的共產黨兒子，一再疏導，仍不見效果。董銀明不肯自首，他索取手槍，準備逃亡防身，卻意外殺了父親。這事件暴露董氏父子的大意與無知，在輿論方面，則被渲染為翁媳畸戀，導致妒殺親父，大逆倫常。董銀明鋃鐺入獄，自恨不是由於政治抱負，反而背負逆倫冤罪，忿忿不平。母親的多疑與不自信，是初傳緋聞的始作俑者；她傾家蕩產，打點訴訟，兒子仍被判十五年徒刑，自己則餓死於破廟，所幸兒子在獄中已經由被剝削者熬成了龍頭。這是另一則大家庭敗落的故事，與共產黨的發展不無關聯，共產黨的發展又不是絕對的因素，吏治的黑暗，是姜貴所要指斥的另一副題，他成功地掌握了這一點。事實上，韓青天問案，不論原告被告、有罪無罪，一律槍斃，也是吏治黑暗的另一註腳。

董銀明堪稱固執於理想的人物，工人出身的汪氏兄弟自首之前，曾約董銀明，勸說不成，便唱機會主義，主張分押求勝，互相掩護，董銀明不爲所動。他度過流亡的顚沛生活，對父親的誘導，仍有解說：

> 我倒並不一定非幹共產黨不可，共產黨的許多作法，都和我的理想不合。但現在正是共產黨失勢倒楣的時候，在這個時候敎我脫離共產黨，有失做人之道，我是萬萬不肯的。（頁三二五）

持有這樣的定見，明知道可能誤入歧途，卻爲了拘泥爲人之道，要繼續錯誤下去。乍看頗令人敬佩，細想不免意氣，欠缺圓融的智慧，悲劇的釀成，原來與人物的個性確有關係。董銀明對父親爲他選擇的妻子，並不喜歡，因爲她不懂禮數，執拗嬌蠻。當母親提醒他留意妻子，他可衷心希望妻子另有頭緒，能離婚散伙。好似氣度頗爲寬宏。像這樣一個人，大致是善良的，爲什麼會跟隨方祥千？誘引他加入共黨的因素在那裏？小說中實有再深入探討的必要。不過，董銀明這個角色可以說處理得極近情理，因爲在亂世，許多致亂的癥結，原就難以化解，亂局中人命岌岌可危，本來就難以逆料誰會有怎樣的下場。

《旋風》一書，人物有七、八十人之多，以上略舉幾種類型人物，揣玩作者塑造的角色，大致也可以理解作者著書的深心了。

——原載於民國七十六年九月四、五、六、七日《新生報》副刊

附註

❶《旋風》，四十八年五月七日，明華書局出版，已消去章回體小說的回目。

❷參閱高陽〈關於《旋風》的研究〉，《文學雜誌》第六卷第六期。

❸仝❷。

戀戀風塵

——談舒暢的《那年在特約茶室》

紅塵有愛，神女堅貞，最無情的環境，存有最至情的人物，你相信嗎？

舒暢(一九二八年——)的《那年在特約茶室》❶，選擇鄙俗的題材，以前線某島嶼為背景，以輕快的筆調，刻畫小人物的至情至性。小說的重點，不在於描繪作戰經歷，連砲聲都只是後半情節需要才適切調入；小說的主題，在藉「特約茶室」串連起若干人物，由這些人物的形象，彰顯作者天地有情、衆生平等的人生觀，篇中多的是隨波逐流的軍中官兵，以這絕大多數的平常活動，烘襯極其小數的幾個人物的突出狀況。舒暢熟練老到的兼取並融，經營了相當傳奇而又極具眞實性的故事。

作者巧心，以牧師連長的美德，反襯防區設置「特約茶室」的尷尬，於是突顯了兩個管事的人物：敍述者副連長的溫文有容，以及人中龍、痲子查如龍的幹練多才。副連長擁有便宜從事的全權，卻常得依賴痲子擺平龍蛇混雜的各路人馬。連長交代要避免「王建邦事件」再度發生，而事實發展到最後，則是不僅不能避免，至少就有四起。兩組受到連長的祝福，一組因砲戰送命才明朗化，一組還未完全落實。這四支愛情小調，透過精心的安排，熱鬧風趣，有伏脈、有懸疑，有打情罵俏，也有暴力衝突。還有一支連部以外，由半老徐娘譜出的幽遠曲調。作者不僅寫出了情愛的貞定觀，也寫盡人情歷練、人生百態。

衆生平等

當年連長爲了王建邦要娶茶室姑娘而大發雷霆。怕他受騙只是因素之一，主要是他把風塵女子看做另一等人，嚴重一點說，是不規矩的女人，是罪人，和風塵女子結婚，等於造孽。以道德的尺度來衡量愛情與婚姻，依據個人自我的認知，因執己見，做爲批判他人的準繩，連長是師心自用。小說裏代表智者形象的張老爹，曾勸副連長，若是後方沒有娶親，不妨從茶室姑娘中挑一個做老婆。爲什麼不能娶做老婆？「她們又不是妖精變的。」無奈讀書人的包袱太大，成見太深，「讀過書的人，毛病更重！」

連長視察傷兵住院狀況，知道特別看護居然是期約已滿的茶室姑娘，大爲驚訝，因爲她們沒有想像中的邪氣，靈巧可愛，不遜常人。連長雖是防區的長官，姑娘們敬愛而又親近的則是副連長和查士官，爲的是兩人敬重她們，不歧視她們，讓她們擁有人性的尊嚴。所以，三十三號曾借題和副連長抗辯賤視不賤視的問題，做爲兩人愛情的基石的，正是平等與尊重。

連長在醫院無意間見到茶室姑娘，有了好印象，更主動提出去梅花澳實際了解狀況。老鴇娘上前自我介紹是：「靈糧堂的姐妹」，作者提示的理念，是：大家都是上帝的兒女，即使「身操賤業」，也是服務性的職業，人沒有貴賤之別，佛家也說衆生平等啊！查如龍的葬禮，連長當衆向特約茶室提供協助的管理員及「各位姐妹」致謝，這樣的氣度，是虔誠教徒，跨越個人成見，肯定世間衆生平等，儕同人我的表現，連長的胸襟，是善心發念，因而大度能容。衆生平等，是作者所欲傳達的理念之一。

紅塵有愛

作者安排連隊兩個「王建邦」再發案例，有它特殊的涵義。兩個男角是連裏標準的生產分子：山地青年洪福財專意養鷄，老班長許立功專心養豬。他們不涉足茶室，卻牽扯出兩個棘手的問題。

洪福財的未婚妻來到茶室，編號九，立志要幫助洪福財賺夠錢，好回山地買下「南山」。族裏的規矩，雙方婚前不受牽制。山地姑娘指著太陽發誓，便拋開了所有的顧慮。麻煩的是洪福財有蠻牛脾氣，人緣並不挺好，連裏的弟兄，一旦有人買九號的票，久而久之，洪必成爲笑柄，顏面丢盡，尊嚴受損，少年氣盛，說不定造成不可收拾的暴力衝突。副連長釜底抽薪，授意查痲子想法子「不准連裏的人買九號的票」，讓不沾酒的連長捐出兩瓶高粱做爲獎賞，痲子使出絕招，認九號做乾妹，拿江湖義氣來約束連上弟兄，連長唯恐「準媳婦」在特約茶室遲早會出事，寧願拿出一筆錢做賀禮，勸導九號回後方，山地姑娘不卑不亢地拒絕了。儘管如此，蠻牛還是「害」了買票的好友汪得新。

許立功被慫恿去茶室，齋戒沐浴，由衞兵引領，煞有介事，不料被二十五號促狹，四十分鐘談戰績，在「想當年」中結束，他懊惱不已，酗酒鬧事。副連長一方面處罰他禁閉，一方面嚴令二十五號設法收場。解鈴還須繫鈴人，結果許班長眉開眼笑，二十五號心存感激。二十五號和九號後來合約期滿，都充當特別看護，查如龍死後，二十五號是遺孤的乾媽，和九號一起照顧孩子。臨走時，二十五號代小龍收受連長的紅包，說：「我活一天，就照顧一老一小一天。」原來只是感恩意味的情感，誰也不敢期盼她能維持多久，這一來，完全是責任超過情感，母愛超過愛情了。

茶室姑娘二十二號，孤芳自賞，任性自是，她和張老爹成了忘年交，散步、撿貝殼是兩人的共同活動。歡送會上，她戲稱爲三十三號，便替了三十三號。副連長送行，她甩過來一個耳光，數落前夕的失禮，卻也承認曾經夜祭查士官，也敬服副連長。分手時，匆匆叮嚀得去撿回髮夾和紐扣，回應「紀念品」的索求，並且希望代爲撿拾金黃色的貝殼。原來傲氣十足、獨標一格的姑娘，也不乏愛意，簡直是好朋友一般對待了。

神女貞定

有道是：婊子無情，在這篇小說裏，我們卻看到神女貞定。小說裏著意描繪，極具主見、個性強烈的女子是三十三號。她中意副連長，對他在姐妹淘枕畔的批判言語也要認眞求證，倘若和三十三號「寧願做長遠的朋友，不願成爲短命的夫妻」是眞心話，她指著太陽作證：「你在這裏不買我的票，回到後方我等你，不等隨著太陽落。」他常爲副連長提供茶室內幕消息，以便圓滿解決問題。顯然她是智慧型的女人，她贏得查廠子全心的敬重和照顧，連上的弟兄，對三十三號，連髒話都不曾上嘴。

她全心對待副連長，安排好合同期滿最後一天接納他，然後履行約定，回後方去等待。副連長爲了勸說九號回後方，提前一週找三十三號，結果公事沒辦成，兩人倒締結鴛盟，次日三十三號就摘了牌子，全意爲情人守貞。她自信、篤定，向他展示七歲兒子的照片，他也不多問，諒解未婚媽媽的苦衷；她解下「虎牙符」送給心上人，保護平安。後文透過九號的解說，才了解三十三號用情之深，犧牲之大，她寧願拚著終生不嫁，只一心癡候心上人回去。而事實上，舒暢筆底不寫歡場無情冷漠。小說中兩人的心靈契合，遠超過一週來的肉體激情，他知悉三十三號也是山地人，絲毫沒有錯愕懊恨，還叮嚀九號與洪福財最好別問，這是極度的尊重，完全的接納。

三十三號毫不自輕，如同九號賺錢賺得理直氣壯，作者安排她們為山地人，也許傳統習俗的約束較小，也應合張老爹「讀過書的人，毛病更重」的說法，頗有道家崇尚自然的意味。

深情不露

副連長的得力助手查如龍，各路英雄，千奇百怪的問題，常得賴他協調擺平，這人多才幹練，卻無意進取，士官一個，往往自貶自嘲，近四十的人，勸副連長珍惜三十三號，自己倒說得一無是處。副連長初見老奶娘照顧的幼童「衆生」，便有熟悉的感覺，三十三號點破，長得確實像查如龍。怪的是，在茶室，查和三十七號猶如陌路，他任何一個姑娘的票都沒買過。年輕時在大陸詐賭，曾害一個女人失去貞節上了吊，此後他洗手不下場。他出了營房，所到之處，不是賭場，就是窰子，如今卻能經眼不沾，定力非比尋常。

小說礙於敍述觀點，未能直陳查如龍的愛情觀。砲戰中幾次密集的砲擊，老奶娘的鐵板澳獨幢房子中彈，一伙人為痲子慶四十生日，已經步出屋外，鬼使神差，他折回送了命。痲子救了衆生，臨危時，副連長當面改名為查小龍，他半含笑點頭，似乎證實了「衆生」的生身之謎。而他與三十七號合葬的安排，也等於連部與茶室兩方面都公開認可這段情緣。查如龍之死，間接改變了連長對茶室一干人的態度，顯而易見地，也消除了數十年鄙視的成心。從他眉開眼笑地承諾爲王建邦的兒子命名看來，有朝一日，他沿路撒放紅包，走訪幾家茶室姑娘「從良」的好部屬家庭，樂享大家長的榮耀，想來並不是突兀的事。

另一樁深藏不露的愛情故事，是老奶娘與邱鎮長，老奶娘一死，才由邱鎮長的沈肅哀戚明朗化了。外地來的老奶娘，一個私娼起家的從良老鴇，扮演慈祥婆婆的角色，丈夫過世了，她不回後方，卻在戰地落戶。小說旁知觀點下的老奶娘種種言行，帶著詭秘的色彩。謎底終於揭開了，老奶娘用情，老而仍深，免不了一個「癡」字。

典型人物

舒暢是小說界的老手，這個十萬三千字的長篇，改寫自短篇〈嗨，妳幾號？〉既不是「色情文學」，也絕不是「大兵文學」所能概略得了的。小說故事性強，趣味性濃厚，而結構謹嚴綿密，主題深刻而嚴肅。作者細心布署，設計幾組男女，伏脈、特寫、穿挿、補敍，巧妙地藉由第一人稱敍述觀點逐一呈現，有自知，有旁白，有心理描摹，有客觀筆法。小說選取人性自然流露的一端，鋪寫了戰地風情，活潑有趣的情節，簡潔明暢的對話，透過人物的描繪，寫出了人間的情義，傳達了作者對世人的大愛。在舒暢的筆下，「特約茶室」非但不是猥褻場所，《那年在特約茶室》還展現了許多完美人物。且看連長的善意，如何因爲了悟平等待人，消除師心自用，終究完美德操能夠圓滿地與周遭的人物相應相感！舒暢把人物塑造成一種典型，藉以提醒人們：人間有情，人物可愛，即使在風塵之中！

——原載於民國八十年三月二、三日《中央日報》副刊

附註：

❶《那年在特約茶室》，《中央日報》副刊連載，九歌出版社，八十年九月十日出版。

平劇藝人譜出的青春曲

——朱秀娟的《那串響亮的日子》

一個合格的平劇演員，不僅要外型——長相、身量俊秀、搶眼，還得有天賦好嗓子、天賦好演藝。師父遴選徒弟，從基本工夫訓練起，「拿頂」「下腰」「壓腿」「搶背」「起霸」「踩蹺」，絲毫不馬虎；而吊嗓子，嘴形、表情、身段，樣樣疏忽不得。搬演劇本，唱工做表要到純熟地步，得憑天分加上苦練，八年十年，才可能培育出一兩個人才，這人才還得有藝術的執著與熱忱，才能傳遞藝術薪火。其間多少辛酸甘苦？朱秀娟（一九三六——）的長篇《那串響亮的日子》❶，便輕快靈巧地描摹了這種精緻舞臺藝術的傳授。這是個平劇演員的培成故事，它交代了日受漠視的傳統藝術，如何在一羣熱愛平劇、淡泊名利的藝人手中，戰戰兢兢地繼續著薪火相傳的嚴肅接棒工作。

如此一個嚴肅的話題，卻能在歡樂的氣氛中展現，主要是主角的個性活潑爽朗，也因爲正處少年十五二十不知愁的年齡；更重要的是，作者始終以情節的呈現來推展，而不做板滯的敍說。

換句話說，作者掌握了小說扣人心弦的呈現手法，不流於枯躁煩膩的說教。

小說用第三人稱全知觀點，以沈青荷的成長、習藝、戀愛爲主線，前後約有九年的辰光，採順敍法進行。小說安排的戲劇衝突，在於少年好勇鬥狠、自誇自炫的習氣，與師長磨練動心忍性，要求謙沖團結的目標衝突，而更大的衝突，則在於劇團規定習藝期間不得戀愛，習藝與戀愛衝突。就前一項而言，老師手中的鞭子，可能在意想不到的當口，就熱辣辣地揮下來，讓少年在深沈的痛苦中牢牢記取教訓。關係較大的，還有可能「打通堂」，牽連無辜的同學，這種「連坐法」誠然「野蠻」，書中藉江曉鏡之口說：「對付你們剛好，你們自己被打死了也不怕，可總怕連累別人哪！」（頁四二）青少年很有可能激進好強，死不怕罰，但卻大多講義氣，不忍牽累好朋友，這句話眞是一語中的。按照書中的情節，曉鏡當時至多十歲，這話似乎表現了超乎年齡的沈穩，不過，作者運用人物對白，作不露形迹的批判，手法高妙。

就習藝與戀愛衝突而言，師長的要求，事實上充滿了矛盾，難免執行上的困擾。一方面是戲劇搬演，不得不講授表情達意的委婉曲致；一方面是實際生活上，要求能跳出角色的情懷，嚴守分際，甚至眉眼傳情，携手談心，都在所不許。少年成長過程，感情豐沛而熱烈，偏偏大多不知節制，「血氣未定，戒之在色」，在師長教學目標上，當然是習藝第一，而且不能稍有分神，於是嚴防嚴懲。問題是，情之發動，似乎是再自然不過，並不是規條所能遏止，崑曲的《尼姑思凡》，便發揮這個主題，並且改良後的劇曲，對劇中人物充滿了同情與悲憫。在《那串響亮的日子》裏，作者安排了程崑山、嚴蘭芳一組戀人做爲犧牲，兩人爲了愛情都付出了極大的代價。李家新與沈青荷的情愛波折則是核心，另外加上江曉鏡對李家新的私慕，構成三角糾葛的關係。青荷與曉鏡是好友，李家新在劇團是有名的美少年，還是文武不擋的臺柱小生；青荷武旦的工夫俐落，又兼習花旦；曉鏡嗓音甜潤，青衣做表唱腔一流。青荷對李家新的情感，先有脫卻「小男生」爽朗相對的尷尬，既而是無法對戲的迷茫，進而是努力振作，卻苦於款款深情，礙著團規，不能坦然傳達的苦惱。接著是發現曉鏡的柔情，不免拈酸，再則是對李家新讚譽曉鏡的才藝，深感不安。

作者在青荷的心理刻畫上著力，相當細膩。由於李家新的悟力強，學習認眞，表演突出，他成爲師長傳棒的人選，老成持重加上工作的責任感，青荷直覺他對工作的熱忱遠過於愛情的關懷。於是懷著不安與負氣，她轉往電視臺發展，演了一齣叫座的民初連續劇。傳統平劇的敬業精神，與電視製作的複雜環境終究不合；她與李家新的感情，也經過沈靜的考驗，青荷又回到了劇團，兩人締結良緣，期盼共同爲平劇發展效力。小說大圓滿的結局，增添了歡愉的氣氛。

書中江曉鏡的柔媚溫婉，十足賢慧純良的形象，相較於沈青荷的活潑、熱情、健朗，是截然不同的典型。她的情感，在書中大致是側筆、虛筆。她的自省，桑老師的責備，都點到爲止，與沈青荷心理的深入刻畫，烘襯得恰到好處。最後她決定嫁給歸國華僑黃姓商人，由於對方情有獨鍾，鍥而不捨，又肯遷就，顧全自己喜愛平劇的心願，得以繼續演藝生涯；沈、李二人的堅貞情感，不容自己揷足，再也沒什麼挑剔了。倒是青荷，幾乎忍不住要挑明曉鏡的私慕，又向李家新暗示，這個舉動，幾乎可以把自己年來的憂懼——李家新愛上曉鏡——造成事實，爲自己帶來不能消除的痛苦。這部分情節的安排，在青荷角色個性塑造上，頗掌握了統一性，也襯出幼少時光友誼的純潔可貴。作者表露了貞定的愛情觀：李家新的專情與坦蕩，終於使曉鏡平和地接受現實，並且保存了同窗師兄妹的深厚親密情誼，共同攜手，爲平劇盡力。李家新答覆青荷，不知曉鏡暗戀的對象，說：「那妳就別追究了，讓那件事情早點過去吧！」（頁二七一）朱秀娟在後頭加了兩句：「李家新遠遠的看著炊煙和歸鳥，青荷確信他知道得比她多。」或許，曉鏡和家新也有過坦誠訴衷曲的情況，作者寧願選擇這種蘊含深義的精潔筆法，是值得喝采的。而李家新的體貼、包容、堅定、穩重的個性，也都呈現無餘。

有關劇團同學的諸角色，作者只標明程崑山、嚴蘭芳、杜雲中、余金侖，其中丑角余金侖是相當突出而且頗具深心的安排。莎士比亞的戲劇，常藉丑角——例如：《李爾王》中的弄臣——發揮深刻的哲理；平劇中的丑角往往冷眼觀看生、旦的苦樂，也能發揮旁觀者淸澈的人生實論。巧妙的是，余金侖在現實裏的角色，與戲劇的諧謔調合統貫，他是理智的仲裁者，也是熱情的參與者，他和好友同憂患，共喜樂。他把戲劇中的京口對白帶到日常應答中，嚴絲合縫地套戲文，製造活潑快樂的氣氛，充滿喜感；必要時，作者也讓他說些深刻的人生大道理。塑造這個善解人意的甘草人物，傳達友誼的溫馨，顯然是《那串響亮的日子》引人入勝的因素之一。

沈青荷的父母都曾經是平劇藝人，父親沈長松就是劇團的老師，有趣的是，她進入劇團，倒不是父母的意思。小說起段，巧妙地交代九歲女童自幼傾向，自願習藝，以致父母命定似地承諾，沈長松爲此省悟到，自己還得全力卯上，對梨園「鞠躬盡瘁，死而後已」（頁一四）。他後來悉心調教，使李家新成了允文允武的全才小生，爲了示範，從三張桌子上翻滾而下，不幸出事，成了殘廢，爲顧慮劇團經費困難，便自動請辭。辭職之後，依然諄諄勖勉，要李家新不斷努力，精益求精，並準備做接棒人。這些情節，前後綰合，格外動人。

沈長松與另外兩位吳、桑老師，步調一致地採取傳統授藝的嚴格鞭策方法，在嚴厲的「狠心」鞭責之後，卻是溫煦的深刻關懷。作者在這方面著力，拿捏得極有分寸。不准學生談戀愛，原本就違反人情，小說藉沈師母關心程、嚴在後花園被抓，要青荷聯絡同學設法「營救」；桑師丈暗示沈青荷與李家新「一百個不承認」，可以看出長輩的同情。而老師們開除嚴蘭芳，懷了「含淚斬馬謖」的沈痛；桑老師鞭打沈青荷，紅著眼黯然爲她療傷，並憶述幾十年前自己同樣的經歷；吳老師明言孩子不浮誇，穩得住，「還不虧得我的鞭子下得狠！」他搖頭「我那時兒，夜裏做夢都恨自己，孩子們多苦！」（頁一五三）在在顯見情與法的抉擇，大愛不得不鞭策的深心。「不打不成材」的觀念落實，以求磨鍊「動心忍性」，使得鞭打在「那串響亮的日子」裏成了天經地義的有效辦法。

儘管青荷爲了愛情患得患失，流露著疑慮與不安，青荷演電視劇，仍然展現了合乎傳統的美。小說藉電視臺經理轉述客人的讚美辭：「在妳身上可以看得見我國五千年的文化、氣質和靈秀。」（頁二四九）作者要暗示的，也許是：平劇的薰陶，正好是五千年文化的薰陶。沈青荷說出表演電視劇的體驗，不能理解：何以電視劇花錢用人，卻偏偏把戲往低俗做；和演平劇一舉手、一投足都絲毫不苟的愼重態度相較，電視劇簡直是兒戲了。更奇妙的是，導播怪沈青荷的國語太標準，「跟大家都不調和」（頁二二七），這樣扯低水平的作法，不免令青荷叫屈，也就促使她回歸劇團。作者巧心，旣鋪張電視劇與平劇做對比，襯托出平劇的高度精緻藝術性；對電視劇，也透過章導演的堅持，明示藝術水準未必不可達致。只是，優秀、執著的好導演，終究爲避謠而引退，顯現電視臺是複雜多是非的場所，青荷的孤高淸標，最後勢必得離去，乃是意料中事，因劇本不理想而拒絕演出，不過是順理成章的情節罷了。

作者顯然肯定平劇的藝術而委婉傳達了對電視劇的期許。安排青荷去演電視劇，旣表達作者的鑑識，就小說人物來說，這段經歷使青荷辨識自己的終身藝業，在愛情方面，這段時光也是難得的考驗，冷靜與思念，終於消釋疑慮，情感益趨穩定。李家新被塑造成完美的中國傳統青年楷模：技藝超羣，文武兼擅，有識見，不浮誇，好氣度，沈穩練達。更難能可貴的，他專情而又有耐性。李家新的周到、穩重，正和作者成名作《女強人》❷中的葉濟榮相同，是不忍心不給予自己所愛的人更多選擇的機會，於是儘管包容性地等待著。《女強人》和《那串響亮的日子》，男女主角的愛情幾經波折，同樣有完滿的結局，作者顯然持有理想的貞定愛情觀，在這社會遽變，人心複雜的時代，這種愛情觀多少給人相當的慰藉與希望，這該是朱秀娟作品廣受大多數讀者喜愛的原因之一。

整整三十一年前，彭歌曾經用國劇名女伶爲主角，寫過一個十萬字的長篇小說：《落月》❸。運用類似錢鍾書《圍城》式的夾敘夾議方法，以倒敍、插敍技巧，描寫名伶學藝、戀愛、走紅、退休而又復出的經歷，作者對傳統劇藝卽將沒落，深致感喟，對傳統國劇教育沿襲成規、矯枉過正之處，也委婉致意。藝業與愛情衝突的高潮，在《落月》中掀起的波瀾，遠比《那串響亮的日子》更爲驚人。由於劇校校長偏聽密告人一面之詞，卽將畢業的名武生傅振翔面臨被開除的危機，頹喪無望，趁演出《伐子都》，由四張桌面上倒栽自殺；而在《那串響亮的日子》裏，程崑山與嚴蘭芳受到制裁，程崑山自殺獲救，失去淨生的身量，卻習得一手好琴藝及臉譜勾繪技巧，程、嚴兩人最後也重拾舊好。朱秀娟的布局，帶有深度的悲憫；但對於平劇藝人培成教育的一切細節，大體是全盤的認可，卽令「打通堂」，也輾轉表露其深刻的用意，似乎只要是劇團的傳統的，行之有年的，都毫無瑕疵。彭歌藉血淋淋的大悲劇，揭示問題，讓人省思改進，委婉做到微諷的文學效果；朱秀娟未必要首肯這種誇示筆法，不過，在「中正和平」的全篇旨意之下，也許仍可以提出一些令人深思的副題。譬如，李家新身任助教，他輔導學弟妹的方式，是否和老師們不盡相同？學生們的家庭背景和時代環境，是否都可能使得傳統授藝方式面臨重大的考驗？

民國六十七年，已故的年輕小說家洪醒夫發表了〈散戲〉❹，以前臺後臺場景的互動，現實與戲劇人物的重疊，探討了歌仔戲的沒落頹勢，演員的適應及出路問題。歌仔戲演員對於電視帶走觀衆，低俗取代高格調，色情戰勝藝術的時代環境，深感無奈。歌仔戲還不過是民間戲曲而已，遠不如平劇的精緻繁富，兩相比較，《那串響亮的日子》裏平劇藝人對現實壓力的考慮，就顯得單純而偏向理想層次。表象看來，固然是堅定奮勵，希望無窮，深入檢討，不免有避重就輕之嫌。對於票房只有五成左右的對應之道，雖然可以看做是「鍛鍊心智情緒」的良機（頁一七三），期盼衆志成城，好好演出就能把觀衆吸引來；可是，客觀外在因素，諸如：青少年的興味、電視、電影，甚至ＭＴＶ的引誘，都不能不顧慮。工商社會講究「女強人」式的主動出擊，筆者認爲，沈青荷與李家新締結良緣的喜樂氣氛，一觸及劇團的發展實務，便有令人不安的陰影存在，更何況兩家人的現實生活問題！如果加強藝術現實的矛盾掙扎，設想突破現況，使藝術落實的可行之計——像製作錄影帶，爭取上演電視平劇等等，配合沈青荷在愛情上的徘徊猶疑，想來多樣化的深刻探討，諒必能加強寫實性，使小說更具說服力。

《那串響亮的日子》在《中副》連載，既而由中央日報出版部印行單行本，短短一個月內，已銷行三版，足見受歡迎的程度。在輕快的節奏中，譜出年輕藝人的青春曲，情節自然呈現，人物刻畫生動，唱腔做表，妙肖傳神，除了作者的才華，該得力於平劇傳授的實際觀摩。這本書的銷行，或許眞能引發人們愛好平劇，欣賞平劇。一篇小說，由選材、醞釀、部署而至架構完成，要花費許多心血，《那串響亮的日子》優點已不少，倘若作者有心再求小說內涵的深刻而繁富，這些現實層面的觀察角度，似乎可以列入考慮。

——原載於民國七十七年一月七日《中央日報》副刊

附註：

❶《那串響亮的日子》，七十六年八月，《中央日報》出版部初版。

❷《女強人》，《中央日報》出版部，七十三年。

❸《落月》，自由中國社，四十五年八月初版。

❹〈散戲〉，收入爾雅出版社《六十七年短篇小說選》中，亦收入作者短篇小說集，爾雅版《黑面慶仔》中，六十七年十二月。

雲南白藥的傳奇

——曾焰的《丹成百寶》

「雲南白藥」的神效，少有人不知，居家旅遊、醫療保健，曾經造福過多少生靈？這萬應靈藥究竟怎麼提煉成功的？誰能有這種絕世的才慧，悲憫的胸懷，卓絕的毅力？《丹成百寶》寫的就是雲南白藥煉就的傳奇故事，也是創發人——中醫師曲煥章先生（一八八三——一九三八年）的奮鬥心路歷程。

寄籍昆明，由泰北輾轉來臺的女作家曾焰（一九五三——），因著特殊的機緣，得到白藥傳人曲嘉瑞先生的鼓勵與協助，寫成了《丹成百寶》（七十三年九月，臺報出版社出版）。它一方面是作者對雲南鄉親的一分回饋，一方面也基於作者的尊人同是中國醫藥研究學者，有心要為中國醫學留存一些資料。其次，這傳記體式的小說，是孤兒奮勵向上的心路歷程，其中師長異人的勸勉，曲折的磨練，嘉言懿行，有足以留傳的價值；又由於曲氏後來濟世救人，結識許多風雲人物，這部小說幾乎是雲南近代史的縮影。主角跟隨馬幫、武當神醫，足跡遍及雲南深山僻野，沿途熱帶林木，奇花怪草，珍禽異獸，半開化蠻族的奇風異俗，書中都有詳盡的描繪；而相關人物呈顯的至情至性，可歌可泣的事蹟，也令人悠然神往，一部《丹成百寶》，又何止是採藥煉丹的故事而已！

艱辛的歷練

曲煥章的坎坷際遇，小說由他十一歲在暴風雨夜，被三叔和姑爹裝在麻袋裏活埋寫起。起段以孩童的觀點爲局限，倒也懸疑緊湊。原來阿章一歲父母雙亡，全靠姑媽一手撫育，如今姑媽過世才半個月，便發生這變故。藉人物對白交代，他們支使開老奴萬福，下此毒手，全爲了「瓜分那些田地和房屋」。由於惡狼成羣來襲，兩人棄袋而去，狼羣攻擊孤兒，賴老僕萬福捨命救出，後流浪爲乞丐，隨著趙老倌住破廟，吃「千人飯」，幾度要當了隨身佩戴的銀鎖救助難友，都被惜物之心留住了。最後爲了替周老爹請大夫治病，阿章上銀樓，因爲衣著襤褸，平白被吞沒。同一天，趙老倌談妥棺材價錢，發現棺材本被刨走，他急瘋了，瘋得哀慟狂嚎，口吐鮮血而死。趙老倌死後，殘腿的馬大哥苦心爲阿章另謀生路，送他到楊二爺處，讓他參加馬幫磨練，叮嚀他要「勤謹」、「實心」。

阿章的另一階段生活開始，艱辛而充滿好奇，去程愉快，回程卻得了瘧疾，土方治療無效，被遺棄，「如同甩掉了災難的包袱」。阿章憑著堅毅的生存意志，向前爬行，發現了火光，雖墜落山澗，終被武當山道人救活。姚宏金、杜璞璧師徒入山採靈藥，正在熬虎骨膠，機緣巧合，曲煥章從此做了小徒弟，沿途辨認藥草，研習藥理。姚初見阿章流淚，便說：「有出息的孩子，不作興哭的！」他何嘗不知道孩子是百感交集，感恩莫名，只是爲了激勵他堅強啊！姚不僅精通岐黃，也有卓絕的武功。他拋起了手中剛挖起的土茯苓，及時打中侵襲小徒弟的細若手指的劇毒毒金蛇；他也及時拎過阿章，右手寬袍大袖一捲，把土人陷阱的毒箭盡數捲入袖中。他隨機教育，利用活生生的資料，剖析藥學常識，強調要能突破，在平凡中逐步創造自身，但一切都要踏實下工夫。阿章陷身流沙，幸虧佬傈人岩坎尾隨，拋藤救起。岩坎是他們從山神手邊搶救回生的祭品，他招呼吃榴槤，喝野茶，拚命舞蹈獻媚，姚宏金告誡兩個徒兒：「做人還是要講一個善字。」阿章救了一隻被毒蛇咬傷的小靈雀，岩坎摘來一根鮮藤，用滲出的透明碧綠汁液塗抹，姚宏金說過：「任何一種有生命的東西，都各有一套與天鬥、與地鬥、與環境鬥的能耐和方法。」事後證明那青藤具有神效。想來窩尼人用以止血接骨的藥草，也必然具有某種效果。阿章擔憂小靈雀，師父說：「生死有命，盡人事後，要順其自然。……學著看開些吧，如你這般凡事傷心牽掛，活在這萬千悲歡離合的世界上，豈不是太苦惱！」要知道超離牽纏大不易，但人生不如意事十常八九，最重要的是得克盡人事，也得因事變應，要順其自然，這豈非折衷於儒、道兩家的哲學？

阿章小心努力，學了不少知識，但畢竟孩子心性，也犯了不少無心之失。在橄欖壩，他爲救小靈雀，失手打傷了王爺的寶貝暹羅貓，情急亂投醫，用一大堆藥草外敷餵食，結果貓中毒暴斃。小說由幼童的見事觀點，描寫動作、心理，逼眞自然。這個錯失不得了，把個好客、有氣度的詔罕亮氣得要殺人逐客。幸而王妃有病，姚氏師徒還有借重之處，而師兄的誡斥解說，讓阿章了解藥物用量適度的重要性。由於多年觀察，覺得阿章老成勤勉，學習認眞，王爺幽默而意味深長地說：「如果一隻貓，能爲造就一個良醫而死，那是死也値得了！小子，別辜負了我那可憐的貓兒吧！」阿章內在的愧咎與陰霾，至此一掃而空，詔罕亮的氣度眞是罕有倫匹。

阿章到了大理，興奮地唱山歌，卻輕佻而惹惱村姑，聽師父訓誡，趕緊道歉；在大覺寺，師徒見到凌虛大師和百年靈猴，得知靈猴採藥治病，除了聽大師吩咐，也自有天生通曉的應急藥草。阿章要去廚房幫忙，瞥見巨蟒纏繞參天古柏上，抽出腰刀砍成兩段，卻被師父責罵，原來這是香客放生的「憨蛇」。幸好凌虛大師有把握療治，靈猴取來接骨散，把首尾粘合；師父要求懲罰，阿章被罰挑三十六擔水，代驢子推磨磨一夜藥。他磨腫雙肩，不敢抱怨；小和尚傳話，要蒙住雙眼，辨認出所磨的三十六味藥，便可以休息。曲煥章靠聞的解決不了，偷偷嘗了，才達成任務。他照實告白，凌虛大師不但不怪罪，還讚許他靈活變通，原來大師的懲罰，含有考驗、教育的意義。大師與道長商議，留曲煥章爲雲南發揮藥物的功用，自己也有意把絕學傳授：「任何博大精深的學問，如不能傳揚，湮滅深山老林，終有何益？像這醫術醫學，更須在民間才能顯示出它的價値。」十多天以後，那巨蟒傷口完全癒合，只留下一圈斑紋參差的痕迹，曲煥章了解大師的醫術高明，與師父不相伯仲。究竟大師傳授他那些技藝？可曾影響後來萬應百寶丹的煉就？小說未曾明言，這留白該有個簡單的交代比較完整。

情愛的牽纏

曲煥章回家鄉懸壺濟世，紮下穩厚的根基，便為趙老倌備棺營葬，又請了高僧替萬福伯、馬大哥誦經超渡。他第一次行乞，掩面倚牆痛哭，黃姓金童玉女般的女娃，曾偷偷遞過一串清香的粽子；此刻，他徘徊流連，因緣巧合，在一所尼庵前，他見到主僕二女，得知黃女身染痼疾。是愛情，也是報恩，他委曲求全，幾次毛遂自薦，要為黃女治病，黃父勢利、褊狹，延誤治療，終於黃女感動，試服有起色，她強迫曲煥章接受診療費，讓他得以擴充業務，盛名也傳揚開來。曲、黃結婚，鶼鰈情深，一大段奇緣寫來委婉有致。某日黃昏，曲被押了去為綠林首領治療重傷，雖是妙手回春，但愛妻的痼疾因焦慮愁悶，一發不可收拾，他救了匪首吳學顯，卻挽不回愛妻的生命，她難產而死。曲煥章念妻情深，恍惚見妻子飄然而至說：「你我塵緣已盡，悲傷何益！不如用心去鑽研醫藥，像太上老君九轉百鍊，丹成百寶，用以濟世救人，方不致辜負你疼憐我的一片癡心！」這個願望支持他，不斷研究，因而有雲南白藥的成功。

他全副心神投注在醫藥研究上，私情方面忽略了妻子陪嫁丫頭翠玉的情感。翠玉處心積慮，最初悉心照料黃女所生之子，委屈示好，等做了夫妻之後，卻又先後陷害了他兩個兒子。初是直覺自己不受重視，曲又曾用藥遏止她懷孕，怨氣累積，加上識見短小，便生怨毒之意。她先担死黃女所生之子，逃開多年之後，又唆使親生兒子毒害後妻所生的幼兒。翠玉的形象突出，狡黠、妖嬈、陰沈、惡毒，完全超乎曲氏所能想像，也就窮於應付，他又沒有師父的練達人情，更不能事先疏導，預爲杜防，以致能活死人的名醫，一再遭遇親子夭折之痛。另外三叔與姑爹曾有活埋曲氏的詭計，令人髮指，小說沒有交代曲氏成名之後，兩人是否有所交接，以小說全知筆法而言，照理應有所交代。其次，書中的惡人，就數刨走趙老倌棺材本的二賴子了。這個尋常小人，阿章初見他時，作者便已概略說明。

撇開不幸與惡人，《丹成百寶》塑造了好幾個至情至性的人物。佬儸人岩坎被救之後，沿途追隨，有情有義；橄欖壩的第一名醫刀大爹配合姚宏金師徒治病，通譯解說，謙沖學習，絲毫沒有妬嫉之心。橄欖壩的擺夷宣慰使詔罕亮爲了根治夫人的怪病，答應兼做心理調護，厚資遣散年輕的美妾，全心全意去愛夫人；流竄川、雲、貴的匪首吳學顯，本是風流蘊藉的書生，如今叱咤風雲，仿傚軍閥割據；他對薛文靈情有獨鍾，爲她殺了賣她的前夫，也殺了自己妒忌的大婦，他儘管用情深刻，卻只有憑添薛的深愁。薛頗有文采，也有慧見，不忍見「民卒流亡，煙塵蔽野的動亂景象。」吳攻通海，下令不得騷擾曲宅，簡直是晉文公攻曹，不侵擾僖負羈宅第的翻版。曲因此被控通匪之嫌而被逮捕，吳聞訊又發兵包圍省城。這些行事都表現了吳對曲的情分。事實上，都督唐繼堯已還曲煥章淸白之身，此時便請曲携帶親筆信函勸說吳共同爲救國愛民而努力。英雄相惜，加上彼此對曲煥章的情感，唐、吳化敵爲友了。後來，唐的部屬叛亂，吳攻敗對方，迎接唐回來，吳也做了軍長。吳的事業與愛情，至此堪稱完滿。

出身馬幫，殘廢後淪落爲乞丐的馬大哥，感慨趙老倌之死，兩手撐地（活脫是〈孔乙己〉斷腿之後的形象），老遠艱辛地送阿章去參加馬幫，自己謝絕編竹簍子，划船捕魚的「賴活」，而跳湖自殺。橄欖壩的擺夷少女玉孃深愛杜璞璧，不能理解中國道士不能還俗的清規，縱身江流！這種寧爲玉碎的義烈，令人震撼不已！昆明翠湖畔、洗馬河堤岸，徜徉著飄逸瀟灑的修緣和尙，他也有一段刻骨銘心的俗緣，牽扯到唐都督的六姨太「楊貴妃」。他爲戀人所負，因此被槍傷，卻悟得「色相皆空、形體非我」，迴避遠去。此人對佛教極有研究，一九五〇年任昆明佛教協會理事長，一九五七年被打成右派，投井自盡。

傳統的筆法

《丹成百寶》在寫人狀物描景方面，頗有傳統古典小說的風貌，不僅是文言辭氣，神韻也極爲近似。小說並不全以曲煥章的見事角度爲範疇，也像舊式小說一樣，大多採取全知觀點的敍述，既介紹馬幫的貨品，也介紹他們的生意經、習性與禁忌。曲煥章被棄留之後，仍然交代楊二爺一行人慘死野卡瓦族人之手。作者諒必下過考證工夫，描寫周詳，食人族如何斷頭、飲血、割肉，如何處理生肉和頭顱，奇風異俗，看得人心驚肉跳。而窩尼人把新生兒置放雙棍支撐的芭蕉葉上，任其漂流，以浮沉決定取棄；如果嬰兒通過考驗，可以留養，那做祖父或祖母的，就當場被扎穿心窩，被族人刀削生吃掉。又如孩子生吃貓頭鷹，飲水喝酒全用鼻孔吸，再流進口腔裏，簡直讓人歎爲觀止。

有關的風習，作者的說明必得有根有據；現場的動作，又來自小說人物的見聞。此外，像火塘及蠻人煮飯的方式，潑水節的盛況，都需要親身閱歷，才寫得眞實，大抵都在主角的觀察範圍；但師兄與玉孃的約會，「楊貴妃」夜探修緣和尙的癡迷，也假全知觀點的便利，有相當詳盡的記敍。也許作者正爲了要全盤描敍，才採取全知的筆法。

胡菊人談小說技巧，認爲以全知觀點寫小說，若「見事觀點」用得多、用得好，則成功度愈高。以《丹成百寶》而言，起筆的痲袋活埋及抱了暹羅貓胡亂醫治，都巧妙地以曲煥章的見事觀點鋪展情節；曲煥章豢養小靈雀，由出恭時一邊聽鳥鳴寫起，寫清亮宛轉之聲轉變爲慘叫，再記敍循聲見到鳥被綠藤纏繞，終於由蠕動看清是油綠的青竹蛇咬住了小靈雀的腳。作者的文筆，輕盈美妙，充滿童趣，也是融用小說人物見事觀點的佳例。其實，若能以主角做敍述人物，觀點統一，倒可以安排懸疑，製造緊張氣氛，有扣人心弦的魅力。

書中曾透過問話，讓詔罕亮答覆：何以版納一帶少數民族，多叫「岩坎、岩峨、岩刀、岩朶」，似乎像漢話：「挨砍、挨餓、挨刀、挨剐」？說是：諸葛孔明南征，見此地人愚頑難馴，降服之後，便賜姓：刀砍、斧剐，擺夷語大哥叫「岩」，所以有這許多名稱，後來轉爲文明些的

「刁、罕、俸、多」。其中孔明有失厚道的賜姓，雖不無疑問，這種處理方式，正是現代小說藉人物交代情節的技巧，親切而又生動，可以彌補許多主角見事觀點的不足之處。

在著墨方面，作者的文采，頗得古典小說的韻味，像薛文靈登場一段，寫景描人都極爲生動：

「一條青石板鋪砌的甬路，一逕蜿蜒伸進山谷，徑旁衰草蟲吟，秋霜染紅了絕巘楓葉，寒涼冷風，漫吟著刮了過去。天邊，掠過一隊隊北來的雁羣，哨音清越，滑翔著飛過峯嶺，已是深秋時分了。

山嵐飄渺，涵煙吐霧，一方危崖平整處，面對幽深壑澗，錦墩上，坐著一個身影窈窕的妙曼麗人。她穿一身玄青軟綾繡白蘭花草衣裙，披一襲軟煙羅銀紅霞影紗披肩，仰首向天，攢眉對月，銜悲蓄恨，抱了一張月琴，觸撫著，正在悲聲清歌，依稀宛約，流泉淙淙，借著水音聽起來，更是說不出的撩人心扉，催人淚下。」

如果把這段羼雜在繡像小說裏，想來可以亂眞。大致說來，《丹成百寶》的文墨發揮了文言融用的長處，譬如描寫大覺寺的憨蛇接合之後，「夭矯蜿蜒如昔！只是斷裂處，又留下了一圈斑紋參差的痕迹！」可說精潔傳神。至於過多的陳濫詞語，有時可以看做是運用典故，如行乞的阿章，「鳩形鵠面，鶉衣百結」；有時則又嫌過分抽象，譬如曲煥章初見唐繼堯，形容唐「英氣勃發，器宇軒昂，果眞是內具蟠龍虎踞之心，外有和風霽月之色的偉人風範。」現代小說描摹人物較勝於傳統小說的，應該是在細緻、具體，掌握人物的共性與特質。那麼，避免套用太多的成語，針對特異性去鎔鑄新詞，也許是小說創作的永恒指標之一，曾焰不妨也向這方面繼續探索。

——原載於民國七十六年七月三十一日《大華晚報・淡水河》

亂離的夢魘

——曾焰的《黑血玫瑰》

在目前臺灣小說界的女作家羣中，曾焰（一九五三——）的際遇特殊，她的選材層面寬廣，堪稱獨立風標。她經由泰北投奔自由，遍嘗艱辛，飽受歷練，她有著豐富的閱歷，廣濶的視野、敏銳的觀察、眞摯的同情。她寫過《美斯樂》❶，寫過《滿星疊》❷，以瘴癘蠻荒的泰北爲背景，描繪難忘的蛇、鱷、象、蟲，描寫人們的艱苦奮鬥，也探索人性的卑微醜劣。今年（七十五年）七月皇冠出版社初版的《黑血玫瑰》長篇小說，作者的視景則又轉離了泰北，她布署了新的場景，開拓了新的寫作方向，表現的手法也有新的進境。

《黑血玫瑰》的結構，採行CBDAE的敍述順序鋪排，是今昔交錯進行的一種程式。第一部分的時地，是現實中的臺北，李漢明把麗華（敍述者）直當做已逝戀人謝韶華轉世，她們有幾樣巧合：形貌酷似，名字相同（麗華原名韶華），生死年月日相接，小提琴同樣是十五歲的生日禮物，麗華所擁有的正是韶華的舊物。又兩人同患後天性癲癇症，同樣喜愛黑色服飾。第二部分在十七年前的昆明，麗華追憶在故鄉突然遭遇莫須有的批鬥，走投無路之際，巧遇韶華的老媽子秋香，她藏匿在好友苦心安排的一座倉庫，正是韶華的故居，秋香把麗華當做韶華服侍，詭譎靈異的事件不斷發生。麗華在夜裏常不自覺地呈現韶華的舉止言行，說東北話、拉淒涼的小提琴，甚至自由地飄浮過一個個緊鎖的房間，見到韶華舊居的陳設；麗華也探觸到沉滯在靈魂深處的一些鮮明的意象：黑色的玫瑰，藍色的長毛狗，馴鹿和雪橇，拉著小提琴的俄羅斯老人。本段交代麗華罹病，是由於長期逃難，連續發燒及一連串的恐懼驚嚇所致。第三部分在臺北，上接第一部分，麗華發現，李漢明只認識自己黑色服飾下恍如韶華的形象。

第四部分，交代韶華六歲時經歷的磨難，七七事變後的東北，韶華在一次槍戰中與爺爺失散，流浪到某農莊，被秋香收留，和秋香一起險些又被秋香的無賴丈夫販賣掉，全賴採參人王大把子仗義救出，携往長白山上。王大把子入山採參久無音訊，兒子小虎駕著馴鹿拉的雪橇送韶華和秋香回哈爾濱。路經俄羅斯老人的木屋，被留住了。老人拉著小提琴，俄腔中國話使韶華把「紅色玫瑰」聽成「黑血玫瑰」；老人用藍色墨水染了五條長毛白狗。本段交代韶華致病，也是長期的磨難和過度的驚嚇，以韶華重投父母懷抱煞筆，李漢明才剛剛登場。「尾聲」部分，場景再移置臺北，李漢明繼續陳述十一年的變化。王大把子證實遇害，謝父接小虎來同住，兩個優秀好學的少年都愛韶華，李自覺韶華待小虎較親，又偷聽到韶華父母有意選小虎為婿。一次酒後徘徊江畔，他被日警以可疑分子名義逮捕，受審時提及韶華、小虎與俄羅斯老人的交往。小虎參加過宣傳抗日的劇社，引起日警的注意，使得小虎與老人在小木屋被亂槍射殺，韶華被發現時已完全喪失記憶。漢明由韶華日記發現自己才是芳心所屬，愧咎莫名，謝家遷往昆明之後半年，韶華便香消玉殞。書末李漢明「悽惻愀愴」的嘆息，與起筆電話中的長嘆前後呼應。

曾焰在《黑血玫瑰》中，描繪戰亂艱苦的歲月，痛苦恐怖的夢魘，悲惋淒迷的情節，而襯托著故事骨架的，卻是多處可見的善良人性，溫馨的人情。她的觀照顯然頗爲深廣。她利用很多的篇幅，去鋪寫韶華幼年的流離，而不寫她與王小虎、李漢明的三角戀愛糾葛，足見作者的命意，不在於探索男女愛情的奧秘，而有她關懷的更廣大的層面。麗華在昆明受批鬥的一段追溯，把前世的韶華與今世的麗華重疊絹合，超現實的靈異感應，有些「荒誕不經」，卻又寫來那般眞實，作者融合了兩人現實環境裏的磨難，涵蓋了中國自抗日以迄中共到處掀起鬥爭的幾十年大變局。亂離之苦留存在小說人物肉體上致命的創傷，由日本鬼子槍擊的壓力到中共鬥爭的精神凌虐，一口口殷紅的鮮血，是緊急病變的惡兆，在小說中，可又都成爲延續生命的護符。韶華發病，挽救了被賤賣爲奴的噩運；麗華發病，嚇走猖狂的批鬥隊伍。作者的匠意，容或有「巧合」之嫌，卻也呈現了不朽的生命意義。貫串二女前後兩世命運的是樸質的老秋香，卑微自足，永遠只知奉獻的秋香，在緊要關頭，往往是延續生命的安定力量，這代表中華民族潛藏的一股不屈不撓的民族精神。

曾焰十八歲逃離山明水秀的昆明，在泰北蠻荒歷盡滄桑，然而不能回首，也毫無猶豫，她唾棄暴政的決心，在《黑血玫瑰》中自我投影的小說人物麗華身上，有委婉的呈露。麗華被批鬥，不甘心被加上莫須有的罪名，她逃亡，希望「能夠長出翅膀，飛到自由安詳、沒有鬥爭和壓迫的蓬萊仙島，度那種無爭無擾的悠遊生活！」蓬萊仙島是臺灣呀！她投入黑暗中，有些怕幽靈出現，但又覺得「魍魎鬼魅也沒有那些紅五類子弟可怕。」當她與秋香逃往鄉下時，她希望那眞是「鬼屋」，就不會再受「人」的騷擾，寧願與鬼爲伍。直把批鬥隊伍看得比鬼還可畏，違情之實，更加深了戲劇性。韶華的苦難來自外敵日本，無可奈何；麗華的苦難，卻來自原本相親的同學，幕後的操縱者使許多無辜的知識青年陷入浩刼，是多麼令人感慨，作者以實際的描繪，達到了諷諭的效果。當然，「前言」裏張爺爺、張奶奶服毒自殺，張爺爺「一大口黑色的血漿噴吐在毛澤東的畫像上。」他質問：「……這是什麼世道呀？還究竟要不要人活……」是更具體的控訴，黑色的血漿與小說中主要意象黑血玫瑰疊合，足見作者安排細節的巧思。

作者透過夢魘性的潛意識迷濛，來塑造「黑血玫瑰」、「藍色毛狗」等特異的意象，由麗華與韶華經驗不可思議的疊合，布署了撲朔迷離、驚疑可怪的情景，再拿韶華幼年流離的經驗來烘襯補足，使前頭夢境般不可思議的潛意識靈異感應所勾繪的模糊影像，一下子明晰了起來，無疑頗能掌握懸疑的效果。在景物的描摹上，也能配合故事情節的鋪排，做到生動自然。臺北、昆明、哈爾濱、長白山上幾個截然相異的地理背景，作者的傳神筆墨，都能引領讀者忘情地進入小說世界。臺北是居留地，昆明是故鄉，其所以傳神，似不足爲奇；對於陌生的東北，仍能展現特殊的風土人情，予人置身其境之感，便極不易得。這雖得助於眞實人物秋香提供素材，然而作者組練的技巧仍不能小視。單就長白山上王大把子挖參與王小虎駕馭雪橇歷經險途的幾幕場景，描寫之眞實，令人很難想像是出自三十出頭的女作家之手。

曾焰在《黑血玫瑰》中所渲染的靈異現象，可說是本篇的特色之一。除了韶華、麗華的夢魘，王大把子採參途中，憑著「穿紅衣胖娃娃(韶華)」幻影的指引，果然挖到了棒槌(人參)；作者營造如眞似幻的現實感，也讓王大把子的噩夢，預示了大吉兆之後的凶險。至於小韶華與父母重逢的一剎那，在飢寒疲困中的恍惚夢境裏見到父母，而父母已不能辨認；悵惘仍在哭泣中迴盪，現實裏的眞實景象業已揭幕，幾乎就是夢境的重現。作者的悲憫，終於讓婦人對窮孩子回顧施捨，因而確認了親生骨肉。嚴格說來，這些細節上的安排不免怪異可疑，然而，如果世人肯定諾貝爾獎得主——哥倫比亞小說家馬奎斯把奇幻的超現實影像呈現在小說中，確有他突顯主題的效用；我們爲何不能允許作者照自己的理念去融合超現實與現實的意象？重要的是：她是否能藉此增強小說的懾人的震撼性？就小結局來說，王大把子發現日軍坑殺華工的惡谷，無辜被殺，揭示了日軍罔顧人命的暴行；韶華與父母團聚，揭露了俄羅斯老人的騙局，出自長年的孤寂和自私，相對於他教導俄文與提琴的善意，烘襯出人性的複雜與無奈；而親子血緣，面對面竟也視同陌路，更暗示了韶華身受磨難之深，間接也諷刺了高貴華服的父母同情心的淡薄。如此說來，小說中這種馳騁想像的筆法，仍有其可取之處。

由另一個角度來細看《黑血玫瑰》，在敍述觀點的運用上，倒也不無缺失。最明顯的是第四部分有關韶華幼年的厄運，採取全知觀點，無可否認對於整個情節的交代淸晰詳實；但是，這部分原是現實中的李漢明向麗華敍說的，作者如能以李漢明的旁知觀點來處理，放棄傳統小說說故事的全知手法，也許其中某些精采的細節，如王大把子採參與被害，不能徹底交代，但在整個長篇的經營上，便能銜貫一氣，不致有突然脫軌的感覺。在第二部分麗華的憶述中，許多與韶華綰合的靈異現象，作者都技巧地透過好友道瓊和秋香來點破，自知觀點維持得相當完整；我們寧願作者刪除部分觀點之外的精采文墨，採取另外補足的辦法，也不希望徒然展現描繪的才華，而沒有前後統合的觀點。英國女作家愛勃特的《咆哮山莊》，成功而自然的安排了兩個敍述者，曾焰只要留意整體敍述口吻的統一，兩個敍述者照樣可以任意支遣。其次，第四部分佔了小說二分之一強的篇幅，煞筆只到韶華重投父母懷抱，李漢明才剛剛登場，往後韶華的愛情矛盾衝突，她的憂鬱，她對黑色的癖好，對小提琴曲「黑血玫瑰」的沉迷，李漢明如何贈送小提琴……都沒能預設伏筆。這些重點，作者前半部分都曾巧爲設計，如今全靠短短的「尾聲」來賅括十一年的遷變。事實上，前半刻意經營的意象，如照片中黑色的服飾，憂鬱的神情，「黑血玫瑰」淒迷的琴音……都落了空。無論作者是否旨在呈現亂離的夢魘，筆者相信：若能把韶華的幾個特性略加渲染，以幼年苦難的經歷爲伏線，突顯她個性上的特徵，對於鮮活人物形象的塑造，必能有更大的成就，也必能使小說具備更多層面的意涵。

小說的長篇架構，固然不宜滯止於畸變情愫的反覆鋪敍，但愛情自有其亙古以來的永恆神聖性。韶華的悲劇，除了外鑠的因素——日軍的蠻橫，幼年驚懼過度，體質嬌弱，必定還有個性上的優劣點，反映在愛情的抉擇上，亦必有其跡象可尋，作者如果在這方面著力，才能與小說前後李漢明的專情應合。再說，十一年的遷變，少女的成長階段，往往是綺麗幻化，多采多姿，韶華成長階段的個性演變，勢必機動性的牽引其他人物做適度的呈現，這些種種，不宜輕輕帶過。只要略作敷衍，小說便能具有多層面可資探索的意義，而小說家苦心的布局，本就爲了多做深廣度的呈現！

——七十五年十一月十五日《新生報》副刊節錄

附註：

一、《美斯樂的故事》，中國時報出版社，七十一年六月。

二、《滿星疊的故事》，中國時報出版社，七十三年七月。

暗夜裡星光閃爍

——韓秀《折射》中的奇偉人物

韓秀（一九四六——）是美籍中文作家，從她的二十八歲才離開中國來說，從她對母語——中文的純熟度來說，從她對中國的深愛來說，從她的一半中國血統來說，我以為她其實是個中國人，一個堅毅而智慧的中國人。我之所以如此強調，完全是因爲閱讀了她的長篇小說《折射》[1]，除了沈痛的控訴，除了寫出個人悲苦的奮鬥，她也寫出大浩劫中一些不幸的人們是如何的相濡以沫，一些奇偉的人物是如何在宛若煉獄的絕望環境中展現人性的光輝。像是暗夜裏的星光，在一片漆黑死寂中閃爍著希望的光芒；在多少人因受盡煎熬而淪喪性靈的可怕的時代，人們做著朝不保夕的恐怖的噩夢，這些奇偉的人物卻憑著他們超凡的毅力和智慧，不僅活存了下來，還不著痕跡地施展了撫卹救人的俠義行爲。韓秀個人的奮鬥過程，呈顯出她的堅毅與智慧；她筆下的奇偉人物則充分流露了中華民族潛涵的珍貴德操，一種百折不撓的、深藏不露的大智大慧。

韓秀自幼因爲混血兒的特徵受人歧視，儘管力爭上游，卻被剝奪了上大學的機會；下放風凌渡北岸的農村，「臉朝黃土背朝天」過了前後三年。為了母親被揪鬥，「避禍」遠赴新疆「支邊建設」，一去九年，才因為「歷史問題按人民內部矛盾處理」，奉准「困退」回到北京。在一家服裝廠工作，為爭取美國公民身分而奮鬥了整整一年，才輾轉到美國。從兩歲被母親帶回中國，到歷經艱苦磨練，她在中國待了二十八年，血淚交織的二十八年。在重獲美國籍之後的十年，她寫下了《折射》，以個人的經歷為經線，也敍說了許多苦難中的人事，不僅留下個人的自傳，在她巧妙的設計之下，每個章節都由對話牽引出一或二個人物，抑或一、兩段情節。換句話說，《折射》像林海音的《城南舊事》一樣，既具有自傳的性質，每一段也兼寫了一個主體故事；只不過《城南舊事》所描繪的僅限於十二歲以前，而《折射》卻寫到了三十歲。當然那些牽涉到的相關人物及情節，和敍述者（在這兩部小說中也就是作者本人）多多少少都有關聯。本人想撇開複雜而血腥的鬥爭情節，專致力於《折射》中奇偉人物的探討，一方面避免與許多採訪重複，一方面也實在有心藉此檢視人類可貴的性靈，是否真的經過文革的大變動之後完全摧毀殆盡了？

教人保護自己、逃避禍難的盧兼文

在山西的窮鄉僻壤，韓秀被安排去布置一個展覽會場，認識了盧兼文，一個可佩的有識之士。他從韓秀善意的利用會計心算幫助農民，看出她的純良，他善意教導韓秀要「學會保護自己」。

鼓勵她參加函授學校，充實自己，以彌補失學的缺憾；又勸她把目標放在美國，有機會應該爭取去美國。當他得到韓秀母親被批鬥的訊息，看出一同下鄉的北京知青的惡意，看出韓秀有被批鬥的危險，便爲她設想了脫免的巧計，那便是主動提出要求，到邊遠的新疆大戈壁去「支邊建設」。也虧得剛好他的小姨子就在那麼一個僻遠的沙漠地帶「支邊建設」，也虧得韓秀在山西表現出色，可以把一大堆獎勵：「上山下鄉先進典型」、「活學活用毛主席著作積極分子」、「優秀鄉村女教師」、「紅色廣播員」遞送上去，剛好那裏正需要編寫及廣播的人才，於是她果然逃過了批鬥的大浪頭。這一方面必須是韓秀本人有相當的本事，而盧彝文把個人從挨批得來的處世經驗全教導了她，並且針對她的困境，考量她的能力，運用中國道家的智慧，不正面衝突，先設法活存下去。他和另一個同事小張湊錢、湊糧票給她，爲她托運了八十多公斤重的行李，其中許多是改裝過的世界名著，在此後的沙漠生活中，這些書成爲韓秀支撐心靈的精神糧食。盧彝文眞是懂得如何在惡劣的環境下求生存，懂得在大紅傘下「安全」地過日子，心境寬舒地善盡職守，奉獻個人的所學。他必定也是和他的「愛人」有同樣的約定，所以「愛人」提供他不足的糧票，他們經歷了十七年兩地睽隔的日子，並無損於夫妻的情感，而在十七年後還慶幸彼此能夠重聚。盧彝文表現了一個苦難時代知識分子的典型，內斂的智慧，十足的堅毅，十足的韌性。

隱匿邊疆的文雅貴婦——李夫人

「新疆可是個藏龍臥虎的地方兒」，那談吐風雅、衣著考究的文雅貴婦一登場，確實讓人驚訝。韓秀進入新疆大戈壁之前，在吐魯番轉運站等候，被人拉了一起玩牌。伙房老張趁上海姑娘加入的空檔，約韓秀去家裏喝茶。頗爲突兀的邀請，而且是稱呼「小姐」，是「太太」約了喝茶的。彷彿回到了幾十年前的上流社會，她見到了一位名人的親妹妹，由於嫁給了老張，才躲過殺身之禍。她不單是能活著，還過著「手不提籃，肩不挑擔兒的日子」。他們夫妻倆很不相配，但似乎相契相諒，相敬如賓。韓秀就像陶淵明〈桃花源記〉裏的武陵人一樣，被伙房老張帶到家裏，屋外是和別家相同的樣子，進了門，可到了完全意想不到的天地，見到完全意想不到的人物。李夫人喜歡喝茶，而老張只喝酒、喝水；李夫人喜歡下棋，下棋得找個旗鼓相當的對手，才下得過癮。這是她的優裕生活背景與文化素養所呈現的生活品味，老張和她本來就不是同一生活層次的人，換句話說，他們兩人本來就不是門當戶對，若是處在「太平」時代，老張根本不能和她匹配。他們的關係可以說是一種相互依存，一種珍惜，一種感激，於是原來完全不搭調的兩個人，便這樣在邊遠地區過著蠻「愜意」的生活。老張自己可以在工作餘暇，滿足於在候車站偶然加入的撲克牌遊戲，他珍愛的「太太」一則不可能邁出她的可愛小天地，與俗人爲伍，二則她的高尚品味也絕不能就此滿足。難得的是老張體貼周到，會替她約了韓秀這樣的「支邊」的女知識青年來陪她度過一個美好的午後。而對於這樣精緻品味的貴婦人，她的回饋似乎可以預期，卻仍然出乎讀者意料之外的多。她不僅補給食物，款待一頓必然是久不得一見的豐盛的晚餐，還爲韓秀解決了轉運進入大戈壁僻遠的連隊的交通問題。透過她的人脈關係，一句輕鬆的話語，就讓韓秀免去毫無背景、可能長期久候、用盡好友們爲她湊集的糧票、還上不了車子的苦況。

當然李夫人是韓秀的貴人，不過這個人物的出現，不僅是化解了危機，也藉此揭示了一個浩劫後保留美好生活的絕例。這之中，顯露了人逢絕境的權變因應，強烈的生存意志，寬和的接納。人際關係並非一成不變的，而是基於相敬相感，平等互愛，無論李夫人對現實的滿意程度如何，至少她是不屈服於命運，她也許經過內心相當的掙扎，對現實做了妥協，但她畢竟過得不壞，她是個贏家。

縱馬馳騁、身負血債的女病號——老馬

從毛拉小鎮到韓秀九年歷練的五連隊，走路得一個小時。因緣巧合，韓秀代工，結識了老病號——老馬，一個病中仍不忘偷偷飆馬的回族婦女。韓秀分享了她的秘密，她教導韓秀騎馬，不僅當年減少了沙漠中跋涉之苦，至今騎馬還是韓秀足以誇示朋儕的稀有才藝之一。

大車隊的老宮家屬老馬患了「風濕性關節炎」，因急性發作，請了一個月的病假，韓秀受託代工去催收假條，於是認識了老馬，初嘗她特殊風味的醃酸菜；後來在某個下午，意外發現一個無蹬無鞍飆馬的女騎士，竟然是平日弱不禁風、正請病假的老馬。老馬換搭老宮的大車，笑著讓老宮招呼韓老師上車，從韓秀的微笑，他們知道這人可以共守秘密，沿途還唱著「康定情歌」，

老馬又回復一副低眉順眼的模樣。過了一個月，老馬主動提議讓老宮守道，自己教韓秀騎馬。騎馬的老手，對馴服小馬，教人騎馬都有一套，她果然達到目標了。當天夜裏，在老宮家吃了麵，在藥草煮過的水裏泡著受傷的手腳，一邊就問起兩人的身世。原來老馬是青海白家的媳婦，爲了想貫徹回民喪葬的儀節，白家申請不到斂屍的白布，自己會合族中的年長婦女在家裏織了土布，裝裹了死者；卻被扒了墳，死者身上的白布被扯下，燒成了灰。終於白家人造了反，逼上梁山，最後老爺子和五個兒子都槍斃了，老馬成了寡婦，還好兒子早就托給鄉親，逃過劫難。《折射》用另一次鬥爭的描繪，補足了老馬如何在勞改期間「引誘管理人員」，懷孕生產，產後逃竄新疆，嫁給雇農出身的盲流——老宮。老馬被批鬥以後，幸好因病從寬處理，押到基建隊勞改。

老宮陪她遷了戶口，見了面，仍然笑笑，說起菜園，「她種的西紅柿又紅又大，好吃著呢。」我們又見到了吐魯番轉運站伙房老張相近的熱愛妻子的奉獻式的丈夫，同樣是用自己的革命好成分，去爲她遮蔽風雨，對她唯命是從，實在是因爲他們所保護的都是一代奇女子哪！過了一段時間，老宮帶來一個七、八歲的男孩，不惜車馬步行的勞苦，要跟韓秀讀書。這是領養的老馬的親生兒子，費盡心思請准越區走讀，孩子每天得走二、三小時的路，卻毫不退縮。他記誦著母親教導的「留得青山在，不怕沒柴燒」，小小年紀已經拿穩志向，總有一天要回青海去。老宮對待老馬，眞的是以妻子的心志爲心志，陪著她忍辱負重，她的堅毅，因著他的包容與協助而得以貫徹。老宮和老馬的關係似乎比老張和李夫人的關係平等一些，老馬表現出來的回族婦女的特質，也大不同於李夫人的漢族婦女的才藝。然而愛情的呈現總有相近的軌跡，兩個做丈夫的都縱容心愛的女子偷偷保有自己鍾愛的活動，而老宮承擔的風險顯然大得多，也因此，這對夫妻的故事緊張刺激，深情的慰藉撫平了心靈的創痛，他們長遠的奮鬥相對的就更爲動人。

為孩子而與妻子假離婚的老羅

在《折射》的〈告別荒原〉一章裏，韓秀介紹了老羅這個寧靜安詳的人物。嚴冬修築龍口大渠的工作讓「支邊」的青年吃盡了苦頭，韓秀因爲中共的「歷史問題按人民內部矛盾處理」，得以結束噩夢，回轉北京。告別荒原前夜，大約是興奮吧！她凍得睡不著，迎著火光走近了伙房，看見燒火的老羅正在灶火前抽煙。他的平靜安詳吸引了韓秀。老羅原本是北京一家高級賓館的服務員，工作認眞，一位俄國老大哥高興地送他一支鋼筆，不料臨去時又以爲丟失了，當年正是「中俄」最親暱的時候，這事太嚴重了，等大夥找得不亦樂乎，俄國老大哥又想起是送了老羅。老羅正在洗衣房忙著，有理說不清，就因爲私受禮物不報，定了「涉外」的罪名被判勞改，文革時被遣送新疆。老婆和他離了婚，他三、五個月總把在戈壁灘辛苦掙的錢寄回去，長久以後，人們在毛拉碰上老羅，就知道他又上郵局了，又滙錢回家去了。

此刻她和韓秀聊起來，「一派氣定神閒的模樣」。消息很快，他知道她要回北京去了。他一邊讓她泡熱水，治療凍裂的傷口，一邊提及「求」她辦件事，那就是捎錢給自己的老婆，並且把家人的生活情況告訴自己。整整十年了，難道離了婚的老婆只收他的錢，從來不給他回音嗎？人與人之間的天然氣質偶有靈性相契之處，老羅信得過韓秀，韓秀也當面承諾；老羅又告訴韓秀，「要走，就走遠一點，北京就算第一站吧！」老羅可眞是剖心置腹了，難怪韓秀感到「像錘子一樣重重地敲在我心上。」這句話也加強了她後來奮力爭取離開中國大陸的決心。她體貼老羅把所有的積蓄都交託給老婆了，唯一的嗜好——抽煙也得暫時剝奪，她讓「順便」載她到毛拉的老宮為他帶去一斤莫合煙；她把老羅的託付當作第一要務，下了火車就直接去拜訪老羅的妻子。

應門的中年婦人一聽韓秀從新疆來，一把就將客人拉了進去。她說這是十年來頭一次見到老羅身邊的東西，韓秀簡潔地描繪：「爲了孩子，我們熬著，不寫信，不見面……」她笑不出來了，抽泣著。她說明自己的計畫，等孩子中專畢業分配了工作，他們就「復婚」。小說到這裏總算交代了老羅十年如一日，在荒漠中面對孤獨，能無怨無悔，寧靜安詳的主要原因。那是因爲他有個好妻子，他們有默契，他們是爲了孩子的前途，做些表面工夫給有關單位看，不僅忍耐十年分離的痛苦，還忍耐著不通音訊的痛苦。明明是彼此最親暱、最關懷的親人，卻要佯裝漠不相干，這是相當不容易的事，爲了孩子，老羅夫婦做到了。也因爲夫妻倆彼此的相契相知，所以讓希望支撐了信心，老羅顯現了高度的處世智慧，老羅夫妻的這個故事呈現了中國人堅毅的忍苦精神，同時也具體暴露了中共統治的悖情悖理。

打抱不平的俠義行徑——蘇立榮、站長、阿孜木

無可諱言的，一部《折射》，悲苦的故事多，大快人心的事例實在有限。筆者想拈出來與讀者共享的俠者故事，也不過區區三則——蘇立榮、吐魯番站長及阿孜木的故事。

在韓秀前往新疆的火車上，「鐵道部奪權」後不檢票，一片紛亂。幾個身著草綠色軍服的人正在那兒喧囂騰鬧地玩牌，對面坐了一個穿著藍制服的青年，看來二十出頭，一副斯文的樣子。從《折射》中提及的情形來說，草綠色與藍色制服代表不同的編制，前者可是中共的正規部隊，後者是國民黨被收編的部隊，顯然那些喧鬧的是高幹子弟，而那個斯文青年是編入邊區連隊的支邊青年。穿藍制服的青年吃著溫州點心，這邊一大羣軍人卻戲弄起一個乘務員來。她百般委曲求全，低聲下氣，他們仍然不肯放過她。這個又檢票、又搞衞生的女乘務員，因爲清潔時不小心碰髒了一個軍人的褲腳，他們不讓她清洗，要她舔。女乘務員被拉倒了，列車長也來了。突然間溫州人露面啦，喊聲「後撤」，大家都退後；車到一個小站，溫州人就和那夥人開打起來。這段文字寫得很別緻：「又像割草一般，草綠色中冒出了一點藍，這個藍點越來越大，終於站了起來，腳下是一片綠草、紅花。」英雄勝利了，壞人受傷了，他要怎麼脫身呢？玄的是這是個小站，他對車次、地理環境都非常清楚，他拉了韓秀一起跳車，等下一班車再繼續前行。這蘇立榮

表現的幾乎就是武俠小說中的遊俠行徑，也只有把舞臺安置在混亂的新疆列車上，這個角色的表演才顯得如此自然而又生動。

吐魯番轉運站的工作人員，沒事就玩玩撲克牌，這天來了個上海姑娘，先以全新的漂亮塑料撲克牌引起大家的注意，是個光鮮的妙人兒，玩了一下午牌，也就是韓秀和李夫人下棋那個下午，她竟然打動司機小王在衆人苦候沒有車班的情況下，特地爲她連夜發車拉行李。本來是渾身「灰糊糊的一片」，小王這下梳了油光水滑的小分頭，褲腳熨得筆直，車子也特別洗刷過了。第二天一早，小王檢修了車子，上海姑娘端坐在駕駛室，小王喜孜孜地發動車子了；這時出現了一個上海青年，拉了車門就要上車，說是上海姑娘的「朋友」，原來小王被愚弄了，尷尬極了。一直站在辦公室門口的站長擰眉發話了，他要票，那姑娘還笑著說，王師傅說不要買票，站長說：「小王是駕駛員，他說不買不行，下來買票！從這個轉運站開出去的車，各個都買票，你們憑什麼不買？六十八塊！一個子兒也不准少！」這段話義正詞嚴，入情入理，站長盡責任，其實是爲小王討個公道。小王被美色誘惑，徇私做人情，念在邊地交友機率不多，他可以不管；至於那一對上海未婚夫妻，十足的滑頭，在紛亂中，搶了先機，占盡便宜，明明是愚弄人，還一臉堆笑，應該給點顏色，站長的仗義直言，眞是大快人心。更難得的是，他並不濫用職權，也不過分索賠，安安穩穩占了一個理字，表現了一種雍容的氣度。

另外一個回族青年阿孜木，也有一段痛快的「俠義」行徑。韓秀在一九七四年前後又遭逢一波批鬥，被逼自己重新脫坯、砌火牆、劈木頭、修門、搬家，加上超體力的下田勞動，傷了腰，不能請假，拖成腎炎，還得繼續工作，終於有一天躺在工地，再也爬不起來。衛生員要求臥床一個禮拜，生產連長只肯准三天；第四天命令中午去看機器。「七月的南疆，到了正午，磕一個雞蛋在地上，轉眼就熟了。」她行動遲緩，耗了一個鐘頭，才走到拖拉機旁，在毫無遮蔽的情況下，煎熬了四個鐘頭。從半暈眩的狀態中醒來後，她看到阿孜木，他來探詢韓老師許久沒去毛拉的原因。幸虧阿孜木扶了她走過那兩條乾溝，她交代他及早離開，免得受到牽累，自己還足足走了一個鐘頭。衛生員來大驚失色，和連長說過，不能曬太陽的，可見完全是連長要整人。當晚連長家失了火，指導員來盤查，同屋的小軍和她的男友證實韓秀一直在昏睡。第二天清早，燒水的老羅「悄悄」告訴她，火從柴火垜上起的，他看見一個人影兒，騎馬過去……，讀者和韓秀一樣清楚，是阿孜木！

體貼部屬的幹部——王縣長與黎書記

從〈劉馬蒲的由來〉與〈羅米歐・朱麗葉與黑暗〉兩則故事中，我們看到清純的少女被幹部蹂躪因而毀掉一生的情節，是常見的一種最無情、最深刻的傷害。「四清」時期，貧農協會主席只求個人生產成績，不顧社員生存口糧是否足夠，這也是一種幹部的典型。不過筆者很欣慰能看到一、二點寒星閃爍，《折射》中的王縣長和黎書記在混亂的時代裏表現了爲人長者的體貼，流露了人性不朽的光輝。

在風凌渡的小村莊裏，爲了對應貧農協會主席的逼迫，設法「搶」到一些口糧，韓秀獻計利用會計工作，不著痕跡地做了手腳。王縣長不但不生氣，由於生長於農村，具有實幹精神，本身是沒念過多少書的育種專家，他深知社員的疾苦，對貧農主席的逼迫毫無辦法，這下可樂了。他叮嚀要好好發揮作用。後來韓秀接受盧彙文的建議，主動請調去新疆某生產建設兵團，以免遭受批鬥，王縣長替她開了證明。因爲幹部奪權，他顯得衰老了，語重心長地說：「韓老師，不是俺老王不留你，實在是年月不對。今天，我還敢用縣長的章開個證明，說你上新疆支邊建設。明天縣委奪了權，我就蓋不了這個章了。」一段簡潔的對白，交代了混亂的時局，也交代了好幹部生存不容易，更顯現出王縣長一分體貼部屬的善意。

韓秀確實是幸運，當她從新疆「困退」回北平的時候，找工作就遇到了黎書記。他能了解韓秀的謙和，第一次見面，韓秀就看出他「這位工人出身的當家人還眞心疼這個廠，心疼這些個工人」。他留心觀察，讚美加上鼓勵，主動提出願意幫忙解決困難，於是韓秀要求他幫忙設法取回美國的出生證和護照，「組織替你出頭。」他竟然答應了，而且做到了。後來韓秀爲了爭取前往美國的自由，不屈不撓的奮鬥了一個整年，警察緊密追蹤，也到廠裏來。爭辯已是慣常的事，這回黎書記竟然揷入意見，援引馬克思、恩格思的說法，無產階級既要聯合起來，何必爲國籍爭論呢?他眞誠地要爲韓秀爭取權益，令人感動，但過分天眞了，他因爲愛護部屬已經惹了麻煩，從此韓秀沒再見過他。他在韓秀心中留下了「在中國遇見過的最開明的領導」典型。可憐這麼一個好領導，只怕要受好一段時期的折磨，漫漫長夜，也不知道他的因應狀況如何?

相濡以沫的溫馨照應——小左

在整個韓秀的艱苦奮鬥過程中，不斷有一些溫馨小人物，適時付予關懷，流露了苦難中相濡以沫的情意。童年時期和她同樣是混血兒的蕭華，常爲她出頭;革命世家出身的方朔，儘管後來懦弱屈服，當韓秀偷回北京探望外祖母的時候，他出面掩護，以免她落入革命派手中。剛到新疆的僻遠連隊，韓秀初見朱小眉，就輕鬆自然地替她掩飾了接收短波的大罪;而在一次批鬥中，韓秀受不了，準備起身，是朱小眉死命地按住了她。朱小眉被鬥爭的時候，韓秀傻了，又是袁琳拉了她的手向上舉，並且敎導要喊口號。

以上溫馨的照應，相當感人，但遠比不上小左的眞實故事美麗而偉大。小左的故事得從救了小波的母親說起。小波是連隊由基建隊調來的全能木工，父母都是留學生，被打爲右派，小波長在戈壁灘，文革時，他就「造」了父母的「反」，父母親由基建隊來看他，他總是淡漠不理睬。自從在一次風沙中救了小波母親，小左去找來小波，此後吳伯母成了宿舍的常客，「總是小左衝鋒陷陣般跑到木工班，然後不著痕跡地帶來了小波。」她眞心誠意地招呼老人，小波則是慣常地冷漠。最後吳氏夫婦在小左口中，竟是伯父伯母了，她能體貼奉承，以致吳伯伯臨終之前竟希望見她一面。她不顧風險答應到僅次於勞改營的基建隊去，實在是因爲小左「拿二老當自家親爹娘待的。」幸虧這段時期主管還有點人情味，只是點名批評，警告不能再出錯。小波並沒有受感動，他找了個紅五類結了婚，調走了。小左沒有做成吳家的媳婦，她結婚時，「女方家長」卻是吳伯母。終究吳伯母回南京去，小左一家人也回到上海，他們仍然保持親密的聯繫，小左常告訴大家老人的音訊。小左不僅是聰慧、堅毅，而且具有非凡的膽勇。起初是出於同情，後來是對小波具有憧憬，待二老自始至終誠摯的深情，情深到不因小波離去而有所改變，這眞是天地間難能可貴的情義，尤其是發生在劫難中的中國大陸。小左的深情與小波的絕情剛好成了明顯的對比。吳氏夫婦寬諒兒子的絕情，認爲是環境使然，個中充滿了無奈；小左初則有本事拉動小波來見雙親，繼則全心敬事吳氏夫婦，始終如一，她的事蹟稱得上奇崛，莫非天地有情，眞的要讓小左來彌補人間的缺憾？所以讓小左剛好遇到一個略通情理的主管，故事終究有個相當令人滿意的結局。

自從兩岸相當程度的開放以後，有關於大陸親友重利忘情的文章，隨處可見，大體是久處窮困，歆羨臺灣生活的富裕，總認爲四十年受難，在臺灣的有義務補償。這一種不健康的心態，甚至演變爲爭財爭禮，弄得返鄉者傷心傷感。然而也並非再也見不到中國數千年寬諒、平和、知足、體貼的好傳統，名小說家朱西寧的姐妹，詩人兼散文名家張拓蕪的表妹蓮子❷，都以寬讓的好意，一再婉拒再三的餽贈。這些高貴美好的心靈，不曾受到民族浩劫的汚損，展現了中華民族的淳厚本質。筆者認爲：韓秀在《折射》這本書所刻畫的奇偉人物，也正是爲讀者提供了許多可貴的圖像，揣玩這些人物的行徑，讀者或者能夠更堅定地在人生的大道上邁步，多少增添一些對人類未來的信心。

附註：

❶《折射》，幼獅文化事業公司出版，七十九年九月。

❷見《我家有個渾小子》中〈七個月的養媳婦〉一文，九歌出版社，八十一年七月。

奇譎與温馨

——評介許佑生的《懸賞浪漫》

《懸賞浪漫》❶這個小說集收錄了十二篇小說，有一篇發表在七十一年，六篇在七十六年，五篇在七十九、八十年。很有趣的是，許佑生（一九六一——）似乎有個五年週期的狂熱創作潮，細按作品，後階段的表現手法具有強烈的突破性、實驗性，事實上，奇譎與溫馨大致可以粗略畫出兩階段短篇小說的特色。

這十二篇短篇小說，互不相屬，自成景觀，題材廣泛多元，技巧繁複多樣，顯然作者關懷的層面深廣，嘗試探索的企圖不小。如果獨立論析每個篇章，固然多姿多采；爲了行文方便，也避免零散，筆者嘗試整理出兩條貫串的線索：奇譎與溫馨。大略而言，稍早的作品洋溢著溫馨的人道關懷，選材也偶有奇譎之處；後期的作品，則映現多元化的社會，展現了奇譎的風貌，在諧謔的筆調中，仍然閃爍著溫馨的人情味。

從小人物看大世界，往往是最具寫實的手法。〈放生〉刻畫一個賣龜供人放生的小販，沒什麼高遠的理想，也無所謂粗鄙卑俗，他變通謀生的方式，純粹是爲了妻子、女兒。他一邊與買主對話，一邊腦海裏回憶曾經租用殘廢幼童，與對方家屬分賬，爲了躲警察意外摔傷孩子，費心與畸形孩童的母親對應的經過。作者透過小販的意識，交代了小人物在生活縫隙中掙扎的無奈。他絕不是什麼罪大惡極的壞人，所以最後在懷孕的妻子差點小產的刺激之下，他決定也學習買龜的婦人，以未來的兒子（他希望兩個女兒之後生個兒子）名義把大海龜放生祈福。這樣的布局，藉小人物價值理念的大轉折，呈顯了作者對人性的肯定和期許。

對人性的肯定，也表現在最早的作品〈溺水事件〉。一個幾乎被生活重擔壓垮的小職員，籌措不到兒子的醫藥費，領略盡人情的澆薄，沮喪不堪。剛好碰到有孩童溺水，奮力救起和兒子年紀相仿的孩子，做人工呼吸時，他「忘我賣力」；這個救溺經驗使他回想起曾經救過一個有情有義的軍醫，如今這人是某醫院的主治大夫，絕對可以幫他診治兒子。這一刹那的星芒，在現場衆人歡呼聲中閃現，是作者的愛心，給予小說人物一個絕處逢生的機會。藉一種義行，催活了生存的意志，對人世產生了信心；根本的動力，則是在水底掙扎時靈光乍現的對於妻兒的愛。作者不忍現實的困頓，挫損小說人物親子的福澤，兩個孩子的生命重疊，兩個救溺事件重疊，在灰冷的調色盤上，作者終於調入動人的暖色，直暖入讀者心裏。

政府播遷來臺四十年，老兵具有獨特的歷史特質。許佑生的〈濕火柴〉，以一介老兵懷舊爲主線，牽引出眷村大家庭式的人情味，對照公寓樓房人情的冷漠、澆薄。從老土狗來福的遭遇，前後比襯，烘托出兩種截然相異的社區性格。

老狗被毒死，老屋被焚燬，自己被鄰居排斥，這樣的冷酷，足夠冰封一個人的生存意志，幸好老兵的工作場所有一大夥舊友；作者更在重要關口上安排一個木訥篤實的年輕人和老兵做朋友。他們由於愛狗而結識、交往。這時年輕人伸出援手，邀老兵和自己同住，在偶然機緣裏老兵又撿到一條狗，攜回家去，他們還叫牠「來福」。在布局方面，眷村的溫馨可以是一個既往的美麗的追憶，現實的殘酷，可以讓老兵唏噓不已，但作者卻寧願在冷漠的樓房之間，揮灑一些溫馨的種子，迸散著希望的火花、人性的光輝。

〈相濡〉以深厚的心理學基礎，從心理治療來探索一樁婚姻變故。丈夫由於戀母情結而導致「性」趣冷漠；妻子卻因意外強暴事件引發了性飢渴。夢魘窘迫，她正擬提議分手，恰逢老父病重，從父母鶼鰈情深中，她得到啓示：相愛的夫妻爲何不能「相濡以沫」，共同度過難關？丈夫的力量不夠，母性可以讓妻子發揮更廣大的影響力。作者等於是爲現代婚姻開出一帖良方——關愛對方，患難相共，命運掌握在自己手中。

〈祭戲〉與〈人型師〉選擇社會上專業才藝的藝人做爲描摹對象。〈祭戲〉彰顯了小丑的獻藝精神。以師兄弟二人不同的處世態度來加以詮釋。師弟陳皮投入電影界，在聲望如日中天，某片上演之際自殺了，師兄鍾道直覺到他有傳統藝人「祭戲」的意味。他的死亡似乎也隱藏著不少秘密。鍾道介入未亡人與電影公司的金錢糾紛，電影老闆要求鍾道投入電影界被拒，便百般阻擾鍾道的技藝表演，場地被封鎖，徒弟星散，他流落街頭，購票觀賞陳皮的電影，也萌起「祭戲」的念頭。在危機的時刻，作者讓燈光提早打亮，他來不及呑食安眠藥，散場時又適時在樓梯口以小丑的本事逗樂一個啼哭慌亂的小女孩。這天眞的小天使，喚醒了他生存的意志，以及對人世的感情。這種類似日本白樺派「含淚的微笑精神」，使許佑生的小說人物絕地逢生，他的小說也因此充滿溫馨。

〈人型師〉刻畫了一個極爲單純、又極度固執的鄉土人物。一個學藝專精而外型奇短的人型師傅在愛情上由於癡迷而造成了悲劇。作者有心勾勒內斂人物內心深處的強烈渴盼，一種現實世界幾乎不能存有的純情。像〈祭戲〉中的陳皮豁出了性命一樣，〈人型師〉在刻畫變態心理的苦悶掙扎之餘，也渲染了悲愴的氣氛。

〈瘋翅〉場景特殊，是葬儀社家庭，是陰森的墳場，經營出一種可信的致瘋的夙因。作者花費龐大的筆墨，描摹童年墳場遊弋的孤僻行徑、繼母的傷害、父親的獨斷、長兄的叛逆、長姐的滄桑，而長兄加入幫派導致慘死，他自覺延續了長兄的痛苦。父親急病中爲他說定婚姻，繞不出葬儀社「死亡」相關的陰影。作者寫出了現實文明社會中另一隔絕而封閉的窒人社會，人性的挖掘、愛恨的糾葛，都有獨到之處；可惜結尾匆忙草率，未能烘襯出合理的致瘋的因果。

八〇年代的多元化社會，脫不了商業發展的軌跡，許佑生的小說集中，也有一篇以商場爲背景的〈箱子家族〉，演述一個陳舊的故事：年輕的雇員如何絞盡腦汁，工於心計，做了老闆的東床快婿。這樣的情節並不出色，但是以年輕人的單一觀點，「箱子先生」的綽號有諸多可能，從外人的杜撰，到當事人解說，作者招招變數，在在吸引讀者。更妙的是，除了懸疑布署巧妙，翁婿二人的境遇似乎又有雷同之處，作者的筆鋒帶有揶揄諧謔的意味。

八〇年代多元化社會，使八〇年代的小說創作也有多元化的展現。許佑生小說集以〈懸賞浪漫〉做爲壓軸，並用爲書名，足見他對這篇小說情有獨鍾。〈懸賞浪漫〉頗爲奇譎，文筆和初期的作品大不相同，卻另有引人入勝之處。「浪漫」不可言說，一入言傳，即成虛事。〈懸賞浪漫〉起筆對捕捉「浪漫」，極盡延宕之能事，後文也處處念念在尋找「浪漫」，文字誇張突梯，展現了解構主義諧謔的文字遊戲。從閱讀「有邏輯架構失衡之嫌」的追尋浪漫書籍，到憶及童年吃棉花糖「入口即化的甜膩滋味」，以至求助於「文學家」，求助於同性戀者，甚至「懸賞浪漫」，讀者都意料得到這些經營勢將打破，事件荒誕，原不可能化爲眞實。像這樣「浪漫」文詞一再出現，而「浪漫」眞情一直未見。乍看荒誕的解構風潮中的文字遊戲，倒也風趣，筆調詼諧活潑。更難爲的是，作者自有深刻的省思，透過「眼鏡仔」的催眠，以及多次留意顧小梅善意的淺笑，他暗示：浪漫本來就存在，這個人莽莽撞撞到處尋找的「浪漫」，一直就在他身上，順應自然，希望正在眼前閃爍著呢。

〈平衡一下〉這個男追女的故事，表象充滿嘲弄的意味，詼諧有趣，但在老K追求珍妮佛的過程中，卻巧妙地運用小說人物的單一觀點，穿插《聖經》的金句，一波又一波地出人意表。以反比、映襯手法，讓人猛然有所憬悟。老K是洋化的中國留美歸國學者，珍妮佛是中國化的美國寄寓臺灣的洋妞。老K輕躁、淺薄、多欲、小氣；珍妮佛穩重、有深度、素食、刻苦、大度雍容。老K有心而緊張，珍妮佛無意而大方。他們的交往，從騎腳踏車的「平衡」，到心理上文化意識的調整，兼賅渾融，使這篇在《花花公子》中文版發表的小說，既具通俗諧謔的討喜，又有深刻的內涵，是不可多得之作。

許佑生的題材多樣，落筆也相當大膽，帶著世紀末頹廢主義的色彩，關涉色情與同性戀者的慾海浮沉。〈藏鏡人〉巧妙套用民俗布袋戲角色名稱，刻畫的實則是沉湎在鏡室的午夜牛郎。一個從童年時代就偏愛鏡子的俊美男士，爲了彌補童年窮窘的缺憾，爲了證明長得好看的好處，在臥房四壁裝滿了鏡子，自我顧盼陶醉。重要的是，這篇小說並不單在呈現聲色之娛，而在於強調性靈追尋的長遠影響。

客戶之一麗塔約定牛郎扮演居家男主人，回應主婦既定名字的呼喚，是那樣的溫馨纏綿而體貼，以致觸動了牛郎長年掩埋巧飾的眞情。麗塔久別之後，爲牛郎另外營建鏡室，仍慣愛用特有的名字呼喚牛郎。顯然這個名女人正透過牛郎去追尋一段逝去的愛情，她「買」回以往缺錢而被擯斥的情緣；可笑的是牛郎自己，向來在銅臭味深重的富婆臂彎裏出賣肉體，一旦眞情浮動，發現自己不過是替代品而已。在無奈的狀態下，這牛郎也阿Q起來了，他嘲弄自己：在大小不同的鏡面包裹著的房間裏，透過各種角度的折射，他是「力馴羣雌」的「藏鏡人」。作者藉此提供讀者反思的深度剖析。

近十幾年來，同性戀的論題，從是否同性二人可以合法結婚，到愛滋病傳染，受到了廣泛的關注，同性戀成為世紀末的社會現象之一。白先勇把六〇年代的〈滿天裏亮晶晶的星星〉拓衍為長篇《孽子》，具有兩項實質的意義：一是從浮面的同性戀聚集尋覓對象，深化到對同性戀者性靈世界的探討、同性戀者在文明世界如何立足等現實問題；一則探討親子關係由於出現孽子而對立衝突，能否中和協調？事實上，《孽子》已肯定了人倫關係之不可改變，即使斷絕表面上的父子關係，也沒法割捨親子的骨肉深情。在許佑生這個小說集中，透過小說人物提及同性戀實例的，有〈懸賞浪漫〉、〈相濡〉，而〈岸邊石〉更直捷以男同性戀者的感情為主線鋪展情節。這個短篇是集中最長的一篇，近一萬八千字，作者企圖以海峽兩岸的兩個同性戀者在新大陸結緣的故事，探討文化鄉愁、個性拓展等多種意涵的問題。

〈岸邊石〉的兩個重要人物稜角分明，性格突出。兩個孽子同樣承受家庭擯斥的壓力，來自臺灣的曹玄田把父親懷鄉的情感，依託在來自大陸的孟剛身上去憧憬。孟剛既有相當舞蹈才藝的成就，也積極樂觀，安於玻璃圈內美國佬現實條件的供養，毫無內愧自慚。曹玄田排解不開老父絕望的陰影，孟剛則了解瞬間的相處即是福緣。曹玄田想到分離是兩塊「岸邊石」隔海遙望的淒苦迷茫，孟剛則認為岸邊石「在海底是結在一塊」的。這種哲理的領悟是幾經歷練後的豁達，初唐詩人王勃的名句：「海內存知己，天涯若比鄰」，只點到了其中一種意境。小說穿插另一位臺灣青年同性戀者羅患愛滋病，被美國性伴侶遺棄，在悲苦絕望之際，他的母親不顧家人反對，毅然接回愛子，藉此作者肯定了親情人倫恆久不變。小說採取曹玄田的有限觀點，多少次父親與孟剛的形象重疊，今昔時空交錯，描摹了內在心靈的矛盾糾葛。他自覺愧對父親，和孟剛相遇，又徒增另一層愧疚；而孟剛獨立自主教他不宿命，面對自己。因此，這篇小說不僅是大膽著墨，還兼顧到家庭倫理、文化鄉愁、自我成長等意涵的探討。

這是許佑生第一個短篇小說集，可以見出他對社會的深度關懷與省思。他選用多采多姿的題材，採取多變化的技巧，勾勒了奇譎而又溫馨的浮世繪。讀者從中不難獲致同情的了解，感受到作者肯定人性、奮勵精進的意圖。至於集中偶有鬆散、冗蔓、過分誇飾的缺失，就起步而言，種種實驗的跡象，仍掩蓋不了作者的才華。期盼許佑生能穩定持久地努力下去。

——《懸賞浪漫》初版附錄

——刊載於八十一年五月二十二日《中華日報》副刊

附註：

❶ 遠流出版社，八十一年三月出版，六月三刷。

第三輯

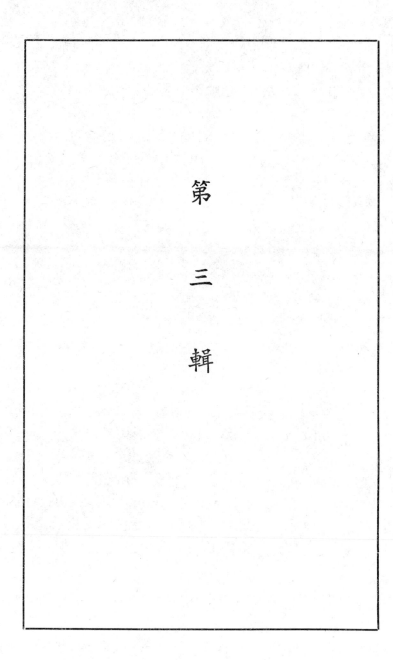

愛與結婚有怎樣的關係？

——服初的〈險惡〉

謠言的流布

〈險惡〉❶這篇小說，刊在《新月月刊》第三卷第七期，作者「服初」生平不詳，在《新月月刊》裏也只發表過這篇作品。但一萬二三千字的短篇，不僅文字精潔，布局考究，而且曲折婉轉，運用不少技巧，含藏許多耐人探討的問題。人情的險惡，小說人物的執著，具有著強大的震撼力，反覆把玩，令人不禁悵然良久。

民國二十年，小說出版的年代，農村裏的少男少女有沒有戀愛的自由？在這篇小說裏，男女主人翁沒有說過一個愛字，連「喜歡」「想念」的詞兒都沒用過。何三是個篤實而正直的莊稼漢，做事總要衡量應不應該做，甚至連多想一下方雍姑的美，都要自覺性地摒住，自己斥責「簡直不是人」，爲的是他已有了妻室。方雍姑健美、靈敏，有著一雙「嫵媚而充滿智慧的眼睛」。

她的美麗遭人妒嫉，她的智慧使她自苦，她執拗的個性，更是悲劇的肇因。標題〈險惡〉，險惡的不僅是衆口鑠金的謠言與人情的冷酷，更令人心寒的是：一個純情的姑娘被誤解，竟然須要用畢生的幸福去換取自家的清白。

小說的開端說：「雙溪村裏關於雍姑和何三的謠言總是不斷的在流布，連何三嫂都注意起來了。」開頭就點出小說中的人物與癥結所在。謠言爲什麼會起，作者並沒有明說，但是小說裏仍安排了幾條線索：一、散謠的李阿喜「曾經調戲雍姑受過雍姑一個巴掌。」二、散謠的陶翠鳳妬嫉雍姑美麗的眼睛，「常常在背地裏罵著騷眼。」三、方雍姑的人生哲學是「要做就做」，不甘受禮法的拘束，常主動接近何三，幫助何三做事；她還具有相當傲岸執拗的個性，故意在衆人面前與何三說笑，招惹衆議，助長謠言的流布。

在謠言的壓力籠罩之下，方雍姑表現一副彎不在乎的神態，但是她明顯地有著沈重的心事，而且是心扉深鎖，沒有知己朋友，連何三，連她自己的親娘都不瞭解她的思慮。作者用很多靜態的筆墨，以外在無謂的動作來烘襯她內心的癡迷。「變得最顯著的是她的脾氣：益發執拗，益發沈默。」她對鏡梳粧，突然怔住，詢問母親的高髻與自己的劉海的殊異，然後毅然拿起梳子，把姑娘家的標幟——劉海「統統梳到上面去；隨卽，毫不顧慮似的，撿起農具，下田去了。」「發怔」「癡想」是她慣常的影像，「究竟在想些什麼呢？誰都不曉得。」作者從不做心理分析，讀者也該知道，小說家賣弄關子，仍是一種筆法。這正是客觀敍述觀點的特色。

清白要緊

由於方雍姑的健美能幹而又活潑，何三對她的情愛自然產生。不過，「發乎情止乎禮」，爲著已有老婆，他便壓抑自己，不作非分之想。他與雍姑彼此投合，但不曾有過進一層的發展，兩人對待對方的敬愛，表現在對謠言的處理態度上。何三不怕謠言，認爲「只要自己不虧心」就好，但他憤恨，他抓到正在放謠的李阿喜：

這期間，何三曾經毒打過李阿喜一次，因為剛在放謠卻給何三碰見了；何三也不說話，抓住便是一頓拳頭，打够了再說：

「告訴你，我倒不怕你說，雍姑的清白要緊！」

雍姑的清白，在何三的心目中，其重要性遠超過自己的榮譽。

族長太太方七奶奶受謠言的影響，上雍姑家要雍姑的母親多管管女兒，爲方氏家族「爭點氣」。雍姑在申辯、搶白之餘：

這一夜，七奶已經灰著臉色去了，雍姑的母親可憐地望著雍姑流眼淚；雍姑只是半晌不說話，最後才和她母親說：

「媽，就說你也疑心我，你想何三那人會做出這類事情來嗎？」

何三的人格是何等光明磊落，在雍姑的心裏，母親不信賴自己，原已夠難過痛心；但何三的值得信賴性，對方母來說，總是夠份量的吧！由此可見，何三確實是個正人君子，雍姑撇開自己的清白不談，還拿他的人格當做人們信賴的符證。

何三純樸踏實，使他單一性地求問心無愧，不去計較村人的閒言閒語；雍姑的智慧與執拗，卻使她輕蔑村人的險惡的流言，她戲弄村人，故意當衆誇張地與何三說笑，並且在適當的時機，她要全力的反擊。謠言說：

「方雍姑貪圖何家富呀！擬姘給何家做小老婆呀！」

當方七奶奶指責雍姑母親，說「族裏的名氣要緊」，「方家的臉面丢了！」「做小總不能，祖宗三代不曾有過；」等等：

話還沒有說完，雍姑忽然從房裏搶出來，眼睛裏發光，一霎眼看見七奶便說，話說得很快：

「七奶，你是族長奶奶，你不能寃枉我，你說，你有沒有看見我做壞事，你那時候看見的，你看見我怎麼做，你聽見誰說的，誰告訴你的！」一氣說到這裏，語調轉得更急了，「不，我就做過壞事，我的確和人姘頭，我的確貪何家富，我要做何三的小老婆，我要嫁與他，誰去，只要有誰去，去央他家來下聘，我要嫁……」

她急著要爲自己申辯，一連串的問話，誰答覆得了？諺語說：「流言止於智者」，偏偏村人都是愚人，族長也不例外，雍姑想到對這些成見已深的村人，申辯實在沒有用，便又故意惹火七奶，說些令人氣結的話，這正是她矛盾的地方，也是悲劇的關鍵所在。

求婚與拒婚

當何三嫂難產致死，事情開始有了轉機。村裏的流言期待新的喜事發生，對何三「好像有點刺激」；以往自我按抑的情感一下子膨脹起來，他也開始恍惚地受雍姑俏麗形影的包圍，於是他託人聘帖去方家。事出意料之外，母親說：「雍，這倒很好不是？」雍姑卻拒絕了。她內心激烈的掙扎，作者只用實際的動作來表明，她照樣下廚：

雍姑低下頭凝神了一會，馬上擡起頭，堅決的說：

「什麼？何三也以為我貪他家有錢，想嫁他？不！」

說完，轉過身子往廚下去了。沉默地在洗米，切菜，燒爐……看不出她有什麼表示，不過，不時或蹙一蹙眉尖，或者，將一塊劈柴添進爐子去的時候，往往向著火焰發一發怔，並且，切菜時，曾經咬起牙齒用力的切了幾刀。

一直到晚飯做熟，她從廚房裏出來，仍舊和母親說：

「媽，不行，這件事我不答應。」

由雍姑的凝神、蹙眉、發怔、咬牙切菜，作者給我們具體的形象，她的心思是不難推斷的。何三固然是個好青年，雍姑對他也有深刻的情感；但謠言的陰影籠罩下來，母親認定這是收拾「爛攤子」的好辦法，對她也是刺激，要是嫁了何三，過去謠言的「假造誣陷」便都無法澄清。於是她只有咬牙堅決地拿定主意：「不答應」。她不能讓人們認定她與何三之間曾經有過什麼，或她曾經希冀過些什麼。

方雍姑這一番屈折婉轉的心思，卻又是不肯明言，也不便明言的，母親猜不透，何三也想不通。她沒有明確地答覆何三，只是說：「我可以不嫁」，「我總不忘記你」。但何三一再逼問，爲了讓何三忘記這段情誼，她終於決定嫁了，主動談起她曾經拒絕過的表哥的提親。那是個無才無貌又無品的對象，物質環境不壞，可以不做活，照一般的評價，這也是「好」的歸宿。雍姑從此放棄執著的自我，向傳統妥協，做個毫無主張的「馴良」婦人——這完全違反她的本性，這是多麼艱難的決定！

誰相信雍姑會哭？爲了讓讀者雪亮的眼睛能超越村人（包括何三與方母），作者雖是淡筆素描，還是刻畫得相當清晰，下定決心嫁給表哥的那夜，母親「疑心雍姑房裏一陣陣呑泣的聲音」。雍姑出嫁的那天，「她的行爲與脾氣整個的變了……，從前那種孤獨、沉默、執拗的品性今天不知道藏到什麼地方，也許是心底去了。」她任人擺佈，居然還笑了好幾回，但她畢竟是個嬌慣的姑娘家，「走進轎的那一霎，她忽然癡癡的望著她的母親，叫了一聲『媽』，眼淚眞的流下來了。這眼淚流到什麼時候止呢？誰也不曉得，因爲進了轎，轎簾放了下來，轎抬去了。」美麗、堅貞的雍姑那份孤寂而又痛苦的心態，讀者是可以探索得到的，而讀者們也可以了解：卽使她的眼淚乾了，她的心必然繼續滴血！

選擇了「不快樂」

事實上，作者給我們很明顯的線索，方雍姑之所以拒絕何三的提親而接受向來輕蔑的表哥的婚約，純粹是爲了「反證」謠言的不實，保有自己與何三之間的聖潔淸白。她曾經喚住尖刻的陶翠鳳說：

「翠鳳，本來不值得和你說，不過也說一次。你罵誰，你恨誰，你曉得，我也明白。不過，只要你有眼睛，你會看雍姑是不是像你心裏一樣壞，雍姑貪不貪何家富，也就曉得雍姑做不做人家的小。」

說完，抿住嘴唇，很快的去了。

這段話，軟中帶硬，充滿智者剛強的意志。

臨出嫁的時候，方七奶滿嘴吉兆話，兩杯酒下肚，居然稱讚起雍姑的德性。雍姑走近前，滿面和氣的笑容：

「族長奶奶，妳現在再說說看，我丟了族家的臉面不曾？不，丟新家的臉面我滿不在乎，妳說，我貪不貪何家富？我想不想做人家妾？」

衆口鑠金，利舌傷人，方雍姑一直孤獨而沈默地忍受謠言的毀辱。她曾挑戰似地招惹村人的注目，讓流言更誇張地蔓延；外表上她很不在乎，甚至還一副輕蔑的模樣，骨子裏，她比誰都在意。爲了這個原因，她雖然愛何三，「總不忘記」何三，卻說什麼也不能嫁給何三，只有不嫁給何三，才能證實流言對她的誣衊。當她被何三「逼」得不得不嫁的時候，她又選擇了一般人認可而自己壓根兒不能接納的對象。她等於是向傳統低了頭，連過去的性情都改變，一副十足「賢德婦人」的模樣，她的丈夫沒來由地毒打她：

雍姑對於這些，不曾嘆過一聲氣，也不曾反抗過，也從來不曾向人訴過一句。有時候臉上或臂上被丈夫打得流血，她從容用手巾將血揩去，從容告訴她的丈夫：「再苦十倍的日子我也受得，我和你說，你儘管欺凌吧，我嫁與你，為的是我不要快樂。」

這是多麼令人震驚的話：「爲的是我不要快樂」！她原是選了煉獄，奮身投入來接受煎熬與苦難。堅貞聖潔、冰雪聰明的雍姑，當她決意嫁與「懶惰的豬玀」、「紅鼻子的醉漢」時，她就已逆料自己未來的日子可能惡劣到什麼狀況，她懷著無比的毅力與韌性去承受，爲的是要向族人、向村人說明一個道理：雍姑不貪何家富，雍姑不做何三的妾（即使可以是妻子）。

可憐純樸的何三，卻始終參不透個中的因由，他憤恨不已，在雍姑出嫁的日子，情緒激動，從高山上摔下來，成了跛足的竹匠，憂鬱而又沈默地過著往後的日子。「愛與結婚究竟怎樣一種關係呢？」這不僅是何三的問題，大致也是作者要向社會提出的問題。在何三的腦子裏，它只是一個「懷疑的觀念」，作者把它具體化，無疑也是作者的主旨所在了。

什麼是幸福的婚姻

這兩個至情至性的年輕男女，付出了這麼大的代價，換回些什麼呢？造謠的陶翠鳳跟著城裏的髮匠私奔，是現實給他們最大的反諷。春去秋來，雙溪村關於他們的流言「早已從村裏的人心上逸去了」；村人的健忘，表明時間確實會沖淡一切，然而，苦悶與煎熬則是何三與雍姑所僅有的。

險惡的人心，險惡的流言，標題〈險惡〉是有道理的；更可怕的是，一個純情、善良、聰明的人是如此孤獨無助。希臘的悲劇英雄伊底帕斯，被命運播弄之餘，選擇自懲來消滅自己的咎責。雍姑悲壯地投向煉獄，只為證明流言的不實，要還自己的清白，她並非受命運的撥弄，而是自己安排了命運。為什麼要選擇這樣悲慘的一種命運呢？莫非這也是二十年代作家發掘社會問題的手法？當代社會的價值觀，把多少賢德慧美的姑娘匹配給物質生活充裕的無賴闊少。外表很好，實質上卻是地獄般痛苦的婚姻，往往是被祝福，甚至是被豔羨的。「女子無才便是德」，在傳統社會裏，女子必須仰賴男人的鼻息，逆來順受，毫無怨尤，方雍姑努力去做標準的賢德婦人，一個「不快樂」的婦人，那是用她的「才智」，爲了堅守個人原則而選擇的命運。方雍姑自我謫貶，是否也夠「險惡」？她爲何這般無奈？她曾經向方七奶奶提出一連串的申辯，但是她向誰訴冤？誰能爲她洗刷毀辱，還她清白？全村的人都懵懂地以惡人散播的謠言認定是非，方雍姑這唯一的智者只是個姑娘家呀，在當代環境裏，她能控訴惡人的毀謗罪嗎？

村人可以淡忘的事，方雍姑畢生不能釋懷，因爲她是執著的聰明人，我們有可能爲她安排更「快樂」更「幸福」的婚姻嗎？

——原載於民國七十一年一月二十三日《大華晚報・淡水河》

附註：

❶〈險惡〉刊《新月月刊》第三卷第七期，收入《新月小說選》，雕龍出版社，六十七年五月初版。

換運的前一天

——高植的〈除夕〉

窮苦人家的除夕

偉大的丹麥作家安徒生所寫的著名童話〈賣火柴的女孩〉，是衆所熟知的悲悽故事，逼眞得一點也不像童話：一個下著大雪的除夕黃昏，可憐的賣火柴小女孩，赤著腳，又凍又餓地向前奔走，「整天沒有人向她買過一盒火柴，也沒有人給她一點錢。」她不敢回家，偈縮在兩所房子的一個拐角裏，劃火柴取暖。一根接著一根，她幻見熊熊美麗的大火爐；幻見滿桌豐盛的好菜；她幻見燦爛的聖誕樹，以及最親愛而慈祥的祖母。於是她被祖母抱著往上飛，飛到沒有寒冷，沒有飢餓，沒有憂愁的地方……。

除夕夜，貧寒姑娘的悲悽境遇，透過安徒生文筆的幻化，美麗的小女孩，歡樂地離開痛苦的人間，多少給讀者帶來些許慰藉。有很多人也許不知道，民國十九年一月出版的《新月月刊》，高植也發表了一篇小說〈除夕〉❶。一萬四千多字的短篇，深刻而又細緻地把一對赤貧的年老夫婦無可奈何的悲苦景況描摹出來，它還探討了中國經濟的大困結——窮苦的根由。相信一般人讀了都不免爲之動容，愀然變色，深思的讀者，也必然要思索一個問題：究竟要怎樣才能造福民生，讓那些貧苦無依的窮人「換運」？最起碼讓窮苦人家能避免凍餒？杜工部但願能有廣厦千萬間，可以「大庇天下寒士俱歡顏」，大約也是看到太多的貧窮景況的緣故吧！

民初軍閥割據的時代，動亂流離，經濟蕭條，再加上軍閥統治的壓迫與暴虐，〈除夕〉裏老楊夫婦眞是所謂衣不蔽體，食不裹腹。事實上，中國人的苦難與貧窮可說是由來已久，即令是一個書生，在功名未就之前，寒士如沒有祖產，往往便是過著半飢餓狀態的生活。宋代以天下爲己任的范仲淹，少年時代孤苦奮鬥，全靠糊塗粥餬口；清初詩詞書畫俱佳的鄭板橋，家境貧苦，生了兩女一兒之後，便是「寒無絮，飢無糜」，兒子終因營養不良而夭折。說來寒傖，他在學塾教書，只能勉強養家，急需告貸，遭人白眼，便只有上當舖。在他中舉的前一年，他寫的〈除夕前一日上中尊汪夫子〉詩裏，有下面四句：

> 瑣事貧家日萬端，破裘雖補不禁寒。
> 瓶中白水供先祀，窗外梅花當早餐。❷

從這裏可以看出鄭板橋過除夕的苦況。衣服補縫其實無所謂，可憐的是，根本不能禦寒。生活富裕的人家過年供奉祀祖用酒，差一些的人家用茶，他卻只能用「白水」。大清早一頓飯也省了，窗外的梅花芳香潔美，欣賞它就行啦！別以爲詩興遄飛，無可如何的辛酸，溢於言表呢！這詩寫於雍正九年，還算是治平時代，其餘擾亂的歲月，簡直不能再想了。

有了前面一番認識，我們再看高植的〈除夕〉，或者能有更深一層的了解。高植在《新月月刊》發表過許多短篇，要算〈除夕〉最見功力。當年他還在中央大學攻讀外文，小說創作卻已有相當的造詣。〈除夕〉一文，他運用全能的敍述觀點，透過書中人物的觀感，穿挿補足，使主題突顯。不論描繪或是批判事理，文筆都極爲細膩，作者實質上已把小品文的精緻性融入小說的寫作上了，這篇小說適宜細讀，也值得深入玩索。

瀕臨絕境的老夫妻

故事的起始，雪剛不久才停止飄落，雪景美得穿輕裘的人們要翻詩韻做詩吟詠，「但那些衣服襤褸，補綻裏見絮的，提著篾籃盛著碗筷，跛蹩行著的人們，爲求得一飯飽腹而把這美景忽略了。」作者提示了小說的論題核心，顯然在於貧寒的層面。

老楊家門前是一條丈把寬的大路，雪積厚了，中間的行道就顯得狹仄了，風也大。老楊兩手互袖著搭在膝上，腰蹺曲著，「他身上的衣使他不時地打寒噤，到不能支持時，他將棉被纏裹著身子」。他鬍髭撩亂，眼睛無神，表情憂鬱。他的妻子比他小幾歲，五十多，頭髮斑白，臉上滿是皺紋，「刻記著她一生的辛苦」；她的衣服「破舊到再加補縫便無處掛縫的程度，況且並無可用作補縫的布呢！」他們的小屋不到一方丈，廚臥兼用，「幾日來不起火的竈與除草稽外只有一褥的床距離不到兩步」。一般年老的伴侶，往往會有滿籮筐的話好說，從過去談到現在，由現在談到未來，由兒子媳婦女兒女婿談到孫子們的健康與求學情形，他們也可以談談街坊鄰居、親戚朋友……。但是，老楊因爲遭逢變故，已瀕臨絕境，心力交瘁，即使面對處了大半輩子的老妻，也似乎無話可說了。他養成抹鬍子的習慣動作，「似乎抹鬍子會把他的命運改變。」說實在，他並不是一味相信命運的人，而如今，年老衰弱，飢寒交迫，無可奈何，相信命運，勉強獲得一絲慰藉，這又何妨？

他的臉上表顯出一種非笑非哭的表情，說：

「只有一天了，我記得前年算命說三年後要換運。只有一天了。」在蒼老多紋的面上擠出微微的笑容，隨卽隱去。

除夕到了，但願算命的說得靈準，可以改運；但這是多麼渺茫的希望。因此，才勉強擠出的微微的笑容，「隨即隱去」了。

除夕這天，打年貨的人少了，在一年裏的最後一天才採辦年貨的，是最起碼的人家，以老楊的景況來說，這些人也夠令他夫妻倆羨慕的了。「他無聊的看著地，似乎地上會湧出一塊黃金。」作者用「一塊黃金」點出老楊迫切的需要錢，沒有錢，怎麼過除夕，又怎麼能「換運」哪！

> 風從簷前的茅草上唱過，使這屋內添出一點生氣，但無限的寂寞壓住屋主的心頭比屋上的積雪更厚。竈與囤米的破罎也感到深深的寂寞滋味。

老楊面臨的正是最起碼的衣食問題，這段文字不僅精緻而且深入耐玩，老楊的寂寞與米罎的虛空，原是互為因果，他急需的，其實還是可以裹腹、可以應應年景的米。

適意的生活被毀了

門外的人聲，使老楊的心起了無數的波瀾，行人的對白裏，提到「兒子昨天才託人把錢帶家來」，「兒子」兩個字對老楊有所刺激，他孤寂的心弦一旦被觸動，悲涼的曲調便盪漾不已。

原來兩年前，老楊的生活曾經「過得很適意」。他健壯的兒子為人搬挑貨物，賺錢養家，一支香烟都捨不得抽，「對於貞順的妻是愛到不減於富家少爺太太們相親的程度」。媳婦幫著老妻替人洗衣服，孫兒正在牙牙學語的可愛階段，老楊自己也能掙幾個錢。一家人吃的雖只是鹹菜豆腐，醃的黃豆，由於妻媳用心烹調，「當一顆顆的從嘴裏滾進腹中時，老楊感到特別的滋味，生活對於他是極有意思的了。」孔子說過：「啜菽飲水，盡其歡」，老楊有個好兒子，親情濃厚，自然樂在其中。老夫妻倆愛兒子疼媳婦，作者藉一家人的對白動作，把和樂的清寒人家勾勒了出來。物質上雖然拮据，「但知識的簡陋使他們的憂愁反少於那些家資纍纍的富翁們，生活也過得很適意。」他們其實知足自得，快樂與金錢並非絕對有關聯的。

究竟什麼因素改變了這種適意的生活？拉夫！軍閥割據的混亂局面，壯丁是軍隊的動力，年輕人一旦被拉去，便毫無代價地爲軍隊服務，最後往往失去了影蹤，生死未卜，訊息全無。老楊的兒子是一家人的倚靠，他不能有任何意外；但是拉夫的軍官帶人荷槍來了，老楊把家中僅有的兩吊多錢，「掏出來請老總們吃茶抽烟」，暫時換回兒子的自由。然後兒子避風聲去了，他們巴望再見的日子，卻一直落空，城裏的軍隊開走了，兒子仍然沒有回來。

兒子失蹤之後，媳婦兒再醮，孫子跟著老夫妻倆，經常哭得悽慘，哭到力竭疲倦才停止。孩子的精神委頓了，笑容消褪了，病魔開始折磨小生命。「窮人害病天保佑」，幾次不藥而癒，終究孫兒夭折了。「好像人愈窮，天——老楊所相信的——愈不保佑他」。事實上，貧病交關，自古就是窮苦人家的悲哀。鄭板橋的兒子因生活困頓，營養不良而夭折；高植另一篇小說〈巷景〉

裏的秦媽也說過：家鄉鬧水災，小的孩子淹死，大的捱到冬天也餓死了❸。小生命本是未來最大的指望，貧窮卻斷絕了這份寄盼，老夫妻倆的精神好似掏空了一般，悲痛已到了盡頭，過度的悲哀長久積壓下來，神經逐漸痲木，過去的經歷似乎也變得虛幻不實了，作者鋪敘著：

> 這一切在老楊的記憶中都成為幻夢般的輕烟，今天在他的腦經（腦海？）裏重現出來也不復能引起他的傷悲了。

儘管是淡淡幾筆，這是相當深刻的描繪。白先勇的短篇〈一把青〉裏，女主角朱青經歷兩次死亡的打擊，新婚不久，丈夫飛機失事，她痛不欲生，纏綿病榻個把月；第二度戀人飛機失事，由於心如槁木死灰，她平平淡淡，照樣接待客人，搓痲將，哼著歌，贏了錢❹。兩相比較，我們或者能了解所謂「哀莫大於心死」的意義了。

打年貨的慾望

除夕這天，老楊儘是留意著打年貨的人，聽著他們的談話，老夫妻倆多日懊愁著的事，漸漸被逼迫到不能再沈默拖延了。「沈默不能使心中的懊惱也沈默。」一年三十了，該買點東西，最低限度要買點兒米。由於沒有最起碼的一丁點兒經濟能力，妻子只能重複丈夫的話語，用低微的「幾乎要脫力」的聲音漫應著。過午以後，老楊總算決定把妻子的夾襖（一位婦人贈送的）和自己唯一不上補綻的單袴拿去典當了買米。可憐的老婦表示了同意，「更覺得一兩日來的焦慮得了著落，面上的愁容消溶了一部分。」老楊這麼決定多少還有「骨氣」的，比起借貸總要好得多，因而「面上有些得意的表現」。不過，他心力交瘁，臨出門，「望著門外，態度上有點不敢跨出門限，好像他的老羸的身軀會被風吹倒，跌在深雪中凍斃。」視著這些字眼，讀者不免要爲老楊擔心吧！

作者似乎有意向我們暗示，老楊的老邁羸弱以及未可預卜的噩運。「他的身軀使他的步伐不能依照他所想跨的那麼大。」積雪載塗，一路艱辛的步行，對老楊來說，是相當大的考驗。而由於除夕特殊的心情，他看著街坊兩旁的店家，不自覺地想「跨到任何一家櫃臺前像別的人一樣吩咐店家朝俸拿出要買的東西。」當然，他的目標還是當舖，他自解「這是命苦」，看人家吃年夜飯了，自己縮著頭仍避不了風，於是低語著「他們的新衣服多末好呀！」衣食這兩項民生必備條件，對老楊都是奢望了。在當舖之前他吃了閉門羹，他不死心，「轉回身重行推了幾把」，絕望使他「氣也嘆不出來」。折回原路，他不禁感慨：「做乞丐也不錯啊！」他與老伴勉強算是有房子的人，比踡縮在破廟裏的叫化子好些，堂堂正正，想上當舖換取一點兒米，寧願忍飢耐寒，總算沒有淪爲向人乞討的叫化子；但目前的景況，顯然比乞丐還不如。「時間比他走得更快」，

「他的腿下部濺滿了泥漿，破棉褲溼透到皮膚，衣服的布條在尖刺的風裏被吹起飄蕩，像無數的小旗。」到家的時候，已經夜初了，他的內心，充滿了憤恨與傷悲。

小說突然有個轉折，柳暗花明，讀者也跟著看到了光亮。老楊的妻子遞給他兩吊無名氏施捨的錢，使得老楊「多縐的眼眶裏擠出兩道淚珠」。他打起精神，想趁天未黑，再進城去買米。城裏街道上已有爆竹聲，人們吃年夜飯了，也有人家開始「尋求快樂了」。他找到經常照顧的米店，「送元寶來的哪」，敲門之後，重複這麼說著，人家卻不肯開門。第二家，仍然是「不做生意了」。

他的腳步沈重，卻不得不吃勁地走著，「悲哀也表現不出來了，他成了一個失去知覺的人。」他沒有目的地默默走著，竟然來到另一家熟識的米店門前。小說的最後幾句是這樣的：

> 他拍門，他寂靜的拍著米店的門。門聲把街中的神秘的靜閴的空氣激動了。他的手斷續的在門上拍著。

我們要深思的是：「拍門怎會是寂靜的？」他的悲哀已經超過他所能負荷的了，他飢寒交迫，來回折騰，早已筋疲力竭，他是在努力拍門，而且斷斷續續地拍門，一線希望支撐著他，不肯罷休。然而他實在就快撐不住了，他的結果，可能就是凍餓之餘，拍門拍到脫力而倒下去。在除夕夜，爆竹喧天，家家充滿談笑聲，這或許不能怪第三家米店的不通人情，因爲他很有可能根本沒拍出比屋內的銅錢和談笑聲更大的響聲來呀！

死亡的陰影

老楊的「換運」，或許竟是死亡與生存的差異。作者前前後後，用了好多的「死」字來襯托他的噩運，這分獨具的匠心，把老楊這麼個平凡的匹夫描摹得無比的莊嚴。老楊原本不是迷信的人，他有力氣掙錢的時候，也不信命運；即使兒孫都沒了，老夫妻衣食沒有著落，瀕臨絕境，他也不肯告貸行乞，在他決定把兩件勉強看得過眼的衣褲拿去當舖的時候，他顯得有點遲疑，好像出門之後自己會「被風吹倒，跌在深雪中凍斃。」長久的掙扎，絕望使他悲觀，他已有「死」的預感。結果衣服沒當成，米無從買到，「他的老心又憔悴起來了。」「在他的目光中世界像在榻上彌留的病人，只賸有奄奄一息，死將降臨，死將籠罩一切。」他拿了無名氏施捨的兩吊錢再度進城買米，「如滷在悲哀之汁裏很久的，不作聲向前走」，爆竹聲響消止時，作者也述說：「便覺得特別的沈靜，若死將到臨大地，籠罩一切。」當他拍過第一家米店的門，被拒之後，「街心是死般的。」門內的鬆快、歡騰、嬉笑與幸福，老楊站在門外，只能領受到「死寂」般的另一個世界。他在第二家米店門口懇求再三，人家不肯開門賣米，他只好再「走」，「每一隻腳若有一千斤」，「然而他仍是死戰。」後來，他漫無目的茫亂地走著，碰見一個被逼債的人，向一羣人用充滿哀憐的聲音說：「現在，錢沒有，橫豎拼了一條命算了。」作者安排這麼一個走投無路的人，在小說裏原是可有可無，他與老楊並沒有直接的關係，但在老楊絕望得近乎痲木的時候，「拼了命」仍是有相當的呼應作用的。作者似乎著實在點明老楊終究脫不了一死，因而前後留下不少線索。在死亡的陰影籠罩之下，他在第三家米店門前，不死心地拍著門，文末雖以動作作結，迴盪在讀者耳際的「寂靜」的拍門聲，搖晃在讀者眼前的羸弱的身影，該是很深刻，也很具悲愴意味的。

高植的老楊在除夕夜裏斷斷續續地拍著米店的門，帶給讀者的是辛酸的影像；安徒生的賣火柴小女孩在除夕夜裏劃著火柴，凍斃時嘴角帶著歡樂的笑容，帶給讀者的眞是單純的慰藉嗎？童話世界對現實中受苦受難的人，是很好的提昇，然而只有純眞的孩童，才有可能進入完全無憂的「天堂」境地。老楊只是個平凡的小老百姓，由於他的淳樸和簡陋，他能在淸寒的生活裏，享受「適意」的情味，在他失去兒子媳婦與孫兒之後，老邁羸弱的身軀又不再能掙錢，瀕臨絕境的他，也亟盼能改變命運，但他沒有賣火柴小女孩的童心，現實的殘酷也不允許他幻想，他是努力過了，而且一直努力下去，莫非這只能用「命苦」來解釋了？

美國羅斯福總統曾在一九四一年，提及人類四大自由，包含「免於貧困」的自由，這是人類最大的企望啊！我們有幸生在今日的中華民國，大家溫衣美食，貧窮幾乎被我們掃蕩了，年輕的一代大多不曾體驗過貧窮的滋味。老楊的窘困是軍閥割據時代絕大多數貧苦老百姓的寫照，它是先民苦難的縮影，很可以做民國史旁參的資料。透過〈除夕〉的欣賞，我們希望全中國人都能永遠免於「貧困」，如何為全國人謀求永久的幸福，該是大家齊心努力的目標！

——原載於民國七十一年五月二十三日《大華晚報・淡水河》

附註：

❶〈除夕〉刊《新月月刊》第二卷第十一期，收入《新月小說選》，雕龍出版社，六十七年五月初版。

❷見《鄭板橋集》，頁四八，漢京文化公司，七十一年十一月初版。

❸見《新月月刊》第四卷第四期。

❹收入《臺北人》，晨鐘出版社，六十年四月初版；爾雅出版社，七十二年四月新版。

寧死不生的悲願

——葉蔚林的〈五個女子和一根繩子〉

現代文學在大陸，自一九四九年中共全面控制以來，政治教條的種種框架，幾乎扼殺了文學的生機。文革之後，「傷痕文學」頗有刺心的省思，但在暴露黑暗之餘，創作的藝術並未能兼顧。我們很興奮地發現，八〇年代的大陸新銳小說家，不僅承受海外當代文學作品的啓發，一片尋根聲中，產生了不少映現傳統文化、風土人情、關懷人性，而在藝術呈現手法上又極具水準的好作品。

在這些作品中，無可避免地，占二分之一人口的女性，多少受到了關注。雖然所占的分量不大，小說家筆下呈露的婦女問題仍是值得探討的。這些問題，有些是亙古以來，人類難以紓解的，有些是中國特有的鄉野習俗所造成不合人道的悲劇。婦女同胞絕大多數是認命認分，默默承受，把一切歸之天意；小部分人則是強力抗爭，自己開創前程。這類強者有的要被指責嘲笑，有的內心矛盾不安，只有極其難得的少數，能不顧社會壓力，毫無道德負荷，享受愛情，甚而享盡榮華，贏得世人的尊敬。

寧可死得淒美，不願活得屈辱

葉蔚林（一九三四——）發表於一九八五年六月的〈五個女子和一根繩子〉，是篇頗具震撼性的作品。它針對男性父權社會苛待婦女所造成的生不如死的桎梏，提出了嚴肅的大控訴。五個純潔可愛、青春活潑的處子，竟然對於「出嫁」充滿了恐懼。她們相信出嫁之後，只是男人洩憤洩慾的工具，還得受婆婆的虐待。在家中，早被認定是賠錢貨。平情而論，在娘家做女兒畢竟不算太壞，閨中女友嬉鬧也自有趣味，可惜太短暫，要能趁未出閣就吊頸死亡，便可以進「花園」，五個女子相約妝扮妥當，選擇了淒美的死亡。

五個閨中好友之中，死意最堅的還是最長的明桃，她提及「約個日子」，姐妹們還有些訝異。小說若是由四個小姐妹的疑惑不定中著手，描述生與死的矛盾，愛情與友情的衝突，友情與親情的衝突，也不無可發揮之處。

然而，小說的背景顯然是相當閉塞的農村，鄉野陋習逼得每個疑惑的女子都堅定了死亡的意念，作者就這麼冷酷、客觀地一幕幕展現家庭中婦女的問題。在五姐妹商議何時死亡的一段，作者曾經兩次插入兩隻鷓鴣鳥的啼叫。古典文學中的鷓鴣鳥都是成雙成對，而且濃情蜜意，啼聲猶如「行不得也哥哥」，也象徵人間男女纏綿的情意，作者冷肅的安排，卻是刻意的對襯筆法，一段連一段，都是對男女情愛與幸福的質疑，出嫁果然就如進了鬼門關，以致末節五姐妹同時吊頸而死，便能以荒謬的人生觀贏取讀者的認同。悲劇的張力頗大，正在於五個女子是以歡樂的步調，美麗的構圖，結束了生命，可惜是死亡之旅，儘管充滿著憧憬，讀者眼亮心明，那不過是個虛幻的假象。

老婦沒有地位

作者透過愛月的奶奶、荷香的嫂子、桂娟的姐姐三段出嫁女子的際遇，揭露女性世界的種種坎坷與屈辱。奶奶活到八十歲了，只有一個願望，要突破世俗的禁忌，生日那天，她想「坐席」。多麼微小的心願！然而鄉俗：「女人家一出嫁，就只配在灶臺上吃飯。」愛月代奶奶提出來，做兒子的卻尷尬支吾，八十歲都活過來了，奶奶仍不免傷心。她的長壽沒能改變她居家的地位，兒子稍有猶豫，等於是拒絕，堂屋裏的喧鬧，和奶奶房裏老人絕食、閉目僵臥，成了鮮明的對比。奶奶年輕時是手巧的美女，曾經是轟動一時，人人爭相覷睹的俏姑娘，「我好悔喲……」，這「悔」字透露幾十年歲月的虛幻感，引發愛月的傷感，也啓引她及早遊「花園」的心志，所以愛月做了美夢……作者處理得頗爲濃麗精緻。

林海音在〈金鯉魚的百襉裙〉短篇裏[1]，也表達過類似爭取地位的女子心願。她塑造一個相當堅定的兒子，留過學，有獨立思想，肯爲生母的心願，拚死力爭。於是，身爲人妾的金鯉魚，生前雖然穿不著夢寐以求的大紅百襇裙，至少死後的靈柩，是由兒子護著由大門抬了出去。葉蔚林這篇小說裏的愛月的爹，卻是個沒見過世面的平庸鄉巴佬，墨守成規慣了，即使出於孝思，也沒有勇氣突破陋習。在對妻子的態度上，他不也依循鄉俗，向來不直接對妻子說話？甚至於母親不吃生日餐，悶悶不樂了，他還照樣與客人喝酒慶賀，並且睡得酣熟。有這樣痲木不仁的兒子，才能烘襯出奶奶的悲苦；而在形貌上，奶奶目前的「老醜」和年輕閨女時期的美麗成了對比。更何況，若是趁年輕貌美的瑰麗，趕赴天上的「花園」，還是被憧憬爲一種永恒的抉擇；一旦失去機會，形成在現實歲月中歷經折磨，老了還未必免得了屈辱，百變千變，令人不忍再想，試想愛月焉能不哭？焉能不嚮往「死」的完美？

婦人生命沒有保障

荷香的嫂子常被哥哥無故責打，嫂子另有情夫，荷香同情她，爲她掩飾；荷香已經訂親，卻也另有男友。嫂子偸情的事被哥哥發現了，嫂子被裸體示衆，當場被毆打，人羣吆喝助陣，「照老規矩該沉潭！」「自己老婆，打死不償命！」荷香不顧一切，擋住嫂子，卻挨了哥哥一鋸梁，和她約會的男子認爲荷香不該多管，「偸人，自作自受。」於是，荷香由迷茫而憤怒，她上布店，買大紅燈芯絨。小說含留不盡的餘味，前文交代，五個女子相約穿著大紅燈芯絨去遊「花園」，荷香的具體行爲，已足以說明她對人世的絕望，只有轉而求取冥冥中的理想世界。

小說以「哥好」鳥的叫聲起筆，反諷人間男女之情的寡薄，也有意反諷「哥不好嫂好」。而嫂子的賢慧美麗卻被宿命安排，既遇人不淑，橫遭施暴，當衆受辱，還有可能被剝奪生命。這樣的不公平，只有荷香一人同情，因爲荷香也有近似的遭遇。無奈，不人道的鄉俗，甚至賦予男人無上的權力，包括毆妻與殺妻。與荷香約會的男子，既不能擔負責任，給予實質的婚姻保障，卻有心享有偸情之樂；在嫂子事件上，男子竟然暴露了潛意識裏的男性優越感，忘了自己鼓勵荷香的甜言蜜語。荷香一方面爲嫂子悲憤，一方面爲自己悲憐，男人都不好哇！葉蔚林對五個女子的情節安排，自有其講究：荷香安排爲有男友，正好可以看做是嫂子偸情的初階，唯獨這點類似，才便於引發感喟，堅定必死的心志。

沈從文的小說〈巧秀與冬生〉、〈蕭蕭〉，以及《長河》[2]的序文，都提及湘西對於不貞的女子有沉潭的懲戒。巧秀的寡母偸人，結果被剝光衣服沉潭；蕭蕭這個童養媳被騙失身，也差點步上類似的厄運。葉蔚林小說中所敍並非無的放矢，鄉人既然贊同「自己的老婆打死不償命」，嫂子的命運自然悲慘。問題是：從來沒有人去細想，丈夫憑什麼有權力剝奪妻子的生命？荷香知道，若非命運，哥哥配不上嫂子。男人不憐惜妻子，卻要求妻子完全的歸屬；只知道要面子，卻不曾想到婦女的意願，正因爲妻子被虐待、被忽視，她才會感情出軌，另求補償。D・H・勞倫斯《查泰萊夫人的情人》便有深刻的詮釋。

沈從文的〈蕭蕭〉，寫出了湘西人對童養媳的寬容，是因一時不忍心把蕭蕭沉潭，遠嫁又暫時沒有適合的人選，最後蕭蕭生下孩子，而且照常過日子，不能說不是幸運。在大陸，李寬定編寫的電影劇本《良家婦女》中，來不及等小丈夫長大的成年媳婦和長工戀愛了，雖然干犯習俗，卻得到黨組織的認可。年輕的婆婆無可如何，小丈夫依依難捨，可也祝福她另奔前程。基本上是肯定人性，和祖慰的小說〈冬夏春的複調〉揭露性苦悶與性覺醒的意識，可說是同一步調。但我們也不能忽略，《良家婦女》的編劇仍不免爲共產主義吹噓，把美好的結局歸之於共產主義之實施。至於葉蔚林〈五個女人和一根繩子〉，則純粹藝術手法，以兩組近似的男女關係，印證男權社會輕蔑女性，不顧女子意願戕害女子性命的怪事，全用烘托呈現，達到把第三個女子——荷香引至死亡的目的。

桂娟姐姐的故事，更是另一種缺憾，她難得嫁了個多情的郎君，又不愁吃穿，已有孕在身，陶醉在幸福裏；似乎很有希望可以替桂娟步上死亡之途，找到一些牽引回歸生之旅的強烈理由。然而，桂娟的姐姐問題出在生產，鄉人迷信，醫藥落後，時辰不對，大河漲水，佳婿回不來。叔婆按迷信方式驅除血盆鬼，也獨斷要留小孩放棄大人。收生婆用最古老的方法折騰產婦，姐姐失血過多而死去。她爲幾代單傳的夫家留下男嬰，自已卻在醫療簡陋的情況下枉送性命。爲何不能有相當的設備，保障產婦的生命？爲何叔婆有權力決定要犧牲產婦，保全嬰兒？姐夫把姐姐生前囑咐的一件藍燈芯絨對衿衫送給桂娟做嫁衣，桂娟喜歡，同時又想：「若是大紅的幾多好，省得另做。」作者煞筆有餘韻：桂娟也下定遊「花園」的決心了。

「花園」裡一切都好

在逐段呈現出嫁女子的種種不幸之後，作者部署了一個通靈的十八仙姑，拿預言來印證五個女子心中虛擬的樂園，也肯定人間的一切不幸不至於在天上重演。五個姐妹造訪十八仙姑，藉她的通靈找到三年前重陽節吊死的淑雲姐，她們詢問自己內心的疑竇，得知了花園裏也有男人，男人不打女人，男人把女人當寶貝——以上總括性破除「出嫁等於是進鬼門關」的認知及恐懼感。女人另有相好，男人隨女人的自由——這話消除了荷香所受嫂子事件的餘悸。花園裏的女人也生產，蠻順當，有醫生——這話平息了桂娟因姐姐難產致死所引起的驚恐。樂園既然那麼完美，難怪五個女子要「浮想聯翩，意往心馳」了。

通靈者的回答，或有可能是職業性的杜撰，明顯的線索是，要求多加兩升白米謝仙姑。然而這一場通靈嚴絲合縫地扣緊五個女子的心思，消解了五人對人間的一絲眷戀，堅定了一起遊「花園」的決心，而且就如預期地，選定九九重陽節。

在五個「求死」的女子當中，最大的明桃婚期在即，被迫早早遊「花園」，其他三人，都有女性家人的不幸事件做爲觸因，最小的金梅，則接近「盲從」。作者處理金梅的情節頗具匠心。她重情感，感激姐姐們凡事邀她；明桃曾救過她一命，幾乎是懷著報恩的心理，她要跟著明桃一起走。她承應搓好懸頸的長繩，長而勻，結實又柔軟。事實上，金梅沒有家庭問題，父母關懷她，臨出門赴約，她也遲疑不捨。怎奈少女心思複雜難測，小康之家的金梅的爹娘，根本意料不到女兒會是悲劇的角色。

作者不忘在緊張氣氛圍中，鋪設一些小揷曲：五人在油榨房，穿好紅衣裳，繫好漂亮的繩套，等距離站上堘子時，先讓性急的荷香扯繩套，摔個四腳朝天，於是嚴凝的氣氛中，有了輕鬆歡娛的笑聲。其次五人站成一個山字形，正是舞臺上女聲小合唱常見的可愛隊形，明桃發號施令，正擬一齊懸頸時，金梅忽然要屙尿。第三次揷曲，是傻子四寶突然闖入。若是重大的轉機，足以移轉五人的命運，也未必不可能。但年長的明桃急中生智，妥貼地安撫愛慕自己的傻子，讓他去摘花。當傻子採花回來時，「一切便已完結了。」原本，五個女子求死之意是不能更改的，也唯有如此，作者才能經營出令人不忍、不捨的情思。作者說：「這時，日頭驅散霧氣，火焰焰的紅，天氣果然很好。」寫景兼寫意。人生最悲痛不過的是「死」，五個女子一起尋死，包含多少悽愴悲涼，竟在明朗的喜劇氣氛下完成，淒美的景象，果然能讓老莊之徒以死者之樂爲樂嗎？答案顯然是否定的，作者的高明在此。

更巧妙的是，五個女子的人情世故面面俱到，臨上繩套之前，她們檢討：「有沒欠了、借了別人東西沒還清的？」處子的聖潔，靈肉的完美，絕不是以死亡逃避現實，更不是避債卸責。至於父母的養育之恩，依她們的理解，她們自問從未偷過懶、怠過工，她們確信已用勞動和汗水還清了。五個女子何以這麼肯定，親恩可以用勞動來報償？這多少有些唯物觀的反射。看過張愛玲《秧歌》❸的人，恐怕都記得周大有與譚金花結婚的理由：「因為他（她）能勞動」。那是標準答案，但總令人有突兀之感。葉蔚林或許有意說明被壓抑的女子在社會中得以自我肯定的，正是勞力的奉獻；由另一角度來說，世俗的價值觀，認為女兒是賠錢貨，她們既是賣力勞動，即使需要嫁粧，是否可看做應得的酬償？而五個女子未出閣就告別人世，是否可以看做是為爹娘省卻一筆粧奩費？事實上，父母的養育之恩，並非全在物質上報答就可以償還，人子的孝心，最重要的是精神上的慰藉。如今單以勞動就要還清親恩，除了舊社會出嫁女子能同時照顧娘家父母的客觀因素之外，無可置疑，還是出於膚泛的唯物觀。

小說原可以在「天氣果然很好。」就做結束，以歡樂的節奏，成功地表達淒美的詩境。但作者繼續描繪明桃和金梅兩家家長的反映。明桃的爹還是關心的，他先跑出門；作者不放過後媽的小動作，即使是死訊，對她來說，也沒有太大的衝擊，她理智地把留給明桃的一碗碎米紅薯粥倒回鍋裡，蓋好蓋子，於是她落在後面。十來天後，明桃的爹偷偷去取下五個女子懸頸的長繩子。金梅的爹向明桃的爹討繩子，兩人幾乎動了手，最後村人判給了金梅爹，因為：「證據充足：全村獨獨他家有苧麻。」筆者以為：小說結局除了交代金梅何以能自告奮勇承擔搓繩的工作，是因爲她家有莩廝；其他似乎作用就有限了。若是能補足雙親念女深情，那就不算蛇足，但從文意揣測，作者似乎意不在此。卽使強調親情之深，有助於提供反證，證明五個女子死得寃枉，對於全篇細心經營的「寧死不生」題旨，倒反而扞格不一致。因此，作者文末後續兩段，實是爲了強調「一根繩子」的下落，物質層面的考慮，遠過親情的傳達，還是脫離不了唯物觀點，因爲兩個爹爹表現的爭執，顯然擁有廝繩的慾望，並非是出於對愛女的悼念，或許親情一閃卽過，爹娘的冷漠正好證實：選擇淒美的死亡，果然有其必要。

與〈將軍族〉、〈雙鐲〉比較

大體說來，葉蔚林這篇小說，不僅主題鮮明顯豁，佈局均稱，首尾照應，結構綿密精緻。把許多婦女的重大問題，都藉由清淡敍描，自然呈現，含蓄蘊藉，足以震撼人心。至於全知的傳統手法，描述村女的動作有些過分粗野，只能算是大醇小疵。在臺灣，一九六四年一月，《現代文學》刊載了陳映眞的〈將軍族〉❹，他描述男女主角選擇了死亡，也是在喜劇的氛圍中進行。至於人物形象的塑造，心裡掙扎的刻畫，敍述觀點的純熟運用，結構的圓滿變化，陳映眞的創作技巧遠遠超過葉蔚林；不過，〈將軍族〉醞釀的死亡抉擇，似乎不如葉蔚林這篇小說，有水到渠成之勢。話雖如此，兩篇作品揭露人生的愁苦與絕望，則是異曲同工的。

大陸作家陸昭環的〈雙鐲〉❺，記述有關惠安女的不幸悲劇。在閩南僻遠鄉鎮，有那麼閉鎖的海岬，婦女們有許多約定俗成的陋習。她們和葉蔚林這篇小說所述的有些相似。也束胸，也珍視在娘家做女兒的聖潔，也怕出嫁，怕挨打，也心嚮死亡。惠安女甚至拒斥和丈夫發生肉體關係，她們相信，一旦懷孕生子，便「欠債」，不能再長住娘家，可能像惠花嫂子一樣，由一朵花變成一根麻棒，勞碌至死，還常常挨揍。惠花投海自殺，和小說初初揭幕時，躺在棺木裏送出山，引她大發感慨的村中姐妹步上同樣的命運。那姐妹是出嫁了受罪，惠花一則是由於同性戀產生拒斥男人的心理，一則也是丈夫的粗魯及流氓痞子嘴臉，始終沒能使心高氣傲的惠花消解去厭惡與恐懼，她終於以處子的純美投身海濤巨浪中。比較起來：〈雙鐲〉的筆觸較爲寬廣，惠花的同性戀女伴「秀姑」嫁個有情有義的夫婿，她不像〈五個女子和一根繩子〉中桂娟的姐姐，享有幸福的婚姻，卻難產而死；她生下男嬰，前程似錦。惠花與秀姑不同的命運，除去父母選婿重點差異——一重錢財，一重實心，兩個女子的個性也不同。葉蔚林的小說，在結構上，顯然配合婦女被苛待的主題做了緻密的經營；陸昭環的小說，則旨在呈現惠安女兩性的心理常態如何被壓抑、扭曲而摧毀。惠花代表無望的一型；秀姑代表掙脫桎梏、領略人生情愛、勇於迎接未來、充滿希望的一型。鄉土寫實各有所重，都自有其深摯動人的意義。

——原載於民國七十七年十月三十日、十二月一日《中華日報》副刊附註：

❶收入《燭芯》，純文學出版社，七十年四月。亦收入《中國現代文學選集（小說）》，爾雅出版社，七十二年七月。

❷〈巧秀與冬生〉，收入中篇《晚晴》中；〈蕭蕭〉爲短篇名作，光復書局世界名著《沈從文》已收入；《長河》則是抗戰時期寫成的長篇。

❸《秧歌》，五十七年七月，皇冠出版社。

❹〈將軍族〉，收入作者小說集《夜行貨車》，六十八年十一月，遠景出版社出版。也收入《現代文學小說選集》，爾雅出版社，六十六年六月出版。

❺收入《雙鐲》，風雲時代出版公司，七十八年三月。《聯合文學》第三十四期曾轉載。

浩劫後的展望

——賈平凹的〈鬼城〉

刊載於《聯合文學》第十期(七十四年八月出刊)的〈鬼城〉，是大陸年輕作家賈平凹（一九五五——）的作品。作者以疏淡的筆調，採用第一人稱旁知觀點，講述文革武鬥的悲劇，透過小說人物吳七，展現令人驚怖而又感喟的故事。小說的架構雖略嫌粗陋，但成功地維持了敍述口吻的一致性，能避去激情的吶喊，冗贅的議論，以及作者不能自已的介入，客觀呈現了一幅社會寫眞，卻又理智深沉地揭露了一些理想的光明企盼，就此而言，《聯文》轉載的這篇一年多以前的作品是頗難能可貴的。

我們無從確定敍述者的身分，綜合前後多次敍述資料，那是搭乘貨船的旅客，從關中來到漢江，要到漢陰去，是個年輕的讀書人，可能是文職人員。這些資料點點滴滴，自然浮現，使敍述口吻逼眞妙肖。小說便藉這麼一個初次踏上這段旅途的讀書人，和讀者一樣茫然無知地沿途採擷各種訊息。小說的懸宕效果極佳，敍述者的驚怖疑惑也就是讀者的驚怖疑惑，這些疑惑，在文末才透過守船老人的補敍，得到圓滿的解釋。在佈局方面，作者預留線索，不著痕跡，全賴讀者自已去貫串銜接，如此一來，小說深刻的寓意也就更耐人反覆揣玩。

傳奇的故事，陰森的鬼城

文革期間，吳山與吳七兄弟倆放棄水手本分工作，進城造反，吳山揪鬥樂人劉五。後來吳、劉各自加入對立的武鬥派系，劉五打死吳山的老婆，打壞小女兒一條腿；吳山綑了劉五，用炸藥包炸碎，用石頭砸死劉派俘虜；劉派又把吳派的人捉了，由高崖丟擲到漢江「下餃子」。吳七逃脫，勸吳山洗手，吳山反而命他去捉劉五的兒子，吳七於是帶了劉五的兒子和吳山的女兒遠走高飛。兩個小兒女後來知道彼此身世，大打出手，跛女孩傷了劉五兒子的脊骨，吳七責打他們，發狠要捏死他們再撞牆，孩子求饒，吳七便訓誡他們，要活下去，就忘掉父親，好好做人。

長大後，劉五的兒子成了弓弓腰，幸好自小跟父親學會吹嗩吶，又教會吳山的女兒，勉強湊合著過日子。吳七說成了兩人的婚事。一九七〇年，武鬥結束，三人回安康，吳山已被逮捕，他們趕到公判會場，大會已結束，吳山的屍體倒在會場上。吳七買蓆子殮了他，命令一對兒女為他吹嗩吶，和武鬥的犧牲者一樣，葬在鬼城。此後，吳七回漢江當水手，那對兒女結了婚，被安排在鬼城後山林場護山，他們蓋了房子住下來，嗩吶越吹越好，鬼城變成安康鎮的公墓，不再是可怕的地方。

小說有著頗富傳奇的故事，如果順敍下來，可能也相當動人，作者卻匠心獨運，別有作法。小說進行的時距不過一天一夜，由清晨開船，經紫陽城危崖，到安康，到鬼城，然後回船，直寫到次日船經淺灘。敍述者新來乍到，沿途看著風景人物，看著船員的哄鬧，聽著水手們的粗言酒語，所有的情節，全部經由敍述者的見事觀點呈現。

小說不過九千字，在起段活潑生動的水手對白裏，才推展五百字的光景，便點明了題目〈鬼城〉，「幾天來，他們總是這麼說吳七是鬼城裏來的，吳七就嘿嘿笑著不言語了。」這裏不但透露著玄機，作者如何穿插趣味的對白，醞釀陰森的「鬼氣」，也是值得推敲的。「家住鬼城？」的疑問，使吳七的臉變色，罵出粗話：「怎麼叫這個名兒？」仍然得不到答案。吳七時而粗野，時而熱情地流露著關懷，敍述者回應對船上的觀感，鋪描了漢江水運的概況，和沿途所見的女子。「很娟美的女子，幾乎都是白臉子，細蜂腰，極盡風韻。」這筆意令人想起沈從文自傳及小說中的「白臉長身」的湘西女子。

在「歡暢」的敍筆之後，敍述者稱許吳七是「英雄」，急轉而下，便寫出吳七的沉鬱。此後幾乎是一明一暗，時而諧謔歡笑，時而陰森沉悶，敍述者寫景寫人是酣暢愉悅的，觸及「鬼城」，吳七便有敏銳的反應，全船的氣氛也跟著低沉。船經紫陽城下游狹窄的江面時，先鋪描險峻的山崖石徑，狹窄的水道，「心都提上了喉嚨」，再附水手一句話：「小心，這裏有鬼了！」衆人閉氣，敍述者出了一身冷汗。渡過驚險的狹窄地段之後，才透過水手，交代當年兩派武門的慘劇，直說到吳山「住在鬼城……」，緊張嚴凝之氣自然形成。值得注意的是，吳山「住」而不是「葬」在鬼城，如此更增加後來隨吳七走訪鬼城的興奮與好奇。

船到安康，水手們都回家團聚去了，吳七主動引領敍述者去鬼城，一味天眞的敍述者，沿途介紹繁華熱鬧的窄街，訝異地跟著爬上南山坡。突然聽到嗩吶聲，被吳七扯了小跑轉過山坡，見到了送葬行列，見到一個衝天一個向地，吹著悠長深沉曲調的跛女駝男。吳七來到一座小墳前，無聲地哭了起來，這就是鬼城。

對敍述者來說，理解到的只是墳墓，卻有被捉弄的感覺，在吳山的墳前，吳七又阻止客人掬土添墳，加深了「冷情」的誤解；下山坡後，吳七與沖沖地要拜訪小屋，敍述者便堅持回船。在船上，守船老人劉石補敍了吳七的過去事蹟，前頭作者細心安排的情節，才能逐「點」用線聯繫起來。作者的筆法，明顯地是爲了便於安排懸疑。讀者至此了悟到，敍述者見到的年輕的樂者便是劉五的兒子和吳山的女兒，吳七所要造訪的便是他們。而吳七時而熱情奔放，時而憂鬱躁怒的多變形象，便有個貫串的主線，足以映現出這個角色的性格來。

當劉石敍說到：

這些武門中死去的人，就統統埋在城南山坡上，這派埋在這邊，那派埋在那邊，先距離得遠，慢慢多起來，中間只隔了條小路，從此這地方再沒人敢去，遠近叫做鬼城了。

明著是點明題目，那陰慘的氣氛，不亞於魯迅〈藥〉中的末節。讀過〈藥〉的讀者總爲末節有限觀點所鋪描出來的景況而愀然變色。華、夏兩個老媽媽清明時節都來上兒子的墳，一個是明說的華大媽，一個是可以料想到的夏四奶奶。那塊官地，中間歪斜著一條細路，左邊埋著死刑和瘐斃的人，右邊是窮人的叢塚。看到華大媽來上墳，讀者便了悟到：鮮血饅頭沒能生效，烈士夏瑜的鮮血救不活患了肺癆的華小栓。而那墳上的花圈、烏鴉與夏四奶奶期盼兒子顯靈伸寃的祝禱，的確呈現了作者所謂的「安特萊夫式的陰冷」[1]。在「鬼城」裏的墳場，對立的兩派武鬥的犧牲者也是隔著一條小路，埋在「一起」，這些原都是平凡的水手，在戾氣中盲目相殘而暴斃，死後有知，是重修舊好？還是繼續武鬥？多麼陰慘恐怖！吳七引領在前，劉石補敍在後，再想想紫陽城下游「有鬼」，以及吳七聽了「鬼城」便鬱怒的情節，對於作者氣氛的營造與客觀的鋪描雙線並行的才情，不能不歎服。

豪邁的英雄　沉鬱的水手

小說的重要角色吳七，作者全力雕塑，幾乎因此忽略了其他配角也應該略加著意。〈鬼城〉

中的人物，除了吳七與敍述者之外，只有守船的劉石及不具名的水手們，至於吳山與劉五，吳山的女兒及劉五的兒子只被敍述到，和街上的行人，沿途見到的女子一樣疏淡。劉石只交代是個老漢，說話的水手甚至不分甲乙一律無名，更不要說賦予角色不同的形貌個性了。敍述者本身，囿於旁知觀點的運用，形影模糊，作者最大的目的，是藉他來向讀者展現漢江水運沿線的風土人情，並且藉他的感觸來反映時代悲劇之可怖。吳七則是焦點所在，作者用對比的手法，鋪描人物的極端兩面，細緻地摹繪他的神態動作，具體呈顯他豪邁的本性與劇變後的陰鬱困結。由此暗示：武鬥慘劇的衝擊震撼對吳七所造成的心理負荷與傷害是如何的深刻。

有關〈鬼城〉的點和線，是隨時鞭刺吳七創傷的因子，作者精心地掌握了吳七微妙的情緒變化。人物登場時，在哄鬧中，吳七握住血淋淋的鷄頭，嘴裏粗鄙之極，流露了粗豪的本色。這豪放的水手「從口袋裏抓出一把蚕（蠶）蛹塞進口裏，嚼得嘴角流著白汁」，聽到敍述者讚美他「英雄」時，竟然無言地看著兩岸的青山，想到了死亡，提及不葬鬼城的心願。船開動時，吳七不讓敍述者幫忙，詼諧風趣而又熱情，顯現平日的常性，水手們的玩笑卻又招惹了他，罵道：「放你娘的屁！誰要再說鬼城的話，我一篙打下水去餵了魚鱉！」陰晴倏變，全爲了「鬼城」。

水手們講述武鬥慘烈，吳山「住在鬼城……」，話突然停下來，看那吳七「臉上十分嚴肅，緊咬著牙關，舉起了那竹篙，呼地插入水中，人就猴子般地將身子躍起來，慢慢地，慢慢地，往下落，船便不知不覺地運行而去，只聽見那沉沉的水聲和沉沉地從胸膛顫出來的呼吸。」簡潔的刻畫吳七外在行爲的誇大異常，「顫」出來的沉重呼吸，反映了他內心的激動難平，顯然這又是滿船靜寂，衆人都感染了他的陰鬱，而證之於劉石的補敍，他實在陰沉得有理！

吳七對敍述者表示關懷，水手們吃肉喝酒，他來攀談，談到「英雄」而轉趨哀淒，是粗豪到沉鬱。船到安康，他邀敍述者同去鬼城，也是出於熱情，唯恐旅途孤寂無聊，但觸景難堪，他又流露了沉鬱的陰霾。上了南山坡，轉向山溝，敍述者見了男女樂人殘廢而傷情，「吳七卻低著頭，出奇地慢下來，緩緩往上走，步伐沉重，似有千鈞的重量。」問話不理，末了竟又罵人。

第一人稱旁知敍述觀點無法描摹主角的心理感受，但作者傳達了吳七沉重的心情，證之於後文，吳七見了劉五、吳山的後人一副殘廢形象，前頭就是哥哥的墳，他當然愛哥哥，於公義上又不能不貶抑他，敍述者不能理解他對兄長的「冷情」，正是作者故弄玄虛，綜合劉石的補充之後，讀者便能領略吳七「無聲地哭」有多麼繁複的意義：激動、不捨、悵恨、悲苦。下了山坡，他又高興地要去小屋做客，被拒之餘，他罵開了，仍索借二十圓做贈禮，眞是晴陰無定，變化萬端，但我們也終能領會吳七的興奮與堅持，那是由於長輩疼惜幼輩，兼因水手豪邁性情所致。

吳七跟著哥哥先走船後造反，在吳山「殺紅了眼」的時候，他從死亡邊緣逃脫回來，何以竟能勸哥哥收手，及時把年幼無辜的孩子帶離是非之地，能讓一對血海深仇的冤家結爲連理，用情愛彌補了憾恨？這番心理的掙扎過程，作者的旁知觀點無法探觸。在吳山墳前稍作逗留，吳七便要離去，那爲什麼要來？「我來看看我是怎麼從這兒走出去的！」讀者與敍述者一樣是迷惑不解。這句話表示吳七是再度重新檢省一次痛苦的經驗，他的沉鬱失歡必有其故，但所能暗示的也只有這些了。如果改換由吳七向敍述者憶述傾吐，也許能使小說題旨深化，不過，交淺言深，安排起來未必順理成章。作者讓守船的劉石講述吳七的事跡，雖只是偏重事實的交代，少作個性的刻畫，但如此補足了前邊的情節，使整篇小說虛設的骨架活血生肉，靈動飛躍了起來，這無疑是高妙的手法。

深刻的寓意，微露的曙光

這篇小說以文革武鬥爲背景，當敍述者初次聽到兩派悲慘的爭鬥犧牲，想到原不過都是本分的水手，純樸而勤勞，他提出了質疑：「是什麼東西使他們仇恨到如此程度？」作者只是盡責地鋪展情節，不做任何的解答，留待讀者自己去思考。這透過敍述者提出的質疑，也可以說是對決策當局與政黨所提出的，小說微妙地只求呈現，這種寓意卻呼之欲出。

小說中，吳山的女兒與劉五的兒子，只隸屬於他們的父親，連個名字也沒有，塑造他們只是代表對立仇敵的第二代。當兩人得悉身世大打出手時，作者違乎常情，讓跛女傷了少男的脊骨，也許目的在對照彼此的傷害程度。他們一跛一駝，吹起嗩吶，衝天向地的殘疾形象，確實令人傷感。吳七爲他們指引了一條幸福之路，他們克服了憎恨，相愛相依。這對男女選擇了吹嗩吶的行業，在送葬行列裏，可以紓解死亡的陰影，嗩吶的音色，淒厲而悠揚，悲哀中帶著慰安。兩人的名義是護山，其實是守墓，慰藉孤魂寃鬼。可不是嗎？最敵對的兩大頭頭的兒女都成親了，還有什麼不能化解的？何況當年的文革武鬥是盲目的衝動所釀成的暴力事件！吳、劉的仇怨已成過去，第二代的和諧帶來了祥和，因而鬼城的戾氣都化除了。這是作者在小說裏爲我們揭示的光明與希望。

但是，住在小屋裏的劉五的兒子和吳山的女兒，是否眞能忘懷過去，盡棄前嫌，過得平靜、快樂、幸福？作者沒有安排敍述者跟著吳七去造訪他們，簡化了人物鋪描，大約就是要他們單純，略具象徵性質便足夠了。至於吳七，雖能爲小兒女引領一條道路，個人心中的藩籬卻無法卸除，過去痛苦的記憶，隨時刺激著他，使他忽喜忽悲，亦豪邁，亦沉鬱。他告誡一對小兒女：

> 既然不死，咱就活下去，你們都要忘了你們的父親，你們不是他們的兒女，他們都是狼，咱們要做人，要好端端活下去！

話說得決絕，重點在於爭鬥是狼性，是人，就得避免無謂的瞎鬥盲動，要好端端做人，便得忘去上一代的仇恨。這種主題，在話本小說、武俠小說裏相當常見，賈平凹襲用了這個觀念。事實上，剔除武鬥以後人性的扭曲，吳山是好水手，劉五是好樂人，他們仍有讓兒女懷念的優點。

司馬中原的〈山〉中，駝背老爹最後要徒弟小葫蘆給股匪頭子祝海昌磕頭，說：「這可不是認賊作父，這是……人倫！」父子之倫，怎能三言兩語扯消得了的？老爹送回親生兒子，終於感動了祝海昌，一場將一觸即發的暴亂，由於祝海昌自殺贖罪而消弭於無形[2]。吳七有意帶了一對兒女去找吳山，徵求他首肯這門親事，如果吳山不死，是否可能有圓滿的結局？

事實是，吳山殺戮太重，劉五已死，他不能不死，所以吳七收屍之後，說：「孩子，給你們的爹吹吹吧，他應該去死，咱們高高興興送他去鬼城吧！」看來多麼平靜的話，有如老僧參道，但是小說中吳七的形象，在在暗示我們：他並不平靜。他沒能掙脫公義與私愛的矛盾衝突，他激烈的情緒變化，正足以映現他對兄長的摯愛之深。

〈鬼城〉中，不止一次強調，吳七預示死後絕不葬在鬼城，儘管鬼城已成了安康鎮的公墓，那對年輕樂者住下以後，鬼城也不再可怕。吳七自然不是「怕」那些寃魂，他也夠豪爽，但對於死後葬身之地，何以刻意要避開鬼城呢？唯一的推論是：吳七對武鬥深惡痛絕，他對過去耿耿於懷。細細推尋，此中又有另一層隱喻，駝男跛女受武鬥的傷害是肉體的、有形的、短暫的、可以克服的；吳七所受的傷害是精神的、無形的、長久的、難以超脫的。

當敍述者轉述劉石有關的補充時，曾先下了按語：「他說的很多，但卻很籠統，常常就在那些在我看十分大的事件，他卻一句話就說完了。」像吳七如何掙脫死亡的陰影，忘仇施恩，撫養劉五的兒子，又撮合駝男跛女，自己爲何又單身流浪，永遠背負著痛苦的包袱，這些種種，也許正是「十分大的事件」，作者既已技巧地挑明在先，目的正爲了讓它籠統，好作隱喻，未能詳做交代，便不能硬說是瑕疵了。

劉石的尾語，人們「都在議論，說是那一對吹嗩吶的人鎮住了這些鬼……」作者自己揭開了迷霧，有如陰霾的天空初露一線曙光。敍述者第二天醒來的時候，看到船經淺灘時，船頭好幾個水手在努力撐篙，而遠遠的沙灘上，吳七領頭在拉縴，「斜著身子移動，很沉重，很有節奏，低沉的，卻十分有力地從胸脯裏發出嘿喲嘿喲的號子聲……。」小說戛然而止，令人有一絲承平歲月的喜樂之感。喝酒、說粗話都無損於吳七的形象之壯美，認眞嚴肅分工合作時，水手們都可敬可愛，這末句「胸脯裏發出嘿喲嘿喲的號子聲……」大不同於紫陽城附近險崖吳七「沉沉的從胸膛顫出來的呼吸。」工作的歡悅與掙扎的痛苦，截然有別，細細推想前頭的情節，同船的水手們對吳七的豪邁與沉鬱，既敬畏又寬讓，因爲他和父親一樣，必是出色的「混江龍」，「鬼城來的人」事實上是劉石評斷的「頂好人」。

作者用輕快的場景作結，似乎暗示著：吳七的未來還是有希望的。或者有一天他終於能掙脫往事的困結，單純地做個快樂的行船人；或者像其他水手一樣，也成家，生兒育女。年輕的駝男跛女既能新生，吳七當然也能！

文化大革命是中國近世驚天動地的歷史大事件，也是人類空前未有的大悲劇。多少逃亡香港的大陸作家，把慘痛的經驗，「冷漠」地寫成小說，看得白先勇等名家心驚肉顫。李歐梵把這類文學稱之為「浩刼文學」❸。暴露慘絕人寰的實際遭遇，是浩刼文學的共同特色，賈平凹卻獨具匠心，寫出了浩刼中的溫馨與浩刼後的展望。

「鬼城」中的吳七，能帶領一對小女兒掙脫「仇恨」的泥淖，重新創造幸福的人生；轉載於《聯合文學》第十二期的〈冰炭〉❹，也同樣蘊含濃厚的理想主義的色彩。作者刻意把勞改場安置在獨立孤絕的環境中，再塑造一個完美的女子——廚子的老婆白香（名字即有象徵性），讓隱含人道精神的最高司令——排長容納一個藝術造詣頗高的秦腔演員額外獻藝，也讓排長珍愛白香的美麗與智慧，容忍她直抒胸臆的「良知」之言，並且終究為她殉情。僅就〈鬼城〉與〈冰炭〉兩篇小說，卽可看出：作者如何苦心經營，在文革陰霾慘酷的人間世，探尋著人性永恆的光芒，流露多少浩刼後的企盼與希望！

——原載於民國七十五年二月十八、十九日《大華晚報·淡水河》

附註：

❶ 見魯迅《新文學大系·小說二集》導言。〈藥〉收入《吶喊》短篇小說集。
❷ 參拙作《細讀現代小說》，頁二四九—二五八，東大圖書公司，民國七十五年十月。
❸ 見〈白先勇談小說〉，收入《大珠小珠落玉盤》，頁一一，暖流出版社，六十九年六月。
❹ 賈平凹作品，副題是「班長、演員和女人的故事」。

莫言〈爆炸〉與〈紅高粱〉中的女角造型

〈爆炸〉

——委屈自憐的碩壯村婦

大陸小說家莫言（一九五七——），原載於一九八五年十二期《人民文學》的〈爆炸〉❶，主題在反映人口壓力與夫妻調適問題。所謂〈爆炸〉，一方面影射人口壓力已瀕臨飽和點，同時也是父親賞給敍述者「我」的一記耳光；再其次，就是公路上實有的爆炸聲。莫言以他獨具的主觀敍述語調，起筆便用五百字的篇幅，形容由純樸農民的老父摑掌在都市化了的城市青年臉上的一記耳光，包含著沉重的力量，崇高的尊嚴，重濁的聲音，「猶如汽球爆炸」，令他「感到一股猝發的狂歡般的痛苦感情在胸中鬱積。」

原來父親爲了兒子要求媳婦去施行人工流產而憤怒。父母和妻子在鄉間務農，靠勞力維持生活。他們留存農村多子多福的觀念，認爲目前只有一個女兒，多生一個何妨？偷生偷養也成。小說裏，墮胎只是丈夫一人的意願，甚至衞生所女醫生，和他們沾親的姑姑，也贊成把孩子生下來。所以即使說是領了獨生子女證，身爲幹部要領頭貫徹一胎制，莫言的主旨並不在指責國家強制一胎化的非人道，而著力在幾個角色對第二胎所持的觀念差異上。不僅父子兩代觀念不同，農村與都市人價値觀不同，農人與藝術導演價値觀不同，還有令人注意的是：夫妻不諧。從小說中的夫妻不諧可以透視牽涉的婦女問題。這段婚姻頗爲特殊，是早已配訂的女大男小，女子高大粗壯，男的秀氣斯文；女的毫無文化，男的是藝術導演。當年是男的被拉扯著去登記結婚，女的還背了男的渡了河。如今這男人要爭取自主，他要自己拿主張。他挨父親的耳光，但並不屈服，他扯了妻子，執意要做人工流產手術。

這婦人的造型非常特殊，大高個子，通紅的大臉，頭髮烏黑，豐滿的胸脯，第一次給小小的準丈夫看到的，便是「把一件被汗水浸白了的對襟式紅褂子撐得開裂」。她的腮幫子有些凸，小皮球般飽脹，沉重的凳子坐上去，便深陷入乾涸的河沙裏。她扛負了農家所有粗重的勞力工作。丈夫是在都市裏做文化工作——當藝術導演，穿著「有多餘的口袋和鈕扣，還有不必要的乾淨」的「都市裏通俗的衣褲」，顯得和農村格格不入；他的思想也和衣著一樣，和父母、妻子有著很大的差距。粗俗的妻子有些粗野的動作，一旦暴露在他面前，便侷促不安，她善於裝哭，好引起丈夫的注意。公婆反對墮胎，她可不認爲公婆向著自己。她是苦心瞞騙丈夫，偷偷懷了孩子的，一心想多生個男孩，聽清楚丈夫要她「流掉」，她眞的傷心，她眞的哭了。這個粗壯高碩的婦人，任由丈夫拉著袖管走，和以往截然不同的情勢。在乾河的沙土上，他們「走得粘澀，如氈上拖毛，洞裏拔蛇」。丈夫爲了安撫她，生平第一次喊她的名字「玉蘭」，僅爲了這麼簡單尋常的愛惜，她的臉一下子化了，收斂強悍頑執，她溫順地依了他。這透露一顆渴望濕潤的心靈。小說插入的一段妻子拉動碌碡，翻揚麥穗，耳聽小女兒手提收音機播放的李二嫂淒切的悲調，「呼嚕呼嚕哭著」的情景，呈現了這個沒有學養、教養的農婦，也正如劇中人一般，有著「孤單寂寞痛苦不堪的心情」，有著「對男歡女愛的幸福生活的嚮往。」那分明是一種委屈自憐的情緒反射。於是，小丈夫一點點的恩義，便使她感激莫名，放棄自我的企盼，依了丈夫。

在醫院裏，醫生並不完全贊同墮胎，她等候著，眼看耳聽一個產婦生產，她先是鄙夷那產婦的膽怯依賴，吹噓自己獨力撐持，「一袋煙工夫」就生了女兒；然而目睹產婦生下兒子，在女醫生的垂詢之下，她突然決定不流了。她跑出醫院，跪在梧桐樹下，悲傷地哭著。拗不過丈夫，終於說：「他爸爸，我聽你的，往後，你可得好好待我。」丈夫不受「白撿個兒子」的誘惑，她只有動之以情，用傳統農家的稱呼，做傳統妻子的要求。進產房之前，她回看丈夫「蒼涼悲壯的一眼」，出乎意料地，輕易不喊叫的人，生女兒時沒叫過一聲，此刻她叫了，是流掉孩子的無奈，是心理的壓力和創痛，使她脆弱易感，事後召喚女兒，她滿臉淚水。

在〈爆炸〉這個短篇裏，莫言採行今昔交錯的敍述，多是對比事件，經營的許多意象，也多具烘襯作用。爆炸，不只是人口的壓力，在小說中是父親的巴掌聲，代表長輩的怒責；是公路上傳來的現實界實有的聲音；也是醫院裏妻子動手術在丈夫心裏產生的焦慮感，使他「感到頭痛欲裂，腦殼等待著爆炸」。足見做墮胎手術的抉擇者本身，也未必輕鬆爽朗。作者既不指責當局政策，也不諱言壓抑人性潛在喜好子嗣的需求，是如何殘忍不易。最重要的是：他刻畫了一個酷肖逼眞的粗俗農婦，相當跋扈，卻還本分；偶然莽撞，卻也孝順；挺堅強，可又多情易感。在丈夫面前，她挺卑屈，可也懂得委婉力爭權益，爭不到權益，則又交換條件式的，要求好好對待自己。這樣一個多面主體人物，塑型相當生動，代表了農村婦女的一種典型。

生兒育女，是已婚婦女自然稟賦的特權，也是婦女母性的自然發抒。小說中的婦人，卻是沒有權力決定自己能否生養兒女；力爭無效之後，她便以加強夫妻情愛的保障做爲交換，這是個不得丈夫歡心，又沒有實權的婦人。中國有多少這類型的無辜婦女？

〈紅高粱〉

——美慧多情的前進婦女

莫言的〈紅高粱〉❷，豪壯雄渾，寫出抗日英雄的壯烈，呈現中華民族強勁無比的韌性。小說運用今昔參差錯綜呈現的手法，藉孫兒之口，敍述爺爺奶奶的抗日故事，尤其爺爺奶奶的浪漫愛情故事，以莽莽遍野的高粱地爲背景，把愛國情操與男女愛悅融合在一起。撇開最大的缺失——敍述觀點混淆——不談，這篇小說確實有它獨特的風味。作者對鄉土深刻的了解，透過心靈的契會，發爲燦麗的文字，寫景有情，寫情有致。本文想暫時剔除抗日英雄悲壯雄邁的事蹟，單就「奶奶」一角的塑造，探討莫言小說開放的成功婦女形象。

小說的章法刻意安排，隨著敍述者的意識反映，來呈現一個智慧、美麗、豪放、多情，敢於突破命運，爭取幸福，也贏得鄉里人尊敬的女子。毫無疑問的，這麼完美的組合頗爲奇特，尤其一個花花事兒多著的少婦，鄉里人能撇開倫理道德的觀念，接納她，頌揚她，固然與抗日事蹟有關，作者有心塑造婦女自立的典範，則是最大的因素。

爲了便於敍述，藉以探討作者選材及人物塑造的特色，姑且用第三人稱，各用角色本名，同時重新歸納組合，依照時間先後順序說明。戴鳳蓮十六歲時娉婷多姿，被許配給財主家獨子。花轎擡出平野時，免不了被轎夫折騰得嘔吐哭泣，想到閨友及轎夫都說新郎身染痲瘋，禁不住放聲大哭，昏沉中，把一隻小腳露到轎外。轎夫之一的余占鰲，輕輕地握住那隻小腳，「像握著一隻羽毛未豐的鳥雛，輕輕地送回轎內」。蛤蟆坑花轎被刼，新娘眼挑余占鰲，余占鰲揮腳踢刼匪救美。這奠定了後來情節發展的基礎。

戴鳳蓮花轎擡進單家大門，以及後來的情景，是在她被日本人槍擊重傷，臨死前的意識裏閃現的。她手持利剪，不讓男人近身，和陸昭環〈雙鐲〉❸中的惠花一樣。回門途經蛤蟆坑，余占驁刼了她，「在生機勃勃的高粱地裏相親相愛，兩顆蔑視人間法規的不羈心靈，比他們彼此愉悅的肉體貼得還要緊。」余爲她殺了單家父子，後來做了土匪，也是抗日傳奇英雄，是民間抗日武力的司令，曾經伏擊日本汽車隊，殺了日本少將，卻也犧牲了三百多個鄉親，和至愛的女人——戴鳳蓮。

余、戴有情，也廝守大半輩子，殺人而搶親，似乎在兩人心中並不曾留下任何不安，也沒有道德負荷，更難得的是余司令是抗日英雄。作者沒有悉心安排線索，究竟刼人搶人的土匪，如何轉化爲犧牲奮鬥的英雄？對於本質殊異的兩種行徑，應該有合理的轉化過程才對。

美麗的女子，兼具智慧和豪氣者，世間並不多見，戴鳳蓮卻是。伏擊日本汽車隊一役，便是採用她的計謀，調「鐵耙擺連環」，那是設定連環強固的路障啊！出閣時在蛤蟆坑遇刼，她鎭定從容，滿面笑意，眼挑余占鰲，激起他護花救美的熱情。先有遞送小腳回轎的輕盈體貼，再有這番護花救美，回門時的刼持，竟是情愛的完成了。她抽鴉片，但有節制，所以「始終面如桃花，神情清爽」，這就顯現她的智慧與定力了。她主持燒高粱酒的作坊，日本人來了，要牽走那兩隻大騾，羅漢大爺阻擋被刺傷頭部，她勸劉羅漢順日本人的意；日本兵垂涎她的姿色，她猛可手按劉羅漢的傷口，沾血抹臉，散髮張嘴，瘋癲地跳起來。這顯現了她應變的機智。她嚇走敵人之後，用燒酒洗臉，跪下磕頭，掬起一捧酒喝了，吩咐兒子照做，此其中蘊涵維護貞潔的節烈，感念長工的道義，以及憤慨敵軍的愛國情操等等複雜的意義。

戴鳳蓮的超人膽識，可以由另一件事情看出：余司令與冷支隊長爲了收編列隊有所爭執，各握槍枝，裝彈上膛，火爆衝突，一觸卽發。戴鳳蓮站在兩人中間，左手按著冷隊長的左輪槍，右手按著余司令的勃朗寧手槍，說：「買賣不成仁義在麼，這不是動刀動槍的地方，有本事對著日本人使去。」小說藉伏擊日軍一役，少年時代的父親手握余司令的勃朗寧槍，而轉述逆溯這段驚險鏡頭，戴鳳蓮的鎭定工夫近似俠女行徑。她還眞的是足智多謀，她促成余、冷兩支武力的合作抗日，也設想用鐵耙設路障，牽制日本汽車隊。小說從瘋了的玲子帶出「純種漢子」任副官的故事，由於余司令的叔叔余大牙強暴玲子，任副官以去留要脅，堅持要軍法從事，余司令不肯，戴鳳蓮勸說：「不能讓任副官走，千軍易得，一將難求。」這又是極具智慧睿見。任副官負責軍隊的教練事宜，確有其重要性，戴鳳蓮甚至豁出自己生命，不惜觸怒余司令，讓他終於槍斃了叔叔。作者處理得非常委曲婉轉，余司令事後對著任副官的背影放槍，戴鳳蓮帶了孩子爲余大牙披痲帶孝，至情至義，寫盡親情與法理之衝突，人物性格也掌握得非常成功。

這婦人有酒量，行事也勇於擔當。伏擊日本汽車隊前，隊伍靜候目標不至，孩子傳令要送抃餅，而且要她親自送。她不惜一身安享富貴的白嫩肉體，肩負重擔，壓出了瘀傷。她中彈之後，死神之手頻頻招呼時，她坦承自己不能嫁痲瘋病人，只有按自己的意願，自己做主。她愛幸福、愛力量、愛美。她不怕罪、不怕罰、不怕進地獄，只要活下去，多看幾眼世界。這婦人熱愛生命，創造命運，風流少婦花花事兒多，但她對余司令情深義重，除了沒有正式名分，她待羅漢大爺也許有些曖昧情愫，孫兒相信她敢做敢當，而且必有因由，羅漢大爺也確實非同凡響。這麼一個婦人，除去爲她枉死三條人命（蛤蟆坑的土匪及單家父子），大體上她聰慧美麗，可愛也可敬。作者塑造的是敢於面對現實，掙脫桎梏，開創前途，完全沒有道德負荷的前進婦女。篇中戴鳳蓮出嫁時蛤蟆坑遇土匪獲救之後，「撕下轎帘……呼吸著自由的空氣。」「凶狠的雨點打得高粱顫抖……打在奶奶的繡花鞋上，打在余占鰲的頭上，斜射到奶奶的臉上。」具體的描摹，也頗含象徵意味，此後戴、余二人關係不比尋常。綜括全篇的故事，共產主義那種貧苦無產者翻身的基本型態還是存在，因此，人物內心的矛盾衝突，毫不見文墨，作者著力的仍在傳奇浪漫，作者寫出了豪邁瀟灑，無拘無束，痛快淋漓的精神理想。

——原載於民國七十七年十二月二十三、二十四日《新生報》副刊

附註：

❶〈爆炸〉，刊於洪範書店《八十年代中國大陸小說選》Ⅲ，七十七年七月初版。

❷〈紅高粱〉，見洪範書店《八十年代中國大陸小說選》Ⅰ，七十六年十一月初版。

❸陸昭環（一九四二——）的《雙鐲》，風雲時代出版公司，民國七十八年三月初版。

懷鄉念家

——李潼〈梳髮心事〉平凡主題的深化融攝

相信李潼（一九五〇——）是勇於嘗試創新的作家。和〈恭喜發財〉相較，這篇〈梳髮心事〉展現了完全不同的風格[1]。〈恭喜發財〉以嘲弄的筆調，渲染知識分子的拜金歪風，嚴肅的質疑，還運用小說角色的朦朧視點，幻化出「灰黑影子」，代表老輩的責詢。寫實之中，寓含詭譎的氣氛，對天然資源及傳統美德的淪失，感喟憤激，盡在不言中。而〈梳髮心事〉再不見嘲弄與諷刺，是細緻的言情，最最平凡的懷鄉念家的情懷。特別的是，這不是少年飛揚的激情，而是中老年人內斂深沉的深情，一段四十三年的長遠的思念，藉著一把母親留交的梳子，及另一把盲眼老頭囑託的梳子，以繁複的結構，不著斧痕地展現。

這是都市文學，在某報社發生的故事。很可能是人事爭競、勾心鬥角的報社；很可能是匆匆去來、各自奔波的都市，卻有那麼一羣人，老中青三代，發展出這麼一個人情味十足的故事。難為的是，小說的布局，極盡懸疑、延宕之能事。一個平凡的主題，同時也是永恒的主題，透過巧妙的經營，緊緊扣人心弦，令人欲罷不能，感動不已。

〈梳髮心事〉的成功，泰半得力於融攝鄉愁於平淡的高度技巧。古代的詩詞，以白描最具撼動力；小說同樣是以涵攝深情於平淡，最能耐人反覆品玩。作者採取今昔錯綜的結構，現實進行的情節，是報社裏多具長才、一向敬業、相當和善的鍾老，突然反常，專欄續稿一再拖延；小吳和幗美陪他南下，準備把盲眼老頭的梳子親自交給那個經久不歸的兒子，鍾老緊張矛盾，中途折回；鍾老宴客，吐露四十三年的心事，小吳臨時布署，圓滿解決了梳子託交的事宜。鍾老反常，一再乾杯，回到報社，陰霾盡去，他又提筆了。補敍部分，過去情節的挿入，儘可能故佈疑陣：一、鍾老愛美，百般養護一頭黑髮，梳理之餘，細細剔理髮垢，虔敬而又鄭重，很有雅痞姿態。二、破梳子關係一個盲眼老人的念子之情。鍾老內斂，以為亂世兒女的悲悽，「說給人聽，恐怕得看人家的臉色。」他曾是祭祠離家的黑髮少年，母親送行遞交一把梳子，於是「梳髮」綰合起兩把梳子的故事。三、鍾老六十壽辰宴客，與會淋漓地向報社同仁披露懷鄉思親之情。於是，我們了解：鍾老為何養護一頭黑髮，為母親得留黑髮，為妻子得要白髮，又不免矛盾。為何鍾老書法老到，卻不肯輕易落筆書寫「家」字？為何圓桌拼上方桌，他看來像「山東半島」？為何一把破損的粗俗梳子，觸動他的懷鄉情結？一甲子生涯，四十三年暌隔，一向不足為外人道的心事，謙抑的長者，情何以堪？

為求懸宕效果，描摹鍾老，作者愼用客觀筆法，只見外在動作，全不涉及內心澎湃洶湧的愁懷。至於小吳與幗美的穿挿，充分表露了晚輩與鍾老的深刻情誼。中段小吳編導的善意扯謊表演，虛張聲勢，突然收筆，倒也別具韻味。這是一篇值得細細品賞的好小說。

——原載於民國七十九年五月廿五日《中央日報》副刊

附註：

❶〈恭喜發財〉七十六年十月三、四日發表於《中國時報・人間》，收入爾雅版《七十六年短篇小說選》。〈梳髮心事〉七十九年五月二十五、六日發表於《中央日報》副刊。兩篇皆收入《屏東姑丈》短篇小說集，遠流出版社，八十年五月。

温馴與掠奪的人性探索

——林黛嫚〈如水的女人〉

林黛嫚（一九六二——）並不完全是小說界的生手，在「希代」小說族羣中，也曾被推薦爲明日之星。這篇〈如水的女人〉[1]，前後兩年才脫手，貴在以平實的筆調，譜出多角愛情紛爭，無論情節如何離奇詭譎，敍述筆調則是一貫地從容穩健。小說探索了無數的現代社會問題，顯現作者對女性婚姻的關注。藉由細微的場景、人物之描摹，作者展露了觀察人生百態的敏銳能力；人物心理的刻畫又有繁複多面的雕琢功夫。年輕的作者對於人情歷練或許未必圓融練達，然而單刀直入，挖掘人性的鋒利手法，仍然不可忽視。

女主角郁美在顧家的青春歲月，早起操作，純樸渾厚，平淡自足。但是她天眞，不懂得逢迎，在家規森嚴、耳目衆多的顧家，她不討婆婆的歡心，不能長保丈夫的寵愛，不能避免小姑的嫉妒。她提出離婚，無人慰留，帶了兩個孩子，走投無路。十年閉鎖的鄉間家庭生活，使她一進臺北，就顯得拙劣蠢笨。小說不嫌瑣碎，描寫她頂著酷熱，攜帶孩子搭公車去辦戶口，辦理孩子轉校註册的細節；以及借住姐姐家的無奈，求職無門的沮喪。這樣毫無謀生能力的離婚少婦，竟然沒有任何贍養費，還帶著兩個稚弱的孩子，她是個「給人算計得死死」的人。

姐姐郁芬這個角色，塑造得有稜有角，生動傳神。姐妹倆極端的個性，矛盾中又有統一，因此營造出詭譎的愛情糾葛。郁芬礙著母親的情面，讓郁美到自己經營的西餐店裏當帶位服務生。出乎意料，郁美略加妝扮，別具丰姿，因爲謙恭、親切、溫和，吸引了兩個男人的注意力，連帶她的個性也有大幅度的轉變。三十年來的溫馴、謙卑，曾經容忍姐姐的覇氣、嘲諷，現在她使出手段，依賴男人，成了一個深蘊不露的掠奪者。於是兩個男士之間，她不選擇眞誠、篤實、事業有成而長相平凡的沈豐；卻蓄意向姐姐挑戰，打破貞操觀念，去爭奪英俊多金的花花大少祥夫。這種驚人的波瀾，幸好末了有頗切情理的迴轉，郁美爭取到一個店面之後，終於露出了樸拙的本質，兩人關係疲軟，祥夫徹底離開了兩姐妹。

兩姐妹重修舊好，郁美曾經接觸過的三個男人都結婚了。「她覺得自己像是水做的，任由命運爲她選擇容器」，作者有意將一切歸之於命運，其實在這篇小說裏，「如水」的意象，也兼賅了好哭的柔弱，隨地適應的堅強，依賴男子的手段，以及水性楊花的無常性等等微意。人物個性之突顯很可以做爲小說經營的重點之一。

如果從人性的探索，人生的歷練而言，以離婚的郁美幾經波折而自立自存的過程，揭示當代的女性難題，作者的命意頗爲嚴肅。而就整體小說設計來說，沈豐一角偏向理想性，如同作者另一短篇〈無岸〉❷中的鍾元衡，是挽救灰姑娘的王子，他對於愛情的執著，缺乏合理的醞釀過程，但沈豐長相平凡，多少寫實性強了些。郁美個性的大幅度轉化，照理必須精心預設伏筆；在沈豐和祥夫之間做抉擇，順性與矯揉，平實與冒險，人物內在的矛盾掙扎，很可以再做深入的揣摩。黛嫚還很年輕，希望她不斷力求突破，因此我特意「吹毛求疵」，期待她「更上一層樓」。

——原載於民國七十九年三月二日《中央日報》副刊

附註：

❶〈如水的女人〉，收入《黑白心情》，希代出版有限公司，七十九年三月。

❷〈無岸〉，收入《閒愛孤雲》，希代出版有限公司，七十六年十月。

長河書影

一本學者型的小說——《圍城》

《圍城》作者錢鍾書(一九一〇——),字默存,筆名中書君,江蘇無錫人。出身書香世家,清華大學外文系畢業,任教於光華大學中學部。獲庚子賠款公費留學英國,入牛津大學,後轉法國巴黎大學研究。回國後任教於西南聯大、藍田國立師範學院、上海震旦女子文理學院。著有長篇小說《圍城》、短篇小說集《人獸鬼》、散文集《寫在人生邊上》、學術論著《談藝錄》、《宋詩選註》等。

《圍城》出版於民國三十六年,在淪陷區的上海,兩年「憂亂傷生」中寫成。全書分九章,總共二十四萬餘字。書中描摹一大羣知識分子,尤其是許多留洋歸國學生,以揶揄的筆調,刻畫那些人的狂妄自大、不學無術、勾心鬥角、招搖撞騙,活脫是一部新的《儒林外史》。他也藉主角方鴻漸的幾次感情發展,部署了多角戀愛糾葛,對於複雜的人性做了深刻的諷刺。所謂「圍城」,「說是被圍困的城堡,城外的人想衝進去;城裏的人想逃出來。」不僅是婚姻的比喻,還象徵了人生的處境,探討人的孤立以及彼此間無法溝通的問題。方鴻漸大學畢業後,未婚妻已死，卻意外得到老丈人的資助，前往歐洲留學，在抗戰爆發那年由法國回上海。船上受混血女郎鮑小姐的誘惑，使暗戀他的蘇文紈妒火中燒；回到上海，鮑小姐投入未婚夫的懷抱，蘇文紈施展她的魅力。蘇是大家閨秀，法國文學博士，但造作矯情，方覺得與她只是兩條平行直線，沒有愛情。蘇另有兩個仰慕者：學政治的留美博士趙辛楣，及詩人曹元朗，方深知必須避開，偏又愛上蘇的表妹唐曉芙，不能不敷衍蘇，於是形成了五角繁複的關係。後來方向蘇表明心意，蘇心有不甘，破壞了唐對方的情感，嫁給曹；趙與方一起去後方三閭大學任教，盡棄前嫌，成爲好友。在三閭大學作者挖苦了許多知識分子，方雖也是買的文憑，相較之下，倒是誠實；同行的孫柔嘉，初時婉順，用盡手段，擄獲方鴻漸之後，便伶牙俐嘴起來。回到上海之後，雙方缺點暴露無餘，加上兩方家庭互相挑剔，口角演變爲打架，作者刻畫了一個積極爭取婚姻的城府極深的女性。卷末方鴻漸懊惱爭執失控，夫妻既已決裂，考慮去重慶投奔趙辛楣。

《圍城》揭示了愛情的虛妄，人與人相處的困難。他的白話語體靈活自然，意象的經營，細節的處理，都極具匠心。他大量運用明喩，使文字更形精潔，蘊藏機鋒，其中的幽默發人深省。書中的角色，不分大小都有交代，讓人有熟稔的感覺；不過情節推展略嫌龐雜，陪襯人物寫得過分細緻，有枝蔓之感；有些比喩難免刻薄，與情節毫無關連；有些地方太著重幽默趣味，穿插不必要的笑料，沖淡了主題和情節；而全書只分九章，也過於沉重。整體說來，這是一本學者型的小說，文筆和蘊意遠比小說的情節還要吸引人。

童稚眼中的成人世界

——《城南舊事》

《城南舊事》作者林海音（一九一八——），本名林含英，臺灣苗栗人，生於日本，長於北平。北平新聞專科學校畢業，曾任北平《世界日報》記者、編輯，臺灣《國語日報》和《聯合報》編輯、國立編譯館國語科編審。現任純文學出版社發行人。林海音的小說作品除了《城南舊事》，還有《綠藻與鹹蛋》、《曉雲》、《燭芯》、《春雨麗日》、《孟珠的旅程》、《春風》等。她另有散文、兒童文學、遊記、廣播劇本的創作。

《城南舊事》於民國四十九年由光啓出版社出版，後來又由純文學、爾雅出版社共同印行出版。《城南舊事》寫的是民國十二年至二十年在北平的一些回憶，以幼女童的口吻，第一人稱敍述觀點，敍說一些遙遠的事跡，一些尋常百姓親切活絡的現實世界。小說由〈惠安館〉、〈我們看海去〉、〈蘭姨娘〉、〈驢打滾兒〉、〈爸爸的花兒落了〉五個短篇組成。它們各自成篇，透過英子的成長，卻有彼此的連貫性。除了英子及其父母、宋媽，每篇都有敍說的主體人物。而每一段故事結尾時，其中的主角都離開英子，最後一篇〈爸爸的花兒落了〉，父親也離開英子，英子的童年也結束了。英子大致是林海音童年的縮影，小說有著寫實的自傳性質，由於採用幼童的視點，只有一、兩處看到政治動亂的痕跡，但是在英子童稚歡愉的視覺裏，讀者可以觸及到成人世界的悲歡離合，作者呈現了廣大的中國尋常百姓的喜樂哀愁。小說近十萬字。

作者成功地運用了第一人稱旁知觀點，巧妙地布置了一層童騃的迷濛視點，因此流露了童話般的濃厚詩意。〈惠安館〉中「瘋子」秀貞與英子對問生辰八字的一段，就是很好的例子。〈驢打滾兒〉中，宋媽離去的悲戚，也在幼童視點之下，以純眞的歡愉沖淡了成人世界的哀傷成分。爲了保持完整的第一人稱旁知觀點，作者藉小說其他人物的對話，透過英子模糊的理解，讀者自有理路能繫聯起整個事實，朦朧氛圍的釀造，達致相當迷人的效果。《城南舊事》除了是作者童年的追憶之外，也寫出幼童眼中的成人世界。透過孩童視點，抽繹人性的美善，呈顯了成人世界忽略的情義。〈惠安館〉中成人遠避的「瘋子」思夫念女，是感天動地的至情人物；〈我們看海去〉中成人世界的「賊」是輔導幼弟的模範兄長。爲了情節敷展的需要，作者也藉英子的思緒與現實人物的動作交錯呈現，並穿插憶述的筆法。小說的節奏是明快的，既能客觀地呈現成人世界，又能巧緻地表達珍貴的童心，〈蘭姨娘〉一篇，便能在典雅流暢的文筆中，予人多方面的啓示。至於小說人物特有的鄉音和動作，以及北平的故都風味，栩栩傳神，也是《城南舊事》的長處，更不在話下。

描摹複雜人性與人際關係的藝術精品

——《張愛玲短篇小說集》

張愛玲（一九二一——）本名張煐，生於上海，受過私塾教育，十八歲入香港大學，因太平洋戰爭爆發，學業未竟而回到上海，民國三十二至三十四年之間，以短篇小說集《傳奇》在上海走紅。後來在香港、臺灣出版，改稱《張愛玲短篇小說集》，她還著有散文集《流言》、《張看》，長篇小說《半生緣》、《怨女》、《秧歌》、《赤地之戀》等。

《張愛玲短篇小說集》收錄了作者二十三至二十五歲所寫的十五篇短篇小說，篇篇精采。〈傾城之戀〉寫一對精刮的男女，稍矜持，半誠懇，在結婚與同居之間爭執，終於靠戰爭喚起相濡以沫的情感，做了平凡夫妻。〈留情〉寫相差二十三歲的夫妻，純粹爲了生活，而彼此善待，親友都認爲即使暫時做妾也沒關係。〈紅玫瑰與白玫瑰〉寫一個重視社會地位的男子，割捨熱情、直率的朋友妻的愛情，選擇了蒼白乏味的妻子，而後不斷地自省、自憐、自棄再改過。〈金鎖記〉寫一個爲金錢奴役的婦人，不僅葬送自己一輩子的幸福，也毀了兒女的幸福。〈等〉藉一羣診所候診的太太們對花心丈夫的期盼，呈顯二十年代婦女的無奈。〈鴻鸞禧〉藉一對夫婦完婚前後的細碎小節，來呈顯時代變動下，兩代間的不和諧，人與人之間的難以溝通。〈年輕的時候〉寫一個浪漫詩味的精神戀愛，如何在「爲結婚而結婚」的女方現實壓力下粉碎。〈封鎖〉藉戒嚴時電車上一段調情，刻畫好教養的好女孩如何欠缺人生的情趣，又如何容易受騙上當。〈琉璃瓦〉是一個有六位漂亮姐妹的家庭，父母忙著爲她們擇婿的故事。〈花凋〉是一個在家庭中不被重視的么女兒，染上肺病之後，被她腐敗的家庭所遺棄的故事。〈沈香屑——第一爐香〉寫大學女生貪慕物質享受，逐步被逼誘爲娼的故事。〈沈香屑——第二爐香〉寫一個寡婦的畸形性教育毀了兩個女兒的婚姻，兩個相愛的男女因爲對愛認知的差距過大而造成悲劇。〈茉莉香片〉是欠缺溫情滋潤的少男，尋找心靈的父親，積壓的心理不平衡，發展爲莫名的暴力行爲。〈心經〉是沒長大的少女戀父情結發展出來的畸形家庭悲劇。至於〈桂花蒸——阿小悲秋〉倒是挺寫實的蘇州娘姨幫傭的故事，藉阿小的堅毅與洋主人的浮濫，探討了男女關係的各種模式。

張愛玲善於描摹複雜的人性與人際關係，融合中國古典小說與西方文學技巧，以豐富的意象，巧妙的譬喻、象徵、暗示，及電影溶入淡出的手法，運用她獨特富於詩味的小說語言，寫出一篇篇精緻的藝術精品。她的小說具有繁富的意涵，穠麗的文筆，深刻的人事滄桑，不僅巧立篇名，起筆考究，通篇的經營，處處匠心獨運，開啓了一種嶄新的小說創作風格，影響了不少後起的小說家。

風靡華人世界的《金庸作品集》

《金庸作品集》作者金庸，本名查良鏞（一九二五——），浙江海寧人，中央政治大學外交系肄業，上海東吳大學法律系研習。曾任職於《大公報》，寫影評，編電影劇本，也當過導演。後來創立《明報》，著有武俠小說《書劍江山》、《碧血劍》、《大漠英雄傳》、《神鵰俠侶》、《雪山飛狐》、《飛狐外傳》、《倚天屠龍記》、《連城訣》、《天龍八部》、《俠客行》、《笑傲江湖》、《鹿鼎記》、《白馬嘯西風》及《鴛鴦刀》等十四部。

金庸的武俠小說風靡華人世界，是華文讀者羣最多的作家。武俠小說是中國傳統文學的一種特殊體裁，它至少必須包括武功、俠義、愛情等項目，有時還兼含誌怪的特色與龐大的歷史背景。金庸雖然學的是外交和法律，他的志趣倒在於文學與藝術。他的武俠小說中的武功寫來雖偶而難免誇張，卻有武學的依據，合情合理。小說中的主角多數是俠氣過人，重情重義。他的想像力豐富，小說情節變化多端；塑造的人物個性統一，令人印象深刻；文字兼融古典與現代，典雅而流暢，極富感染力。他對圍棋與儒、釋、道的淵博學養，以及古詩詞的造詣，也使他的小說人物更爲靈活跳脫。

金庸從民國四十四年開始寫武俠小說，前後二十幾年，觀點有些改變。《書劍江山》與《大漠英雄傳》有大義凜然、漢賊不兩立的意涵；《天龍八部》與《鹿鼎記》卻顯現較寬廣的視點，從複雜人性的刻畫，讓人了解到漢、胡的分別並不等於善惡的分別。而《倚天屠龍記》與《笑傲江湖》中的正派和魔教之爭，更突破了簡易的是非、好壞的區分；正派中人不乏邪惡的僞君子，而魔教中人也有俠士與俠女。金庸的作品有相當明顯的佛、道思想，武功極境常是天人合一，沖虛空無；武林爭霸最後常是一場虛空。他的小說人物不少是退隱山林的。他塑造的可愛人物多的是活潑靈動、本質淳厚，卻不受禮教拘囿，似有檢討僵化制度的意味。筆下的幫派組織，主事者往往不擇手段要部屬絕對服從，似有檢討個人崇拜的深心。

金庸的武俠小說不僅脫胎於民初的武俠小說，也融用了西方偵探小說與電影的技巧，而且巧用西方現代小說的敍述觀點，增強了小說的吸引力。透過廣大的讀者羣，傳揚了中國傳統文化、道德，不僅是消閒作品而已。但是武俠小說畢竟與現實有著相當的差距，儘管寫得生動，有著許多耐人品味的地方，須知與眞實人生不同。而作者寫作都是逐日在報刊發表，雖然新版多少已做過刪改，創作藝術上仍不能苛求，因爲它畢竟不是純文學的創作。話雖如此，金庸確實以他非凡的創造力，開創了武俠小說的新紀元。

刻畫卑微小人物的歡喜哀愁

——《嫁粧一牛車》

《嫁粧一牛車》作者王禎和（一九四〇——一九九〇），臺灣花蓮人，臺大外文系畢業。曾任花蓮中學英文教員，在臺南亞洲航空公司、臺北國泰航空公司任職，後來轉往臺灣電視公司電影組工作，介紹的影片影集近四百部。他曾前往美國愛荷華大學國際作家工作室研究一年。著有短、中、長篇小說集：《嫁粧一牛車》、《寂寞紅》、《三春記》、《香格里拉》、《美人圖》、《玫瑰玫瑰我愛你》、《人生歌王》等。

王禎和的小說集有些重複收錄的情形，《嫁粧一牛車》就有兩個版本，金字塔出版社的本子收錄五篇，遠景出版社的本子則收錄九篇，包括民國五十年到六十二年的創作短篇。王禎和的小說百分之八十以上寫的是花蓮的人物景觀，《嫁》中只有〈小林來臺北〉是以臺北爲場景。〈嫁粧一牛車〉可說是王禎和的代表作，描寫一個因重聽而失去許多工作機會的男子迫於生活的困頓，無可奈何地以一輛牛車的代價，與另一個男人共同享用自己的妻子。〈鬼・北風・人〉嘗試了意識流的手法，刻畫一個卑微、猥瑣的小人物，倚賴成性，對姐姐有曖昧的情感，融合了閩南語的語彙，大致具備了王禎和小說的特色。〈快樂的人〉敍述徐娘半老的含笑，輕蔑鄰戶綠珠的娼妓生涯，其實自己過的也是不斷換情夫的皮肉生涯，且必須造假信來騙錢去賭、去花費。〈來春姨悲秋〉描寫被糖尿病纏磨的來春姨，耗盡同居人阿登的退休金，鬥不過媳婦，被迫割捨了二十五年相濡以沫的感情。〈五月十三節〉刻畫小鎭小商家的無定感。羅氏夫婦各接待兩組客人，雖然男女有別，情節雷同，誇示惡性競爭中老商號的沒落與掙扎。〈永遠不再〉完整地運用弟弟的敍述觀點，講述兄弟兩人不同的婚姻故事。賢慧的妻子是幸福婚姻的源泉，這是兩個故事對比給讀者的啓示。〈那一年冬天〉描寫一個老人用盡微薄的退休金後，投靠遠房姪女，管理租書店，卻弄得灰頭土臉，喪盡尊嚴。〈兩隻老虎〉以揶揄的筆調，荒謬的情節，描摹一個侏儒式的生意人——阿蕭，藉務實的東海襯比突顯阿蕭的極端自卑與相對的自大。〈小林來臺北〉則以來自鄉村的純樸青年視點，諷刺航空公司服務人員的崇洋與勢利。

王禎和受華克納、亨利・詹姆斯等英、美作家的影響，作品有濃郁的地域色彩，講究敍述觀點的運用及意識流的手法；他也受日本小津安二郎寫實派電影的影響，期望將藝術與社會大衆密切結合。他刻畫自己熟悉的小人物，融合閩南語方言，以誇張的動作，增飾的悲感喜感，用諧謔、諷刺、揶揄的語調，客觀冷靜的觀照，寫出一部部兼融了喜劇精神的悲劇，或者可以說是無可奈何的悲喜劇。

大學生成長、奮鬥的心路歷程
——《蛹之生》

《蛹之生》作者小野（一九五一——），本名李遠，福建武平人。師範大學生物系畢業，美國紐約州立大學水牛城分校研究所研究。曾任陽明醫學院助教，紐約州立大學助教，中央電影公司製片企劃部副理兼企劃組長。著有小說集《蛹之生》、《試管蜘蛛》、《封殺》、《我的學生杜文燕》；另有散文集《生烟井》、《麥當奴隨筆》；詩集《始祖鳥》（與近人合著）；小說及劇本《擎天鳩》、《成功嶺上》、《寧靜海》。曾獲《聯合報》小說獎、中國文藝協會文藝獎章、中華文化復興委員會金筆獎、中華民國編劇學會最佳編劇魁星獎。

《蛹之生》是小野的處女作，總共收錄十五篇中、短篇小說，約二十萬字。選作書名的這篇所占篇幅最長，近七萬字。作者藉幾個有理想、有抱負的大學生成長、奮鬥的心路歷程，以「蛹」的大掙扎、大革命象徵成長需要重大的突破。無論主題的意涵，人物的刻畫，時代精神的反映，都有值得稱道的長處。其他絕大多數的篇目，是以大學生活爲藍圖，像〈周的眼淚〉、〈遺傳〉、

〈笛・沙鷗〉以及〈蛹之生〉更是以小野個人所學的生物做爲小說人物研究的範疇。〈周的眼淚〉檢討大學生分數主義的偏差，〈遺傳〉提示信心關係一個人的成敗，〈笛・沙鷗〉藉一個養病的哲學系女生早熟的參悟，使孟天爵了解自由自在與永恒的意義，〈蛹之生〉則把個人研習生物與寫作的雙重身分，離析爲兩個重要角色，並使生物影響秦泉的小說創作，「蛹」不僅富含象徵意義，「蛹之死」是幅畫作，〈蛹之生〉是篇小說。另外，〈夜梟〉揭露投機主義者終歸失敗，〈財迷〉點出心靈上的財富才值得擁有，〈家教這一行〉強調大學生兼家教的自尊與自負，〈光棍船〉描寫大學男生追求女生時的種種互助互慰的情形，〈網〉則有較爲繁複的情節，友情與愛情，理智與感情，三個男女學生都有恰如其分的表現。〈長髮先生外傳〉描寫一個徘徊在大學門內外的浮蕩青年。〈陳嫂的煩惱〉描繪陳嫂爲兒子相親娶媳婦煩惱之外，也刻畫了一個謙和有禮而又義正辭嚴的兼家教的大學生。至於取材大學校門之外的幾篇，〈第六個兒子〉寫送走五個兒子去留學的心臟病老人，把海綿枕頭當作第六個兒子，抱著它死去；〈白沙灣的驟雨〉從海灘弄潮的人羣，寫出整個近代中國的縮影，選材頗具震撼性。

小野並不是攻研文學的專業作家，卻能在一起步就獲得廣大讀者的喜愛，除了他以大學和大學生做爲描摹的題材可能有關之外，他對國事的關心，對大學教育實質的關懷，對青年五育兼顧的看法，加上用筆眞切，滿懷熱誠，是他成功的因素。

充滿唯美詩味的《停車暫借問》

鍾曉陽（一九六三——）的《停車暫借問》於民國七十一年由三三書坊初版，兩年半之間銷行三十五版，成爲青少年喜愛的暢銷書。鍾曉陽生於廣東，長於香港。香港瑪利諾書院畢業後，前往美國密西根大學研習電影。民國七十、七十一年以《趙寧靜的傳奇》愛情小說轟動香港及國內文壇，《停車暫借問》是其中的第二部。她還有散文集《戲說》，小說集《哀歌》、《愛妻》、《流年》等作品。

三三書坊出版的這本《停車暫借問》，其實應該叫做《趙寧靜的傳奇》。它包括〈妾住長城外〉、〈停車暫借問〉、〈卻遺枕函淚〉三部分，總共約八萬四千字。小說藉趙寧靜這個女主角探討純眞率性、奔放熾熱的愛情在傳統大家庭的壓制之下如何展現。〈妾〉的男主角在後兩部裏沒有再出現，背景在東北；〈停〉、〈卻〉的背景包涵東北、上海、香港，男主角同一個人，卻是前後完全相異的情境。女主角前後兩個戀人，都是家人、朋友不認可的人。〈妾〉中的千重是日本人，在抗戰時期被日本蹂躪下的東北，和日本情人秘密苦戀，戀情隨著勝利的到來終告結束。〈停〉與〈卻〉中的林爽然，則是一個訂過婚的人，雖有表兄妹的名義，頻繁的往來，仍不免遭受物議。加上母親過世，姨娘掌權，追逐者設計，時局動盪，兩人沒能結婚。十五年後重逢，趙寧靜已嫁作人婦，林爽然的落魄與體貼，終使得趙寧靜的努力白費，她再也無法挽回這一分情緣。

鍾曉陽的母親是東北人，爲了寫《趙寧靜的傳奇》，她特地跟隨母親到東北，實地觀察當地的風土人情。鍾曉陽受的是英文教育，卻有深厚的中國古典文學的根柢，這不能不說是天賦異稟。我們可以在小說裏發現白居易的〈長恨歌〉詩句，李清照的詞，以及張愛玲的小說筆調。最明顯地，〈妾〉、〈停〉的題目，是從崔顥〈長干行〉的詩句：「君家何處住，妾住在橫塘。停船暫借問，或恐是同鄉。」轉化而來。〈停〉中的兩位重要男主角登場都和題目有關。作者以特殊的古典風格細膩地刻畫趙寧靜的動作、心態，靈活的比喩，典麗的詞藻，在八十年代小說多元化手法中獨樹一格。唯一的缺點是兩段戀愛如何墮入情網，醞釀都嫌不足，情節鋪展缺少成熟的歷練做基礎。但是鍾曉陽敏銳的觀察，豐富的想像，融合古典詩詞、散文於現代小說的獨特筆調，配合許多象徵、比喩的手法，確實具有非常大的感染力。她經營小說的匠心，超凡的文字駕馭能力，使她的小說讀來充滿唯美的詩味。

極短篇小說賞析

愛情眞的需要驚天動地嗎？

——顧肇森的〈最驚天動地的愛情〉

驚天地，泣鬼神，多的是感人的愛情故事。「問世間情是何物，直叫人生死相許。」一生一世的愛，生死相許的愛，誠摯眞切的愛，是不是一定驚天動地呢？顧肇森的極短篇小說〈最驚天動地的愛情〉就探討了這個問題。

顧肇森（一九五四——），浙江諸暨人，東海大學生物系畢業，紐約州立大學理學及醫學博士。在紐約擔任醫職。著有：小說《拆船》、《貓臉的歲月》、《月升的聲音》；散文集《驚艷》、《感傷的價值》。〈最驚天動地的愛情〉是《聯合報》第十二屆小說獎得獎作品，收入聯經版《小說潮》中。

〈最驚天動地的愛情〉這個極短篇，可以說是極爲濃縮的作品，全文不過一千三百字，作者卻介紹給我們五個人物不同的愛情觀，而且頗爲考究的，每個人物的思想情感，說話語調都和他的身分、職業相切。顯然作者是有意安排，要向讀者展示一個小型的人生舞臺，藉小說人物的一場對話，引發讀者一番思考。

一篇一千三百字的極短篇，要傳達相當繁富的意涵，作者的企圖心很大，小說的寫作技巧也受到考驗。作者巧妙地布署一場聚會，讓五個光棍一起談談個人的愛情觀。因爲是沒結婚的單身漢，有愛情的憧憬，也有不切實際的議論，他們的談話內容便有相當大的爭議性，作者早就預留了討論的空間。他用最簡潔的方式，點出時間是「周末」，點出天氣「豪雨」，他做到了以最精潔的文筆，傳達最豐富的韻味。正由於是周末，五個光棍有餘暇相聚；正因爲下了豪雨，沒有更好的娛樂節目，便擬了題目大發議論。而世道人心，個人修養，都可從這些對話中看出來，這就是作者設計的巧妙之處。

俗語說：「酒後吐眞言」，作者安排五個單身漢發言，是在都喝了第三瓶啤酒之後，就爲了可以藉此營造一個放言無忌的氣氛，而越是毫無顧忌，越能看出一個人的眞性情；所以，這樣的設計，也是作者的匠心。在這樣一個單身酒吧裏，五個自由的單身漢，才喝得微醺，藉了一點酒意，心中還是很篤定，他們發表的議論便具有相當實際的代表意義。從這些言論，肯用心思的讀者是可以解析出代表著一般男性知識分子的愛情觀，而相當具諷刺意味的是，似乎一般人所謂的愛情，並不是眞正的愛情。

五個單身漢的論題是，什麼樣的愛情是最驚天動地的？由於個人的職業、性向與閱歷各有差異，作者煞費苦心，因著個人的殊異作不同的構想，藉此反映一時代的人情世故。看來是一個愛情不穩定的時代：律師甲兩度婚姻失敗，醫生乙與女友同居關係受到考驗，股票掮客丙是吧場老將，作家丁才和妻子分居，而詩人兼哲學家戊可能是純情的處男，不切實際使他的愛情落空。這樣五個人物代表不同的社會階層，也代表不同的人生觀。醫生先敍述了十四歲的初戀，包含一點依底帕斯情結；股票掮客敍述有錢大老闆捨棄聰明漂亮的太太，放棄大半的財產，換娶一個缺乏教育的黑白混血保母；律師敍述苦戀三年，不得回應，終究自殺的故事；作家談到一對大學時代的情侶，分手後十五年，舊情復燃，各自離婚，再續前緣；最後詩人微笑地談到：一對結婚六十一年的老夫妻，相處融洽，平淡地過了一生。退休後，偶爾出外旅行，多數是種種花草，或者是小提琴與鋼琴協奏。輪流敍述完了，投票結果是戊得付賬，他的範例是公認最不夠「驚天動地」的愛情。

我們想討論的是：戊被罰付帳有沒有道理？卽使有道理，愛情究竟眞諦在那裏？愛情眞的需要驚天動地嗎？按照五人議論的論題，戊的範例確實不夠標準，六十一年相處融洽的老夫妻，沒有大的波瀾，確實夠不上驚天動地。問題是，永恒與瞬息相較，持久與短暫相比，畢竟還是這對夫妻的愛情見出人間最深摯的情義。六十一年的相處，彼此相看兩不厭，晨昏相對，日日月月年年，還能出外旅遊、種花、合奏樂曲，幾乎人間美滿幸福的要件都具備了。這樣的愛情，得要兩人都有深情，都有素養，還得要兩人都長壽，其實這才眞眞不容易，嚴格說來，這樣的愛情才眞是奇蹟，才眞是驚天動地！至於其他的愛情故事，初戀是人生成長的必經過程，「奇妙」說得上，驚天動地其實未必。花大筆錢財換取世人眼中不足爲奇的女子，故事是有些離奇，但愛情完全是個人的心靈的感受，我們如何能斷定那個黑白混血的保母沒有世人所未知的長處？那個長處對男主角來說，珍貴到足夠讓他放棄世人眼中的好妻子，以及大筆財富。當然這個故事還只是開端，未來的發展誰也不知道，所以比不上老夫妻六十一年的愛情令人感動。

另一個以自殺了結的故事，是令人嗟嘆惋惜，有些駭人聽聞，卻不是眞正感人的愛情。愛情的動人往往在於雙方的靈犀相應，單方面的糾扯，固然有悲壯的震撼性，無論如何，卻是人生的偏鋒。其次，作家講述的一對分手十五年的情侶，早已各自婚嫁，重逢之後，居然各自離婚再結婚，乍看很驚天動地，細想又不無缺憾。這樣的故事，有些過於簡約，其實兩人既已各自婚嫁，牽扯的人事就絕對不簡單。複雜的人際關係，配偶、子女，甚至雙方的家屬，都可能成爲重續前緣的顧慮。這樣的結局，也許正因爲眞的排除萬難，有些合乎五個光棍所要求的「驚天動地」，從愛情的眞諦來看，仍是有所割捨，有所犧牲，當然不及老夫妻的愛情。作者有心運用反諷（Irony）來提醒人們重新審視愛情的眞諦，人們爲何要去尋求「驚天動地」的愛情呢？其實擁有平淡而持久的愛情才是難能可貴的，也才是眞正的幸福。

——刊載於《中國語文》第七十一卷第三期

永遠愛你的一顆心

——苦苓的〈心愛的〉

苦苓（一九五五——）本名王裕仁，祖籍熱河，生長在臺灣。臺大中文系畢業，曾任明道文藝編輯，現爲自由作家。他早期寫詩，後來兼擅小說和散文。著有詩《不悔》、小說《外省故鄉》、極短篇《愛人天下》、散文《校園檔案》系列、評論《逍遣名人》等二十種。曾獲《聯合報》極短篇小說獎、《時報》散文獎、吳濁流文學獎及中外文學現代詩獎。

苦苓的這篇〈心愛的〉，是《聯合報》第十一屆極短篇小說獲獎作品，收錄在聯經文學79《小說潮》中。全文約一千字，卻能以詩般的文筆，寫出感人極深的愛情故事。自古以來歌頌愛情的篇章，不外海枯石爛，天長地久，生死不渝等等，事實上都嫌抽象了；必須能以眞切的實際行爲來做爲偉大愛情的詮釋，而一千字極短篇，如何選擇具有震撼性的情節，給予讀者久久拂除不去的感動，就看作者的功力了。苦苓這篇〈心愛的〉就具備了令人讀後心中感動的條件，是一種微微的酸痛，悽悽然，而不能不搖頭嘆息的感動。

小說採行女角的第三人稱敍述觀點，由一個先天性心臟女病患講述自己的故事。劈頭第一句話就是：「一直不知道他是怎麼愛上她的。」小說的開端，有些作者是極用心經營的，它可以暗示小說未來的發展，往往是具有關鍵性的句子，甚至關係到小說的主題，苦苓在這篇的第一句大致就有這種作用。我們猜想到這個女子必然遇到了出乎意料之外的好運，其中必有某種特殊的因素，而這因素很可能是個陰影，隨著她的敍述，我們逐漸了解了全部的經過。這個極爲癡情的情人，喜歡趴在她的懷裏，「側耳聆聽她心跳的聲音。」原來她患了先天性心臟病，只要稍爲運動激烈些，心臟就「碰痛碰痛」的跳；三十歲那年，等到了一個願意把心捐給她的人，那是一個車禍喪生的同年齡的少婦，她感動之餘，收藏了報導她換心的新聞，上頭並列了她和捐贈者的照片。

換心手術後，他出現了。最初還以爲他是記者，後來成爲聊天的常客。這個罹患心臟病而身體孱弱的可憐女子，「連接吻也不曾」，此刻強烈地感受到初戀的喜悅。過去絕對不敢期待和承受的，她現在「放心」地「將半跪的他緊擁在胸前，她答應了婚事。」她的心中仍不免疑惑，自己是孱弱而又殘缺，胸前一道永遠的疤痕，「他竟然毫不棄嫌的，熱烈的愛著」；只知道他曾結過婚，但很快就失去了。還是在一個偶然的情形下，她發現他珍藏一個小盒子，裏面是他的舊結婚照，新娘赫然是那個捐贈心臟的女子。苦苓結筆這樣寫：「那顆心正在她胸中劇烈的跳著，碰痛碰痛。」

現代小說的敍述觀點運用，好處在於能藉此劃定一個有限的觀察角度，便於布置懸疑。像這個故事，讀者必須隨著敍述者觀點，逐步去了解事情的眞實狀況。敍述者還不知道的，讀者往往也只有迷迷糊糊地猜疑，非到最後關頭，不可能眞相大白。我們終於了解這是兩個交集的愛情故事。如果單從女心臟病患本人的故事來觀察：她自從有了新生命之後，跟著也有了愛情，而且是極爲癡心的愛情，人生可以擁有的幸福，還有超過這樣的嗎？糟糕的是她終究發現她其實不過是替身而已。那個男人是因爲自己延續了妻子的一顆心的活躍，才和自己結婚的，若不是因爲那顆心在自己的胸中跳動，他絕不會來看自己，也絕不會和自己結婚。更可悲的是，當他專心地趴在自己的胸口時，不知道是否一心一意思念著以前的妻子，完全忽略了她全心全意的愛情？我們不知道這個女子，一旦發現了這個秘密，是不是還能和以前一樣充滿幸福感，還是會陷入無法承受的痛苦中？她可能有中國道家的智慧，包容一切，就當做不知道他的秘密一樣，照舊過著幸福的日子嗎？這要有多大的涵養，多大的謙虛？她會珍惜自己重生的機緣，對他只是心懷感激，不起任何嫉妒之火？這類的思考，作者都提供了，卻絕不做任何批判，恪守小說家客觀的立場；「碰痛碰痛」作爲結筆，既有描摹聲音的作用，也有實際字面上的痛心的意義。這樣的筆法，張愛玲的《秧歌》曾以「嗆嗆嘍嗆嗆」形容鑼鼓聲，而兼有傳達傷痛之感的作用；王拓的〈吊人樹〉也以「狂郎，狂郎」形容賣藝人的鑼聲，而兼具慨嘆其人狂野的意義。

我們嘗試從另外一個角度來看這篇小說。那個男子心懷對妻子永恒的深愛，在妻子車禍喪生之後，不能自己的徘徊在擁有那顆心的幸運女子身邊。當他發現那個女子是如何地因爲自己常常探訪而沈浸在戀愛的喜悅裏，他想到或許可以徹底擁有那顆心，透過這個女子，他可以繼續愛自己不能割捨的、業已喪生的妻子。只要能達到這個目的，這換心女子長得美醜，都不是問題。因爲換心手術而留下來的疤痕，對他來說，不僅不是缺陷，反而是倍覺親切。他最愛趴在這女子的懷裏，臉貼著她的胸脯，聆聽著那顆心的跳動，他必然是閉著雙眼，初時必然噙滿了熱淚。這是何等令人心酸、令人感動的故事。然而極短篇的篇幅沒法勾勒出來的是：他存心瞞她一輩子，他把她當做已故妻子的替身，是否不誠？她是那樣全心全意的愛著他，而他不過是拿她做個導緣體，透過她接近所愛女子的一顆心，他只愛那顆心，不愛她這個人，這樣子公平嗎？以小說中的男角來說，他對前任妻子的至情感人至深，他對現任妻子的虛矯又令人心寒。如果單單讚美他的泫人熱淚的深情，那絕對不是善讀小說的多情的讀者。

他和她的關係是否會因爲秘密揭破而有所突變？他能不能在她的眞愛之下，正視她的實體，不再「貴古賤今」？這關係到未來的環境與兩人的個性問題，不是極短篇小說所能討論的，這是作者留給讀者去思量的問題。

——刊載於《中國語文》第七十一卷第一期

齊人發福不是福

——楊照的〈胖〉

楊照（一九六三——）這篇極短篇〈胖〉，約一千七百字，是民國七十八年《聯合報》第十一屆小說獎的得獎作品，收入「聯經文學」79《小說潮》。作者以寓含象徵的寫實手法，諷刺了「樂」享「齊人」之福的結果是如何不堪承受。

作者採取男主角的有限全知觀點，時距只是從黃昏到晚餐的一段短短的辰光，卻透過主角的意識，娓娓道出他周旋於兩個女人的樂與苦，無奈及不可收拾的現狀。這是非常典型的短篇小說手法，把一切過往經歷全透過主角由情婦那兒返家途中，及回家後用飯時的種種思緒，有條不紊地逐步呈現給讀者。《孟子・離婁下篇》有所謂「齊人有一妻一妾而處室者」，後人以「齊人」指有兩個以上女人的做丈夫的人。楊照這篇〈胖〉，有心探討「齊人」怎麼造成的？「齊人」是否幸福？現代法律只允許一夫一妻的制度，男人結婚之後如果有婚外情，甚而金屋藏嬌，可能的結果有好多種狀況：最嚴重的是兩女各不相讓，竟日爭吵，三人陷於泥淖中；其次是後來者居上，離婚再娶，太太和兒女成了犧牲品；抑或者情婦不堪等待，不再熱情，丈夫不忍辜負妻子兒女，再重新投入太太的懷抱。〈胖〉中的情節類似第三種情形的前段。兩個女人都可愛，爭相用精緻可口的晚餐來籠絡他，他也爲了不落痕跡，努力實踐「愛就是把菜吃光光」的格言，於是從五十五公斤的瘦弱，三年之間直逼三位數字，以至胖得站在磅秤上「肚子竟然挺突得遮住了磅秤指針」。

試問這個留洋的社會學博士，曾和太太在異國共度患難歲月的大學敎授，太太向來都是笑臉相迎，一直都是賢慧的好妻子，怎麼就另結新歡，另有所愛？看來是曉雲的主動設計，當時是師生關係，先是要款待老師，慢慢客人少了，最後只有這個男人。這個好議論、大約挺有辯才、意氣風發的年輕學者，「瘦」八成增添了他許多丰采。礙於主角有限觀點的拘囿，讀者雖然無從了解曉雲如何仰慕，如何盤算，但她主動布署，引君入甕，顯然城府極深，類似錢鍾書《圍城》中的孫柔嘉。然而孫柔嘉「千方百計」要嫁的方鴻漸是個單身漢，〈胖〉中的男主角不僅是曉雲的老師，還是有婦之夫，有子之父。曉雲這樣富於侵略性的女子，代表了現今社會某種只重視個人需求無視於他人感受的自私而佔有慾極強、不擇手段的類型。

「太瘦了，應該多補一補啊。」曉雲說這話曾讓他的太太心裏不舒坦好多天。因爲這句話的刺激，往後太太也刻意爲他備飯，製造歡愉的氣氛，「滿足地」看他和兒子如何「比賽把桌上精緻多味的菜吃光」。這在小說裏沒有明言，卻是有它的因果的。正如曉雲也從請他吃飯開始，後來話題少了之後，便躲在廚房，「把時間都花在做出一道更精緻、更多味的菜餚來。」像這樣補，一方面已足夠讓他「胖」了，何況雙方兩面，偏偏他又規矩地兩地天天照單全收，不發福，簡直不可能了。

諷刺的是，這個男人的魅力原來就由瘦顯出來的丰采，癡肥就嫌魯鈍，難免自卑，尤其和雙十初度的曉雲相襯，更嫌老醜，曉雲的主動性和熱情也逐步在消褪中。事實上，肉體的癡肥，象徵了性靈的呆鈍。所以，瘦時精神飽滿，議論動人；胖了以後自卑感重，挫折感深。不單是「腦滿腸肥的模樣，講什麼貧窮、飢餓等社會問題，自己都覺得不對勁。」論題原本與人的外形未必相干，但清瘦的人談論貧窮、饑餓等問題，比較有帶入感；也因爲清瘦象徵了靈性，而肥胖則象徵了愚拙。所以清瘦時這個男子具有魅力，肥胖之後，魅力消失，以致學生不喜歡聽課，情婦對他也失去興趣，只剩下口腹上的滿足，填實了肚子，癡長了肥肉，相對的，失去性靈，也失去魅力。

肥胖，另一個具體的象徵，是增加了多餘的負荷。正常人一個軀體，一分食物，他卻反常地享用兩分食物，額外增加了負荷，包含感情的負荷。他擁有兩個女人，都是好女人，都可愛，他厚道，他無法割捨任何一個，既不願辜負情婦，也不肯辜負妻子，他便勉爲其難地吞下雙倍的食物，背負著雙方的情感。

小說還具有一層喜劇式揶揄，太太可能已經知道他另外有人，只是自始至終保持適度的禮貌，每天以歡愉的笑容迎接他，在愉快的動作中侍候他吃飯，用一種「滿足的眼光」，另外還有一點「像是報復成功的滿足」。看來這個做太太的也是城府很深的人，她沈得住氣，就是不露聲色，照舊對他好，拿穩他不會先自己招認，她不肯先挑明。她不主動提及，明明知道他吃飽了，反正他自作自受，就讓他再吃，誰叫他要「苦苦」硬撐？

這兩個女人究竟是否眞的愛他？你能不懷疑？這個齊人發福，可絕對不是幸福。

——刊載於《中國語文》第七十卷第四期

維護一個永恒的小秘密

——楊照的〈落髮〉

楊照（一九六三——）寫作短篇小說，已出過兩個集子：《蓮花落》與《吾鄉之魂》；他嘗試極短篇小說，也連續獲得《聯合報》第十一、十二屆極短篇小說獎。〈落髮〉是第十二屆（民國七十九年）得獎作品。

〈落髮〉區區一千五百字左右，卻雋永耐玩，禁得起推敲，作者涵蘊無窮的筆力，把極短篇的精緻品味善加發揮，達致相當完美的效果。

所謂「落髮」，可以是拋卻凡塵俗務，削盡三千煩惱絲，出家爲僧尼；也可以是中老年人體力衰竭，掉髮禿頭，一種青春不再的感喟。在楊照的這篇掌中小說裏，是第二層實質的意義，卻賅涵一點第一層的意蘊，以父子兩人的「落髮」，牽引兩條情節線索，重疊而又對反，交織出內涵豐富的極短篇。

小說的人物只有三個，雪美和前夫文雄，以及文雄的父親。以極短篇的狹窄篇幅，三個人物不多，便於較深入刻畫，是蠻理想的設計。小說採用倒敍法，以雪美的第三人稱有限觀點著墨。雪美不期遇到文雄的父親，離婚已三年的她，一方面不知該如何稱呼，一方面駭異於「公公」與文雄一樣，原有「一頭烏黑濃密的頭髮」，如今見到的竟是「半禿了的高亮額頂」。這明顯的「落髮」現象，已布好懸疑，等待讀者去尋覓因果，而後文逐步呈現的情節，還包含了父子兩人與雪美之間的兩個小秘密，「落髮」可能影響到幾年來悉心維護的小秘密之是否能繼續存在，而它的存在，又幾乎是雪美的生命意義，也是老人的理想美景。

小說鏡頭回溯：雪美與文雄婚前在南部逛遊，在旅館裏親熱過後，雪美撥弄文雄的頭髮，意外地發現頭頂上一顆痣。過去一直不放心文雄「到處沾染的花花公子個性」，自以爲只有自己擁有這顆痣以後，雪美自我陶醉，兩人結了婚。

第二個回溯：是雪美婚後代替過世的婆婆爲公公洗頭時，發現他和文雄一樣也有一顆痣。公公還告訴她那個痣的秘密：他曾經是個皈依佛門的削髮僧人，「信持白淨無瑕的貞潔戒律」，但二次大戰末期，他變成社會主義者，通緝令上的特徵「就是光頭頂上的這顆黑痣」。爲了保命，他蓄髮結婚，刻意保養一頭濃密的黑髮，近乎「狂熱的執著」。在了解公公髮與痣的秘密，涵藏一段理想的記憶的同時，雪美與文雄的關係已經疏淡到面臨危機的緊張時刻了。

當雪美離開時，文雄致歉未能給予完整的愛，但那顆痣是專屬於她的；雪美沒見到公公，只聽見由房裏「傳出急急誦唸佛經的聲音」。此刻雪美與老人碰面，老人認出她以後，便呼喚著雪美的日本名字，蹣跚著步子走近，並且鄭重地提及，雪美走後，父子二人一直掉頭髮，「頭頂上的痣藏不住了。」結筆是，兩人各自落淚，自有傷心的因由，餘韻裊裊，讓讀者去細細品味。

楊照在這個極短篇裏，經營了兩個動人的故事，藉濃密烏髮隱藏了一顆痣的共同點加以重疊組合。父子遺傳因子影響形貌特徵，在遺傳學上說得過去。微妙的是，父子二人形貌有共同點，心靈卻完全迥異。老人是精神性靈層面的，文雄則是物質肉體層面的，父子的追求殊異，作者藉年齡、輩分不同的兩代人來反映臺灣幾十年社會遽變使人們衍生截然不同的人生觀。至於雪美的生命意義顯然與文雄相異，而偏於性靈的追求。婚前交往雖親密而不能踏實。雪美由於擁有一顆痣的小秘密，便憧憬一生擁有完美的愛情；無奈文雄的個性和昆德拉《生命中不能承受之輕》的男主角近似，是泛愛主義者，甚且還不如，文雄甚至做不到秉愛，於是夫妻毫無實質的意義，也沒有性靈交契的神聖關係。老人把自己曾經擁有一段爲理想而奉獻的神聖經驗告訴了雪美，正好塡補雪美心靈的空虛。雪美「一直不知道公公是不是早就覺察了家裏氣氛的不對勁」，作者不置可否，卻正好暗示了可能的狀況。老人有心拿自己的一段珍藏的理想來和雪美共享，增添雪美對「家」的繫念與摯愛，是對賢慧兒媳善意的回應。作者在極短篇裏納入臺灣數十年動盪背景中最衝擊性的政治因素，呈顯了相當大的企圖心。可惜，翁媳關係的良善，在現代家庭裏無法彌縫夫妻關係的疏離，也沒有現代婦女可能顧念翁媳的情感，而委屈忍受丈夫的冷落。這在老人來說，是非常諒解的，他不能多說，也不忍別離時徒增傷感，他像年輕時代貫注於修持的誦經，透露些許信息。那一則是維持自己平靜的心緒，一則具有祝福的意義，企盼消除貪、嗔、癡的蔽障。讀者都很清楚，老人早已跳出貪、嗔、癡的凡俗悲苦；但是，雪美是多情女子，她爲了幻影破滅而離開，並不表示她能夠超脫，所以當她知曉文雄落髮，再也維護不了那顆痣的秘密時，她落下傷心的淚水，唯一所有的珍貴情愛的標誌也即將失去，她怎能不悵然感傷？至於文雄，在濁浪中推擠，在慾海翻騰，他涉及的只是物慾，只是肉體的短暫滿足，辜負妻子珍貴的情義，更不懂，也不知道父親有過如此崇高偉大的理想，有過何等白淨純潔的修持。他與雪美的愛情觀完全懸隔，他既不能提昇至性靈的境界，也不能拘束在專一的範疇，現代夫妻的情義兩空，婚姻便毫無維繫的條件。「那個秘密會永遠屬於妳一個人」這句仳離時差堪告慰的話語，乍看似乎表露主角相當懇切的歉意，自有某種程度的情感基礎，卻無論如何不能補救遺憾。遺憾之所以造成，其實除了社會環境，年輕人的道德、愛情觀改變投影在文雄這個角色身上之外，雪美本身傾向綺想、過度自信，又不可救藥的力求完美，也是因素。事實上也正是這兩個截然不同的個性，使婚姻終告破裂。

楊照非常難爲地，在極短篇裏採行雙線情節鋪展的模式。雪美離了婚，卻仍然未能割捨情愛，她企盼一生單獨擁有一個小小的、專屬的永恒的秘密。老人悲悼年華老去，理想不再；他揭破「落髮」也是文雄無奈的困境時，雪美的癡情頓時陷入空茫。一樣的傷心，心靈有某種交契的昔日翁媳，傷心的畢竟還是各自的際遇。小說凝鍊的文筆，確實做到了「含不盡之意，見於言外。」

——刊載於《中國語文》第七十卷第一期

滄海叢刊書目㈡

國學類

先秦諸子繫年	錢　穆　著
朱子學提綱	錢　穆　著
莊子纂箋	錢　穆　著
論語新解	錢　穆　著
周官之成書及其反映的文化與時代新考	金春峯　著

哲學類

哲學十大問題	鄔昆如　著
哲學淺論	張　康　譯
哲學智慧的尋求	何秀煌　著
哲學的智慧與歷史的聰明	何秀煌　著
文化、哲學與方法	何秀煌　著
人性記號與文明—語言・邏輯與記號世界	何秀煌　著
邏輯與設基法	劉福增　著
知識・邏輯・科學哲學	林正弘　著
現代藝術哲學	孫　旗　譯
現代美學及其他	趙天儀　著
中國現代化的哲學省思	成中英　著
不以規矩不能成方圓	劉君燦　著
恕道與大同	張起鈞　著
現代存在思想家	項退結　著
中國思想通俗講話	錢　穆　著
中國哲學史話	吳怡、張起鈞　著
中國百位哲學家	黎建球　著
中國人的路	項退結　著
中國哲學之路	項退結　著
中國人性論	臺大哲學系主編
中國管理哲學	曾仕强　著
孔子學說探微	林義正　著
心學的現代詮釋	姜允明　著
中庸誠的哲學	吳　怡　著
中庸形上思想	高柏園　著

儒學的常與變	蔡仁厚 著
智慧的老子	張起鈞 著
老子的哲學	王邦雄 著
當代西方哲學與方法論	臺大哲學系主編
人性尊嚴的存在背景	項退結編著
理解的命運	殷鼎 著
馬克斯・謝勒三論	阿弗德・休慈原著、江日新 譯
懷海德哲學	楊士毅 著
洛克悟性哲學	蔡信安 著
伽利略・波柏・科學說明	林正弘 著
儒家與現代中國	韋政通 著
思想的貧困	韋政通 著
近代思想史散論	龔鵬程 著
魏晋清談	唐翼明 著
中國哲學的生命和方法	吳怡 著
孟學的現代意義	王支洪 著
孟學思想史論(卷一)	黄俊傑 著
莊老通辨	錢穆 著
墨家哲學	蔡仁厚 著
柏拉圖三論	程石泉 著

宗教類

佛教思想發展史論	楊惠南 著
圓滿生命的實現(布施波羅密)	陳柏達 著
〇蔔林・外集	陳慧劍 著
維摩詰經今譯	陳慧劍譯註
龍樹與中觀哲學	楊惠南 著
公案禪語	吳怡 著
禪學講話	芝峯法師 譯
禪骨詩心集	巴壺天 著
中國禪宗史	關世謙 著
魏晉南北朝時期的道教	湯一介 著
佛學論著	周中一 著
當代佛教思想展望	楊惠南 著
臺灣佛教文化的新動向	江燦騰 著
釋迦牟尼與原始佛教	于凌波 著

唯識學綱要　于凌波 著

社會科學類

中華文化十二講　錢穆 著
民族與文化　錢穆 著
楚文化研究　文崇一 著
中國古文化　文崇一 著
社會、文化和知識分子　葉啓政 著
儒學傳統與文化創新　黃俊傑 著
歷史轉捩點上的反思　韋政通 著
中國人的價值觀　文崇一 著
紅樓夢與中國舊家庭　薩孟武 著
社會學與中國研究　蔡文輝 著
比較社會學　蔡文輝 著
我國社會的變遷與發展　朱岑樓主編
三十年來我國人文社會科學之回顧與展望　賴澤涵 編
社會學的滋味　蕭新煌 著
臺灣的社區權力結構　文崇一 著
臺灣居民的休閒生活　文崇一 著
臺灣的工業化與社會變遷　文崇一 著
臺灣社會的變遷與秩序(政治篇)(社會文化篇)　文崇一 著
鄉村發展的理論與實際　蔡宏進 著
臺灣的社會發展　席汝楫 著
透視大陸　政治大學新聞研究所主編
憲法論衡　荊知仁 著
周禮的政治思想　周世輔、周文湘 著
儒家政論衍義　薩孟武 著
制度化的社會邏輯　葉啓政 著
臺灣社會的人文迷思　葉啓政 著
臺灣與美國的社會問題　蔡文輝、蕭新煌主編
自由憲政與民主轉型　周陽山 著
蘇東巨變與兩岸互動　周陽山 著
教育叢談　上官業佑 著
不疑不懼　王洪鈞 著

史地類

國史新論　錢　穆　著
秦漢史　錢　穆　著
秦漢史論稿　邢義田　著
宋史論集　陳學霖　著
中國人的故事　夏雨人　著
明朝酒文化　王春瑜　著
歷史圈外　朱　桂　著
當代佛門人物　陳慧劍編著
弘一大師傳　陳慧劍　著
杜魚庵學佛荒史　陳慧劍　著
蘇曼殊大師新傳　劉心皇　著
近代中國人物漫譚　王覺源　著
近代中國人物漫譚續集　王覺源　著
魯迅這個人　劉心皇　著
沈從文傳　凌　宇　著
三十年代作家論　姜　穆　著
三十年代作家論續集　姜　穆　著
當代臺灣作家論　何　欣　著
師友風義　鄭彥棻　著
見賢集　鄭彥棻　著
思齊集　鄭彥棻　著
懷聖集　鄭彥棻　著
周世輔回憶錄　周世輔　著
三生有幸　吳相湘　著
孤兒心影錄　張國柱　著
我這半生　毛振翔　著
我是依然苦鬥人　毛振翔　著
八十憶雙親、師友雜憶（合刊）　錢　穆　著

語文類

訓詁通論　吳孟復　著
入聲字箋論　陳慧劍　著
翻譯偶語　黃文範　著
翻譯新語　黃文範　著
中文排列方式析論　司　琦　著
杜詩品評　楊慧傑　著

詩中的李白	楊慧傑 著
寒山子研究	陳慧劍 著
司空圖新論	王潤華 著
詩情與幽境——唐代文人的園林生活	侯迺慧 著
歐陽修詩本義研究	裴普賢 著
品詩吟詩	邱燮友 著
談詩錄	方祖燊 著
情趣詩話	楊光治 著
歌鼓湘靈——楚詩詞藝術欣賞	李元洛 著
中國文學鑑賞舉隅	黃慶萱、許家鶯 著
中國文學縱橫論	黃維樑 著
漢賦史論	簡宗梧 著
古典今論	唐翼明 著
亭林詩考索	潘重規 著
浮士德研究	李辰冬 譯
蘇忍尼辛選集	劉安雲 譯
文學欣賞的靈魂	劉述先 著
小說創作論	羅盤 著
借鏡與類比	何冠驥 著
情愛與文學	周伯乃 著
鏡花水月	陳國球 著
文學因緣	鄭樹森 著
解構批評論集	廖炳惠 著
世界短篇文學名著欣賞	蕭傳文 著
細讀現代小說	張素貞 著
續讀現代小說	張素貞 著
現代詩學	蕭蕭 著
詩美學	李元洛 著
詩人之燈——詩的欣賞與評論	羅青 著
詩學析論	張春榮 著
修辭散步	張春榮 著
橫看成嶺側成峯	文曉村 著
大陸文藝新探	周玉山 著
大陸文藝論衡	周玉山 著
大陸當代文學掃描	葉穉英 著
走出傷痕——大陸新時期小說探論	張子樟 著

大陸新時期小說論	張　　放　著
兒童文學	葉詠琍　著
兒童成長與文學	葉詠琍　著
累廬聲氣集	姜超嶽　著
林下生涯	姜超嶽　著
青　春	葉蟬貞　著
牧場的情思	張媛媛　著
萍踪憶語	賴景瑚　著
現實的探索	陳銘磻　編
一縷新綠	柴　　扉　著
金排附	鍾延豪　著
放　鷹	吳錦發　著
黃巢殺人八百萬	宋澤萊　著
泥土的香味	彭瑞金　著
燈下燈	蕭　　蕭　著
陽關千唱	陳　　煌　著
種籽	向　　陽　著
無緣廟	陳艷秋　著
鄉　事	林清玄　著
余忠雄的春天	鍾鐵民　著
吳煦斌小說集	吳煦斌　著
卡薩爾斯之琴	葉石濤　著
青囊夜燈	許振江　著
我永遠年輕	唐文標　著
思想起	陌上塵　著
心酸記	李　　喬　著
孤獨園	林蒼鬱　著
離　訣	林蒼鬱　著
托塔少年	林文欽　編
北美情逅	卜貴美　著
日本歷史之旅	李希聖　著
孤寂中的廻響	洛　　夫　著
火天使	趙衛民　著
無塵的鏡子	張　　默　著
關心茶——中國哲學的心	吳　　怡　著
放眼天下	陳新雄　著

生活健康　　卜鍾元　著
文化的春天　　王保雲　著
思光詩選　　勞思光　著
靜思手札　　黑　野　著
狡兔歲月　　黃和英　著
老樹春深更著花　　畢　璞　著

美術類

音樂與我　　趙　琴　著
爐邊閒話　　李抱忱　著
琴臺碎語　　黃友棣　著
音樂隨筆　　趙　琴　著
樂林蓽露　　黃友棣　著
樂谷鳴泉　　黃友棣　著
樂韻飄香　　黃友棣　著
弘一大師歌曲集　　錢仁康　著
立體造型基本設計　　張長傑　著
工藝材料　　李鈞棫　著
裝飾工藝　　張長傑　著
人體工學與安全　　劉其偉　著
現代工藝概論　　張長傑　著
藤竹工　　張長傑　著
石膏工藝　　李鈞棫　著
色彩基礎　　何耀宗　著
五月與東方——中國美術現代化運動在戰後臺灣之發展(1945～1970)　　蕭瓊瑞　著
中國繪畫思想史　　高木森　著
藝術史學的基礎　　曾　堉、葉劉天增　譯
當代藝術采風　　王保雲　著
唐畫詩中看　　王伯敏　著
都市計劃概論　　王紀鯤　著
建築設計方法　　陳政雄　著
建築鋼屋架結構設計　　王萬雄　著